von Esther zu
Weihnachten 2019

INGVAR HELLSING LUNDQVIST

WIE MAN EIN GENIE TÖTET

INGVAR HELLSING LUNDQVIST

WIE MAN EIN GENIE TÖTET

ROMAN

AUS DEM SCHWEDISCHEN
VON JÜRGEN VATER

PICUS VERLAG WIEN

Gedruckt nach der Richtlinie des
Österreichischen Umweltzeichens
„Druckerzeugnisse",
Christian Theiss GmbH, Nr. 869

MIX
Papier aus verantwortungsvollen Quellen
FSC® C012536
FSC
www.fsc.org

Originaltitel: Komponisten – eller att döda ett geni

Grafische Gestaltung: Dorothea Löcker, Wien
Porträt Hans Rott © ÖNB/Wien F156.Rott.44/2
Umschlaggestaltung unter Verwendung eines Notenblatts
von Hans Rotts Komposition »Das Veilchen«,
© ÖNB/Wien: Mus.Hs.28.327, Bl. 1
Druck und Verarbeitung:
Christian Theiss GmbH, St. Stefan im Lavanttal
ISBN 978-3-7117-2074-0

Informationen über das aktuelle Programm
des Picus Verlags und Veranstaltungen unter
www.picus.at

Er schlich zwischen den Säulen des Bahnhofs herum. Er musste den Agenten von Brahms entgehen. Sie wollten sehen, ob er Wien wirklich verließ.

Sie waren überall. In der Schlange vor der Tabaktrafik. Hinter Zeitungen auf Bänken. Am Fahrkartenschalter. Er zog den Hut tiefer in die Stirn.

Und der Koffer! Hin und wieder hob er ihn vor das Gesicht, wenn er sich auf eine Bank setzte, und lugte über den Rand.

Zwei Agenten saßen auf einer langen, schmalen Bank ein Stück entfernt. Jetzt zeigte der eine auf ihn. Er sah es deutlich. Er hielt den Koffer vor das Gesicht, erhob sich und eilte hinter eine Säule. Dort konnte er sich verborgen halten.

Gleich würde der Zug hier sein. Und die Freunde – er bereute, dass er so früh gekommen war. Aber endlich waren sie da. Nun waren alle Freunde da. Sie verdeckten und verbargen ihn, und er stellte sich mitten unter sie. Jetzt konnte ihm Brahms nichts mehr anhaben. Aber ihm graute davor, die Freunde zu verlassen. Er würde gezwungen sein, den Bahnsteig allein zu überqueren. Dann müsste er sich zeigen und würde den Agenten von Brahms ein leichtes Opfer sein.

Endlich dampfte die Lokomotive an. Er musste sich verabschieden und hinüberhasten, um einzusteigen.

Er eilte zu seinem Waggon, lief so schnell er konnte, aber der Koffer behinderte ihn. Er konnte nicht so rasch rennen, wie er wollte. Und er sah den Schatten. Jemand war ihm dicht auf den Fersen. Er musste in den Zug – so schnell wie möglich.

Die lange Reise nach Mülhausen hatte begonnen. Die erste Zwischenstation war Linz, wo er übernachten wollte.

Bis Linz setzte er sich nicht eine Minute. Er ging ständig zwischen den Waggons hin und her, und jedes Mal, wenn er jemandem begegnete, schaute er zu Boden oder hielt die Hand vor das Gesicht. Er wagte es nicht, in einem Waggon, in einem Abteil zu bleiben. Er hatte Angst vor dem Schaffner. Der hätte seine Fahrkarte sehen wollen und Brahms Meldung machen können. Dann würde Brahms wissen, wo er hinwollte.

In Linz angekommen, fand er in der Nähe des Bahnhofs ein Quartier für die Nacht. Er stieg die Treppe hinauf, und die Wirtin zeigte ihm das Zimmer. Er warf sich sofort auf das Bett. Von draußen hörte er Regen und Wind. Er konnte nicht einschlafen. Aber es war nicht das Prasseln des Regens, das ihn wach hielt, sondern das Klopfen. Tief in der Nacht hörte er es deutlich, und es wurde immer eindringlicher und anhaltender. Das waren die Agenten von Brahms, die an die Wände pochten. Überall. An alle Wände gleichzeitig.

Um Gottes willen! Er hielt es nicht mehr aus!

Hans Rott lag hellwach in kaltem Schweiß, bis er aufstehen musste. Er hatte sich verspätet und keine Zeit für das Frühstück. Hungrig und müde schleppte er sich zum Bahnhof.

Dann in den Zug zur Endstation. Nach Mülhausen. Diesmal aber setzte er sich auf eine Bank in einem Abteil. Er war zu Tode erschöpft und konnte nicht mehr stehen.

Als der Zug anfuhr, kam ein eleganter und gut gekleideter Herr herein und setzte sich ihm gegenüber. Hans Rott schloss immer wieder die Augen, ohne schlafen zu können.

Der Zug schnitt durch den Nebel über die Ebene. Der Nebel wurde immer dichter und verschlang alles, sodass nur die flackernden Leuchten der schnaubenden Lokomotive wie Augen durch die dunklen, rollenden Schleier gafften.

Und als das ratternde Geräusch der Schienen unerträglich wurde, das ohrenbetäubende Summen der Schmeißfliege unerträglich wurde, der Herr gegenüber eine Zigarre anzündete und unerträglich wurde – da zog er den großen Revolver, fuchtelte damit vor dem Gesicht des erstarrten Mannes und zischte in dessen aufgesperrtes Ohr: »Machen Sie die Zigarre aus! Brahms hat den Zug mit Dynamit gefüllt!«

Der Schaffner, der vorsichtig von hinten herangekommen war, schlug ihm den Revolver aus der Hand, und Rott warf sich vornüber auf die Holzbank. Zitternd und schluchzend begann er zu singen. Doch die Töne, die über seine Lippen kamen, blieben wie entstellte und schrille Kinderlieder zwischen den Abteilwänden stecken. Er schürfte und kratzte, ritzte mit seinen Fingernägeln in den Sitz unter seiner stoßenden Stirn. Der Schaffner warf sich über seinen Rücken und hielt den Zappelnden in festem Griff.

»Brahms hat den Zug mit Dynamit gefüllt!«

Rott schrie nun laut, und die Schreie mischten sich in das heisere Schnaufen der Lokomotive, die durch den Nebel raste.

Am Grenzbahnhof in Simbach schleppten sie ihn aus dem Zug. Als sie ihn herauszogen und auf den Bahnsteig zerrten, klammerte er sich an das Geländer, aber sie waren zu stark. Seine Knöchel traten weiß hervor, aber die Männer waren übermächtig.

Dann hinein in die Jacke. Diese entsetzliche Jacke. Kaum konnte er noch atmen. Die Arme waren festgeschnürt und unbeweglich. Er konnte nur weiter schreien, bis etwas ihm auch die Kiefer zusammenschnürte.

In der hart verknoteten Zwangsjacke wurde er am nächsten Tag durch die Tore der Psychiatrischen Klinik in Wien geschoben. Völlig kopflos. Schreiend. Er winselte, als summte er ein verhaltenes, halb ersticktes Lied.

Immer wieder fragten sie ihn, wer er sei, wie er heiße, wo er wohne.

Aber er antwortete nicht. Mal wimmerte, mal schrie er in den Armen der Pfleger. In seinen Papieren war zu lesen: Hans Carl Maria Rott. Geboren: 1.8.1858. Beruf: Kapellmeister. Adresse: Rotenturmstraße 16/1/4, Wien.

Theater an der Wien. Etliche Jahre zuvor.

Es war ausverkauft und die Stimmung angespannt. Der Künstler hatte seine Nummer beendet. Man jubelte in den wogenden Sitzreihen. Die Leute erhoben sich. Eine Unmenge applaudierender Hände.

Er warf rasche Blicke nach rechts, nach links und verneigte sich. Er verneigte sich in alle Richtungen. Jemand schleuderte einen Blumenstrauß auf die Bühne. Dann kam noch einer. Und ein weiterer. Er machte schnelle, taumelnde Schritte nach vorn, um sie aufzufangen.

Er hielt die Blumen in der Linken, lächelte dem Publikum zu und verbeugte sich tief. Immer und immer wieder. Als er sich streckte, um einen letzten Strauß zu fangen, knickte er mit dem Fuß ein und glitt über die Rampe.

Er fiel kopfüber. Hinunter auf das Klavier, weiter in die Tiefe des Orchestergrabens. Etwas zerbrach, knirschte abscheulich im Rücken. Er konnte nicht mehr aufstehen.

Sofort schwirrten Gesichter und aufgerissene Münder über ihm herum. Man brachte ihn hinaus zur Kutsche, die mit stampfenden Pferden wartete. In rasender Geschwindigkeit und mit langen weißen Strahlen aus dampfenden Nüstern stoben sie durch die Straßen der Stadt zum großen Krankenhaus.

Es stand schlimm um seinen Rücken. Das fühlte er. Aber es würde wohl vorübergehen, wenn er nur Geduld hatte. Allerdings hörte es nicht auf – obwohl er geduldig war. Vielleicht wenn er noch etwas länger wartete.

Ein halbes Jahr später lag er im Bett. Die Beine waren abgestorben, und die Arme konnte er nur schwer bewegen. Ein Freund vom Theater saß bei ihm. Abend für Abend. Gegenstände aus der großen Wohnung verschwanden nach und nach, aber dafür kam Geld herein.

Ein weiteres Halbjahr, und er saß unbeweglich in seinem Stuhl. Über Arme und Knie eine dicke Decke, doppelt gefaltet. Die abgestorbenen Arme rutschten immer wieder unter der Decke hervor. Aber man half ihm, sie wieder zurückzuschieben.

Wann immer man den Stuhl durch die schönen Alleen des Krankenhausparks rollte, sprach er über seine hübsche junge Frau. Alle hatte sie mit ihrer Jugend bezaubert. Mit ihrem Gesang. Auf den größten Bühnen der Stadt. Bis sie ihm früh gestorben war.

Die Schmerzen in den Beinen und im Rücken wollten nicht vergehen, und er blieb unbeweglich. Bis zum Schluss. Es dauerte zwei Jahre, ehe der Kopf sich endgültig zur Seite neigte. Im Stuhl. Im Park.

Es war Winter. Spätwinter.

Die Arme blieben hilflos über den Rädern hängen, pendelten hin und her. Ein Windstoß fuhr durch das vergilbte Gras. Ganz langsam rollte der Stuhl herrenlos zwischen längst verwelkte Blumen eines gefrorenen Beetes. Eine erneute Bö wühlte knisterndes, reifglitzerndes Herbstlaub um seine Füße auf.

Eine Krankenschwester lief rufend zu dem Rollstuhl: »Herr Rott, Herr Rott!«

Die Studenten, die Anton Bruckner in den Korridoren begegneten, lächelten verstohlen. Sie lächelten über die viel zu großen Hosen, die im Luftzug über den Fußboden flatterten. Und wenn er die Straßen entlangwanderte, rannte ihm stets eine Horde Jungen hinterher. Sie lachten und zeigten mit dem Finger auf ihn. Sie hatten grenzenlosen Spaß an dem kurz geschorenen Onkel in der allzu großen Kleidung. In der einen Hand hielt er den schwarzen Hut, der Kautabak rann unter dem kleinen Schnurrbart. Ständig wischte er sich die Stirn mit einem blauen Taschentuch, das wie angeklebt in der anderen Hand lag.

Etwa ein Jahr vor dem Unfall seines Vaters hatte Hans Rott am Konservatorium begonnen. Das Ende des Semesters und eine letzte Prüfung standen bevor. Es würde gut gehen – dank der Orgel. Sie war von Beginn an sein Instrument gewesen. Und er war zufrieden mit Anton Bruckner, den er bewunderte: den Orgellehrer, den Virtuosen, den Symphoniker.

Auch den anderen Studenten gefiel es bei Bruckner. Man mochte ihn. Und man weinte mit ihm bei Rückschlägen. Wie kurz vor Weihnachten voriges Jahr, als Bruckner seine dritte Symphonie aufführen sollte. Niemand wollte dirigieren, und die Wiener Philharmoniker waren geradezu feindselig. Bruckner war kein erfahrener Dirigent und führte linkisch das widerspenstige Orchester. Bald hörte man Gelächter aus dem Publikum. Selbst der anwesende Rektor des Konservatoriums lachte laut. Die Leute standen auf und gingen, einer nach dem anderen.

Sie aber blieben bis zum Ende sitzen. Bruckners kleine, getreue Schar. Er legte weinend den Taktstock nieder, war untröstlich und rief: »Kein Mensch mag mich …« Da eilten sie nach vorn, legten ihm die Hände auf die Schultern und versuchten, ihm etwas von dem Elend abzunehmen, das auf seiner zitternden Gestalt lastete.

Immer saß Anton Bruckner in den Pausen mit seinen Studenten zusammen. Und er lud sie zum Mittagessen ein. Zwar mussten sie Brot und Speisen selbst bezahlen, aber das Bier spendierte er – was wohl etwas an dem miserablen Gehalt zehrte, das die Schule ihrem bedeutendsten Lehrer zahlte. Hans Rott, Gustav Mahler und Rudolf Krzyzanowski mussten sich mit dem Bier zur Pause begnügen, weil ihre Taschen nie Gulden enthielten.

Aber beim Bier wurde lebhaft geredet. Philosophie, Gott, Politik, die Wege der Musik, Krieg, Revolution, Marx, der neue zeitgenössische Gott Wagner und dessen Prophet Nietzsche. Theorien und abermals Theorien.

»Grau, teurer Freund, ist alle Theorie und grün des Lebens goldner Baum. Goethe, meine Herrschaften.«

Bruckner hatte sich erhoben, als das Gespräch laut wurde und vor Überzeugungen loderte.

Er interessierte sich vor allem für einen der Studenten. Es war der junge Orgelschüler mit dem etwas träumerischen Blick und den blassen Wangen. Hans Rott spürte die Wärme, wenn sie gemeinsam an der Orgel saßen.

In einer der letzten Unterrichtsstunden wandte sich Anton Bruckner an ihn.

»Herr Rott, als ich meine Orgelprüfung ablegen sollte – das war vor vielen Jahren –, saß ich im Piaristenkloster an der großen Orgel. Sie ist so groß, dass ich meinte, Gottes eigene mächtige Stimme zu hören. Fünf ernste Herren sollten mich prüfen, und einer von ihnen hatte ein Stück ausgesucht. Einer der Richter fand es zu leicht und holte eine anderes, unendlich viel schwierigeres.«

»Das erste wäre sicher schon schwierig genug gewesen.« Hans lächelte Bruckner an.

»Ja, aber ich hatte keine Angst. Ich hatte den Herrn so lange durch das Spielen der Orgel in Sankt Florian und im Dom in Linz gepriesen, dass ich wusste, er würde meine Hände führen.

Als ich mich hinsetzte, um das Stück durchzulesen, und etwas zögerte, hörte ich kaum verhülltes Gelächter von den hohen Herren. Aber nach einer Weile saßen sie mit offenen Mündern und starrten zu den Orgelpfeifen hinauf.«

»Und Sie spielten nur die Noten, die Sie in die Hand bekommen hatten, Herr Professor?«

»Nein, ich fing bald an zu erfinden. Ich improvisierte.«

»Und darin sind Sie ja Meister, Herr Professor.«

Bruckner lachte auf.

»›Herr Bruckner‹, sagte einer von ihnen, ›Sie hätten uns prüfen sollen! Wenn wir zusammen ein Zehntel von dem beherrschten, könnten wir uns sehr glücklich schätzen.‹«

Als Hans begann, seine Noten einzupacken, berührte Bruckner ihn leicht an der Schulter.

»Der Herr hat mich für alle Tage, Monate und Jahre an seinem Instrument belohnt. Und Herr Rott ... man wird vielleicht darüber lachen und höhnen, was Sie geschaffen haben. Aber ich bin überzeugt, dass Ihre Richter Ihnen eines Tages dasselbe sagen werden, was sie mir einst gesagt haben.«

Sie standen auf und gingen zur Tür. Dort hielt Bruckner seinen Schüler an.

»Ich habe mit den Leuten im Piaristenkloster gesprochen. Ich habe Sie so eindrücklich, wie ich konnte, als Organist für die Klosterkirche empfohlen. Der Posten ist frei. Das würde Ihre Kasse etwas strecken. Kommen Sie mit und feiern das mit einem Bier?«

Hans Rott begleitete seinen Lehrer zur Bierhalle.

Hans Rott hielt sich die Stirn mit beiden Händen und schüttelte heftig den Kopf. Als wollte er sich schützen und nicht mehr mitmachen. Das war die Katastrophe! Die ihn nie wieder loslassen würde. Erneut tauchte sein rotes, verweintes Knabengesicht vor ihm auf, und er sah den Ausdruck von Verständnislosigkeit und Entsetzen in seinen eigenen Augen.

Die erste Katastrophe seines Lebens hatte sich in einem August ereignet, ehe die Schule beginnen sollte. Es war die Mutter gewesen! Alle Bilder fauchten wie Blitze hervor, und die Gedanken brannten wie glühendes Eisen. Er zuckte zusammen, und alles war wieder da. Obwohl er so häufig versucht hatte, es zu verbergen, überrumpelte es ihn. Er hob die Ellbogen und schlug sie mit aller Kraft auf den Tisch. Es hallte durch das Zimmer, und der stechende Schmerz betäubte und verbannte die qualvollen Bilder.

Er rieb sich lange die empfindlichen Ellbogen und schaute mit leerem Blick auf die Tischplatte, bis der Schmerz nachließ. Er saß am abgenutzten Küchentisch in der verlassenen Wohnung seines Vaters. Der Blick heftete sich an einfache Bretter mit eingetrockneten Speiseresten. Früher hatten sie den schönsten Eichentisch besessen, aber der war bei einer Auktion draufgegangen. Da nach Vaters Unfall am Theater nicht mehr viel Geld hereinkam, war ein Möbelstück nach dem anderen auf diese abscheuliche Weise versteigert worden. Etliche hübsche Gegenstände waren aus Regalen und Schränken verschwunden. Er selbst war einmal im Dorotheum gewesen und meinte, einige Sachen erkannt zu haben.

Aber er wollte Vater nichts sagen. Merkwürdigerweise standen die alten, gediegenen Eichenstühle noch immer am Küchentisch. Ansonsten war nicht mehr viel übrig in der Wohnung. Dennoch war nun eine weitere Auktion angesagt, und Hans und Karl würden nicht viel behalten können. Der Nachlass war inventarisiert worden, und der ältere Bruder Theodor aus Vaters erster Ehe hatte nicht viel haben wollen. Jetzt sollte der Rest geregelt werden.

Hans fühlte sich schwer und vermochte nicht aufzustehen. Nicht jetzt. Es war zu viel, was in ihm widerhallte und hin und her irrte wie in einer Schublade mit Bildern, die jemand schüttelte. Alle Erinnerungen wirbelten wie ein starkes Schneegestöber, und er sah sein Gesicht auf den großen Flocken umhertreiben. Wie klein er aussah, als er unter den Bildern versank und sich von ihnen einhüllen ließ. Er wurde wieder ein Kind, das mit unverzagtem, offenem Blick seine frühesten Jahre anschaute.

Als er die Augen schloss, begann die Reise hinab in die allererste Welt. Seine Gedanken waren die des Kindes, und als Kind griff er gierig und neugierig nach den schwebenden Bildern, und alles wurde einfach und verklärt. Gleichzeitig wie in dicken Stoff gewickelt, der in Wasser getaucht und immer schwerer wurde. Er hielt das erste Bild fest.

Es war bei Mutter, und er war noch ganz klein. Das lag so weit zurück, dass er das Bild nur verschwommenen sah. Großmutter wohnte auch dort. Sie saß am Klavier und versuchte ihm zu zeigen, wie vorsichtig und sanft man die Tasten niederdrücken musste. Sie spielte immer zwei Tasten gleichzeitig. So zart! Er erinnerte sich, wie sie ihn anschaute. Wie sie ihn mit ihren Augen umfasste, als wollte sie ihm den rechten, gesegneten Weg im Leben zeigen.

Dann das nächste Bild. Nun wohnten sie bei Vater, und er

war nicht mehr allein. Er hatte einen Bruder. Aber alles war weit weg, ehe es sich aufklärte und deutlicher wurde.

Er ging in die Schule. Oder eigentlich nicht. Die Schule kam zu ihm. Sie kam nach Hause, und er saß da und schrieb, las und rechnete, und die Tante war streng. Einmal, als er seine Zahlen nicht konnte, zog sie ihn an den Haaren. Er schrie auf, Vater hörte es und stand in der Tür. Dann kam eine neue Tante, weil Mutter es wünschte, und Vater hatte etwas Geld. Der Unterricht konnte bei ihnen zu Hause stattfinden, solange er und sein Bruder klein waren.

Hans Rott sah sich selbst die Hand ausstrecken und das nächste schwebende Bild einfangen. Aber das war noch älter und führte ihn ein Stück zurück. Da standen Mutter und Vater beisammen in schönen Kleidern, denn sie hatten geheiratet, und er und sein Bruder hatten denselben Nachnamen erhalten. Jetzt war er Hans Rott und sein Bruder war Karl Rott, obwohl sie verschiedene Väter hatten – aber das wusste er damals nicht.

Dann ging er durch das Tor der Schule von Sankt Anna. Eine richtige Schule, und er war größer. So groß, dass er mit Vater Orgel spielen konnte.

Dieses Bild war warm. Innerlich. Vater, elegant wie immer, an den Tasten der alten Tretorgel. Er selbst nahm mit großen Augen so viel auf wie er konnte, und versuchte beharrlich und unablässig, etwas zu lernen. Manchmal schlief er an der Orgel ein, während er auf Vater wartete.

Vater war ein großer Schauspieler. Das bekamen Karl und er häufig zu hören. Und Mutter spielte auch am Theater und war außerdem Sängerin. Aber die Orgel leuchtete und glänzte am stärksten in seiner Erinnerung.

Hans Rott fühlte, wie sehr ihm etwas fehlte, und das Bild der Orgel blieb vor seinen Augen. Seine Hände wanderten trommelnd über die schmutzigen Bretter des Küchentischs.

Als suchten sie nach den Tasten. Erst als er bemerkte, wie kalt und schmierig alles war, hielten die Hände inne.

Nun ging er über widerhallende Marmortreppen. Die Decke war hoch, denn er befand sich im Akademischen Gymnasium. Eine vornehme Schule, für die man bezahlen musste. Vater sagte, dass sogar Schubert, der große Komponist, hier Schüler gewesen war. Vater mochte Schubert und spielte einige der Sonaten des Meisters auf seiner einfachen Tretorgel. Hans entsann sich, dass es wehmütig klang, manchmal traurig.

Nach vier Jahren schloss er die Schule ab. Mit gutem Erfolg. Er wollte weiter Musik machen, an der Orgel. Aber dazu müsste er an dem feinen Konservatorium studieren, das von der Gesellschaft der Musikfreunde betrieben wurde. Vater meinte, er solle zunächst an die Handelsschule gehen. Danach könne er sich für die Musik entscheiden. Und wenn es mit der Musik nicht klappte, könnte er so sein Geld mit Buchführung in einem Büro verdienen.

Das war Anfang Juli gewesen. Sommer und überall Möglichkeiten. Er rechnete damit, dass er sehr wohl am Konservatorium sein würde, wenn das Herbstsemester begann. Ja, er hatte sich entschieden. Hans Rott erinnerte sich, wie glücklich er in diesem Sommer gewesen war. Wie leicht seine Füße über alles hinwegtanzten. Wie Laub in wirbelnder Überflutung warmer Sonnenstrahlen. Und er ließ sich auf einem wogenden Lichtteppich davontragen.

Doch nun offenbarte sich wieder das fürchterliche, rot verweinte Knabengesicht, und diesmal konnte er sich nicht wehren und es fortjagen. Die grausigen Bilder rollten heran. Da war die Mutter wieder!

Sie hatte hart gearbeitet. Er sah sie kaum. Außer in seinen Träumen am Abend, wenn er einzuschlafen versuchte. Da sah er ihr sanftes Gesicht. Ihren kleinen, engelhaften Mund. Ihr warmes Lächeln, wenn sie ihn anschaute. Aber sie hatte so viele Vorstellungen. An so vielen Abenden. So oft musste er allein einschlafen. Ohne ihre Stimme hören zu können.

Dafür hörte er Mutter im Traum. Er sah sie im Traum. Sie sprach zu ihm, und er sprach zu ihr.

Wenn sie nicht so viel Theater spielte, würde sie mehr mit ihm reden können, würde er mehr von Mutter haben. Er wünschte sich, dass sie nicht so viel Theater spielen würde.

Eines Abends kam Mutter früher nach Hause. Er fand, sie sah glänzend aus. Sie strahlte in ihren hellen, schönen Bühnenkleidern.

Sie war so oft nach Hause gekommen. Und sie hatte so oft geglänzt. Aber diesmal hatte sie sich nicht umgezogen. Sie kam nur nach Hause und glänzte so seltsam. Alles war merkwürdig. Jetzt sah er, dass Mutter sich nicht wohlfühlte. Dann brach sie zusammen. Vater trug sie zum Bett. Dort lag Mutter. Mit einem sonderbaren Fieber. Sie wurde ganz weiß im Gesicht.

Aber der Arzt gab ihr eine Medizin gegen das Weiße. Damit würde sie wieder gesund werden. Trotzdem blieb ihr Gesicht weiß.

Nächste Woche würde die Medizin wirken. Dann würde sie gesund werden.

Aber sie wurde nicht gesund. Also bekam sie noch mehr Medizin.

Die wollte aber nicht helfen. Er kniete nieder und legte Arme und Hände auf ihr Laken. Großmutter war da. Und Vater. Und Karl. Sein Bruder stierte ins Leere. Alle stierten ins Leere.

Dann ging es Mutter schlechter. Das Fieber stieg und stieg. Sie atmete seltsam. Der Arzt kam mit noch mehr Medizin. Trotzdem atmete sie seltsam. Und obwohl der Arzt ihr immer mehr Medizin gab, hörte sie schließlich auf zu atmen.

Wie sehr er mit seinen Fäusten auch auf das Bett einschlug,

auf das Laken, die Decke – es half nicht. Sie lag völlig unbeweglich dort. Ihm war klar, dass sie nie mehr aufstehen würde.

Das Bild ließ sich nicht verjagen. Als wäre es an die Wand über dem Küchentisch genagelt. Die Musik hatte dann nicht mehr genauso lockend geklungen. Das Konservatorium leuchtete nicht mehr so stark. Jetzt war Mutter fort, und alles wurde zu einer ängstlichen Flucht durch eine große Leere. Und Vater wollte, dass er etwas Handfesteres bekam. Etwas, das ihm Geborgenheit gab. Also war er an diese Handelsschule gegangen.

In seiner Erinnerung erschienen die beiden Jahre mit Papier und Ziffern wie ein grauer und trüber Nebel.

Er sah sich gezwungen, aufzustehen. Er musste hinaus und schleppte sich in das große Zimmer.

Das Konservatorium! Dort war das Licht. Dort gehörte er hin, und er war bereits ein Stück weit gekommen. Und die Orgel, die er nun spielte, war wirklich und jeden Tag gegenwärtig.

Hans Rott verließ die Wohnung. Er würde bald zurückkehren. Dann wollte er die Dinge seines Vaters und was von seinem früheren Leben übrig war in Angriff nehmen.

Leise schloss er die Haustür hinter sich.

Vor sich sah er die unzähligen Pferde mit Wolken ihres dampfenden Atems um schnaufende und schäumende Mäuler. Und die Wagen mit ihren quietschenden, eisenbeschlagenen Rädern. Und die brutalen Riesen, die mit ihren groben Armen Mutters zerbrechlichen Spiegel packten. Die fluchten und krakeelten, als sie das unförmige und schwere Tafelklavier die Treppen hinuntertrugen. Sie stießen damit an die Wände, mit krachendem Schmettern. Sie zerstörten Großmutters Tafelklavier! Er sah, wie der zierliche, verschnörkelte Notenständer hinabglitt. Auf den harten Steinen zerschlug er in tausend Teile. Hans schauderte und zuckte zusammen.

Jemand spuckte gewaltigen Rotz aus. Roh. Rücksichtslos. Vaters feiner, blanker Hut wurde unglücklich getroffen, während er auf der Bühne stand. Die Leute im Publikum begannen zu buhen. Sie bugsierten und schoben einander, als sie zu den Ausgängen drängten. Jemand ließ Mutters schöne Krinoline in den Rinnstein fallen. Bei der Versteigerung wurde sie voll dunkler Flecke in die Höhe gehalten. Die Menschen deuteten mit den Fingern darauf und lachten. Wer mochte wohl eine Krinoline kaufen, geschändet von Gosse und Pferdehufen? Wer wollte überhaupt eine Krinoline kaufen? Alles wurde zu einem einzigen Wirrwarr von Schlamm und Schmutz.

Aber nein. So war es nicht gewesen! Er musste diese fürchterlichen Bilder loswerden. Wo kamen sie her? Warum tauchten sie auf?

Es war ein ganz normaler Umzug gewesen. Normale Wagen. Normale Pferde. Normale, schwer arbeitende Männer, die nach bestem Vermögen Möbel trugen. Natürlich war es so gewesen!

Hans Rott schämte sich ein wenig für die falschen Bilder, die sich auflösten, sobald er die Tür zu Vaters Wohnung aufschloss. Die Sachen, die noch hier waren, dürften wohl immerhin eine Summe einbringen. Außerdem hatte er den Posten als Organist im Piaristenkloster bekommen. Für einige armselige Gulden im Monat sollte er an der riesigen Orgel der Klosterkirche spielen. Man hatte ihm ein paar einfache Zimmer im zweiten Stockwerk eines öden Klosterflügels hergerichtet. Dort würde er nicht viel von Vaters und Mutters Habe unterbringen können.

Jetzt ging er langsam von Zimmer zu Zimmer, schaute nach dem alten Tafelklavier in der Ecke, wo Großmutter gesessen und gespielt hatte. Aber auch Vater hatte dort gesessen und Stücke für das Theater komponiert.

Und die Tretorgel mit ihren abgenutzten Pedalen. Sie mochte Vater am liebsten. Vielleicht weil es sein erstes richtiges Instrument gewesen war. Und weil er als Zehnjähriger als Organist in einer Kirche hatte spielen dürfen.

Und das Cello. Vater hatte es ganz gut beherrscht. Einst war er Cellist an einem Theater in Pressburg gewesen. Aber nun stand das Instrument dort, rissig und still. Er und Karl hatten es umgestoßen, als sie einmal herumgerannt waren und einander durch die Zimmer jagten. Ein großer Sprung zog eine bösartig schwarze Furche über den Korpus, und der Steg stand schräg.

Und dann der große Spiegel. Hinter seinem Glas mussten sich unsichtbare Abdrücke des Gesichts seiner Mutter befinden. Er sah, wie es sich über die silbrige Fläche bewegte. Seine Hände strichen behutsam über das kalte Glas.

In der anderen Ecke des großen Zimmers stand der mächtige

Kachelofen. Wie oft hatte er nicht vor ihm gestanden und sich gewärmt, wenn er an kalten Wintertagen von der Schule nach Hause gekommen war.

Wintertage. Er entsann sich, wie er einmal geglaubt hatte, vor Dunkelheit sterben zu müssen. Er war auf dem Weg von der Schule nach Hause gewesen, und es war ungewöhnlich kalt. Er ging entlang des schwarzen, frostglitzernden Zaunes. Er kam auf die Idee, daran zu lecken. Die Zunge blieb haften. Sie fror am kalten Eisen fest, und es war, als würde etwas Dunkles und Erstickendes sein Wesen in Besitz nehmen. Es verschlug ihm den Atem. Er saß fest. Und würde sterben!

Diese kalte Finsternis tauchte seitdem manchmal ganz unerwartet auf. Obwohl er seine Zunge vom gefrorenen Eisen gerissen hatte und davongerannt war, so schnell er konnte, verfolgte ihn diese grauenvolle Finsternis. Er konnte sie spüren, als er nun die Treppe hinaufstieg.

Aber es war doch lächerlich! Warum dachte er gerade jetzt daran? Er sah doch selbst, wie das Licht durch alle Fenster in die Wohnung strahlte und wie die Tasten des alten Tafelklaviers leuchteten. So war es vormittags immer. Die vibrierenden und spielerischen Lichtbündel, die durch die schweren Vorhänge und Gardinen rieselten, formten sich zu Armen und Händen, die Großmutter umarmten, die dort saß.

Dann kam der Nachmittag mit seinen tiefen Schatten. Großmutter löste sich langsam auf. Er konnte sie nicht mehr sehen.

Der Blick streifte durch das Zimmer. Dort standen der Esstisch und die massiven, schweren Stühle mit ihren reichlich verzierten Lehnen. Die Tischplatte war von Großmutters besticktem Sonntagstuch bedeckt gewesen. Nun stand der Tisch nackt und öde da, starrte mit leerem Blick auf die Stuckatur um die Deckenleuchte, die ihre glänzenden Messingarme hübsch krümmte und drehte.

Und Vaters Sekretär. Den gab es auch noch. In ihm hatte Vater Noten und persönliche Dinge aufbewahrt, und nur er hatte den Schlüssel dazu besessen.

Unter der Habe, die das Krankenhaus nach Hause geschickt hatte, befand sich ein kleines Kästchen mit einem Schlüssel drin. Er probierte ihn, und die kleinen Schubladen sprangen auf. In einer davon fand er einen Zettel mit Noten darauf. Er las, und in seinem Kopf begann langsam, ein Lied zu klingen. Zart wie eine verhaltene Hymne. Er fragte sich, wann Vater es geschrieben hatte. Er wendete das Papier, aber dort konnte er lediglich lesen:

Carl! Vergiss nicht, heute Nachmittag Mehl und Butter zu kaufen. Und das Bild über dem Tafelklavier – kannst Du es umhängen, wie wir verabredet hatten? Das Landschaftsbild macht sich viel besser dort. Du weißt, das, von dem wir sprachen. Mit den Fischern und deren Booten am Ufer. Und Dein gutes Hemd hängt vor dem Ofen. Es ist inzwischen sicher trocken. Leg es in den Wäscheschrank. Ich komme später.
Maria

Er fand noch weitere Zettel mit Noten. Und weitere Rückseiten.

Carl! Vergiss nicht, Hans heute Abend warmes Honigwasser gegen die Erkältung zu geben. Sieh zu, dass er im Bett mit einer Extradecke zugedeckt ist. Und leg noch etwas Kohle im Ofen nach. Es soll heute Nacht kalt werden. Es wird wohl spät.
Maria

Carl, kannst Du bitte nach der Lampe in der Diele schauen? Sie leuchtet nicht, wie sie soll. Ich habe Angst vor einem Leck

in der Gasleitung. Carl, versprich mir, dass Du Dich darum kümmerst!
Maria

Heute kamen die Ergebnisse der Blutproben. Der Arzt sagt, dass alles gut aussieht. Aber wir sprechen darüber, wenn ich nach Hause komme. Kann spät werden.
Maria

Er spürte Mutters Atem im Nacken, als er die Papiere zurücklegte. Er öffnete andere Schubladen.

Dort lag ein weiteres Blatt, zweimal gefaltet und mit einem Band herum. Er faltete es auf. Darin fand er ein vergilbtes Bild. Es sah aus wie eine Lithografie oder Zeichnung. Oder war es ein Foto? Es war verschwommen. Ein Mann in Uniform starrte ihn an. Helm, Bänder und Abzeichen. Medaillen und Verdienstnadeln. Wen mochte das Bild darstellen? Es schien alt zu sein. Aber die Hemdbrust und all die Medaillen! Es musste Wilhelm sein, der Erzherzog. Der Vater seines Bruders. Aber wie war das Bild hierhergekommen? Konnte Vater es in Mutters Nachlass gefunden haben? Hans dachte sofort an seinen Bruder Karl. Sohn und doch nicht Sohn. Obwohl sie beide Carl Mathias Rotts Söhne waren. Das müssen sie doch gewesen sein – Söhne. Schließlich hatte er sie ja dazu gemacht. Als Mutter und er endlich heirateten. Das Bild brannte in seiner Hand, und er warf es heftig von sich.

Dabei entdeckte er das Etui mit dem Bild des Kaisers. Aber erst als er es geöffnet hatte und das schwere Metall in der Hand wog, war ihm klar, worum es sich handelte.

Das Goldene Kreuz des Kaisers! Eine der höchsten Auszeichnungen, die man erhalten konnte, glänzte ihn in leuchtendem Gold an.

Kaiser Franz Joseph selbst hatte seinen Vater ausgezeichnet. Warum hatte Vater nie etwas davon erzählt?

Wieder wog er die Medaille in der Hand. Immer wieder. Dabei sah er den Rollstuhl im Krankenhauspark vor sich. Und den fadenscheinigen dunklen Rock, den Vater so manchen Abend im Theater getragen hatte. Er sah das zerfurchte und traurige Gesicht, den hohlen und toten Blick, wenn er Vater im Krankenhaus besuchte.

Er sah auch den hohen Hut, den Vater nicht aus der Hand geben wollte. Der gebürstet und bei jedem Wetter getragen werden sollte, wenn er über die Gänge gerollt wurde.

Er bestand auch auf einer Blume im Knopfloch. Ständig setzte er der Krankenschwester deswegen zu. Es musste eine richtig feine Blume sein. Eine von der Sorte, wie Mutter sie gemocht hatte. Er hatte ein Foto von ihr gesehen, auf dem sie ihr riesiges Kleid mit den tausend Falten trug. Das sich ausbreitete und wie eine Kirchenglocke über dem Boden schwang. Vor ihr auf dem Foto stand eine Vase mit Blumen. Er erkannte sie, wusste aber nicht, wie sie hießen. Eine solche Blume war es gewesen. Genau so eine.

Er steckte die Medaille in seine Tasche. Gleichzeitig nagte die Frage an ihm, warum Vater sie ihm nie gezeigt hatte. Aber er verwarf den Gedanken und überlegte stattdessen, wann Vater die Medaille erhalten haben mochte.

Er stand wankelmütig mitten in der Wohnung. Mitten in dem Leben, das wie eine verwitterte Mauer zu zerbröckeln begann.

Als Hans die Bücherkiste fertig gepackt hatte, lehnte er sich an den Kachelofen und schaute Karl an.

»Hast du die Dienstmänner für den Umzug besorgt?«

»Ja.«

»Und das Dorotheum? Nehmen die auch etwas?«

»Ja. Wenn wir eine Liste hinbringen oder sie herkommen lassen, geht alles in Ordnung.«

»Ich möchte nicht hier sein, wenn sie kommen, Karl. Vielleicht stelle ich lieber eine Liste auf. Es werden schon einige Sachen zusammenkommen, weil wir im Kloster nicht viel Platz haben. Gib Gott, dass wir ein wenig Geld einnehmen. Hier, ein paar Gulden. Geh zu den Möbelpackern und sag, dass sie morgen anfangen können. Dann kannst du zum Markt gehen und dir etwas zu essen kaufen.«

Sie gingen in die Diele hinaus. Hans holte noch eine Münze hervor und steckte sie dem Bruder in die Hand. In seiner Tasche fühlte es sich trostlos an.

»Geh dann ins Kaffeehaus Pfob und warte auf mich. Ich komme, sobald ich mit der Liste fertig bin.«

Er blieb stehen und grub in der anderen Tasche.

»Hast du gesehen, Karl? Hast du das hier gesehen?«

Die funkelnde Medaille blendete den Bruder. Sie reflektierte das grelle Licht, das durch die offene Küchentür einfiel, und Karl zwinkerte irritiert.

»Ich habe sie in einer von Vaters Schubladen gefunden. Es ist das Goldene Kreuz des Kaisers. Eine der vornehmsten Auszeichnungen, die man bekommen kann. Seltsam, dass er nie etwas gesagt hat. Oder? Ich meine, das ist doch eine große Sache!«

Karl nahm die Medaille in die Hand, betastete zögernd die goldene Oberfläche. Dann gab er sie rasch zurück, als hätte er sich daran verbrannt.

»Aber was ist denn? Was ist los, Karl?«

Der Bruder schwieg und senkte den Blick.

»Heraus damit! Stimmt etwas nicht?«

»Also … ich wusste Bescheid. Ich wusste, dass es sie gab. Ich meine, dass er sie bekommen hat.«

Hans schaute ihn erstaunt an. Aber Karl sprach weiter.

»Ich wollte nichts sagen. Mir war, als würde es nur mich angehen.«

»Aber wieso? Was meinst du?«

»Vater hat sie mir gezeigt. Vor etlichen Jahren. Er sagte, dass er sich schämte …«

Hans packte Karl und schüttelte ihn.

»Sich schämte? Wie meinst du das? Man kann sich doch nicht schämen, wenn man ausgezeichnet wird. Oder doch?«

Karl schrie auf: »Lass mich los! Das tut weh!«

»Entschuldige!«

Hans nahm seine zitternden Hände zurück.

»Hans, wir haben ja nicht …«

»Ja?«

Hans wurde ungeduldig wegen der Unterbrechung.

»Wir haben nicht denselben Vater. Meinen Vater … ja, den habe ich nur auf Bildern gesehen. Und Mutter sprach auch nicht viel über ihn.«

»Ich weiß, dass wir nicht denselben Vater haben. Na und? Wir wissen doch beide, dass wir dennoch irgendwie denselben hatten, nicht wahr? Das ganze Leben hatten wir denselben Vater. Was meinst du also?«

Karl zögerte.
»Ich meine, mein Vater war der Bruder des Kaisers … vielleicht nicht gerade Bruder, aber jedenfalls ein naher Verwandter. Und Vater meinte, also unser Vater meinte …«
Karl seufzte und schaute weg.
»Was meinte er? Was meinte Vater? Heraus damit!«
»Er meinte, dass er als Schauspieler wohl nicht gut genug war. Dass alle, die das Theater besuchten, ihn nicht genügend schätzten. Und was die Zeitungen über seine Auftritte schrieben, war nicht gut genug. Das einzig Gute an ihm und der Medaille war, dass er sich um den Sohn des Erzherzogs gekümmert hatte.«
»Sagte er das? Hat er das so formuliert?«
»Ja.«
Hans drückte die Medaille fest in der Hand. Er wankte, als das kalte Metall in seinen Fingern brannte, und ließ los. Die Medaille fiel auf den harten Dielenboden. Ein klingender Laut hallte zwischen den Wänden.
»Das ist gelogen, Karl! Du weißt, dass alles gelogen ist. Dass Vater sich täuschte. Ganz und gar. Geh auf die Straße. Frag alle Leute nach Carl Mathias Rott. Sie werden lächeln und in Erinnerungen schwelgen, wenn sie den Namen hören. Hast du nicht begriffen, wie beliebt er war? Wie die Leute in seine Vorstellungen stürmten? Und die Blumenmeere! Bitte, Karl. Du weißt doch noch, wie voll die Wohnung von all den Blumen war, die nach den Vorstellungen hergeschleppt wurden. Weißt du das nicht mehr?«
Der Bruder versuchte, seinem Blick zu begegnen.
»Sicher. Natürlich weiß ich noch …«
»Vater hat sich getäuscht!«
Hans schrie die Worte hinaus.
»Wenn ich es nur gewusst hätte. Ich hätte mit ihm gespro-

chen. Vergiss das mit dem Erzherzog! Nimm die Medaille. Jedes Mal, wenn du sie hervorholst, musst du die Augen schließen und Vater auf der Bühne sehen. Seine Kratzfüße. Seine Mimik. Seine grandiosen Gestaltungen. Seine umjubelten Narreteien. Verstehst du?«

Karl bückte sich zögernd. Er hob die Medaille auf und steckte sie in die Tasche. Ohne etwas zu sagen, sah er zu Hans hinauf, seinen Blick mied er aber.

»Ich werde mich darum kümmern …«

Er murmelte etwas vor sich hin, während er sich zur Tür bewegte.

Rasch verschwand Karl die Treppen hinunter. Draußen auf der Straße ging er ein Stück. Dann blieb er stehen. Der goldglänzende Gegenstand verschwand durch das Gitter eines Gullys. Karl Rott machte sich so schnell davon, dass er das Platschen beim Aufprall auf das strömende Wasser nicht hörte.

Hans taumelte zum Sekretär des Vaters hinüber und ließ sich schwer auf den Stuhl davor fallen. Er musste sich zusammennehmen und die Sache hinter sich bringen. Morgen würden die Möbelpacker kommen. Er nahm ein Blatt Papier hervor und tauchte die Feder in das Tintenfass. Er begann unbeholfen.

An alle, die es angeht

Nein, das war nicht gut. Er strich es durch und schrieb:

An die Dienstmänner.

Folgende Dinge sollen versteigert werden. Bitte an die gebührende Adresse bringen.

Hans Rott

Gebührende? Was war das für eine Sprache? Er konnte nicht schreiben. Alle Wörter waren auf der Flucht, und er konnte sie nicht einfangen.

Aber die Liste nahm langsam Gestalt an.

1. 1 Tafelklavier. Bechstein
2. 1 Heimorgel. Fabrikat unbekannt
3. Großer Spiegel. Blattgold
4. Sekretär. 18. Jahrhundert
5. Gemälde an der Wand im Salon. (»Fischfang«) Unbekannte Künstler …

Er kratzte weiter mit dem Tintenstift und gelangte schließlich zu

15. Cello

Er schaute rasch auf das gesprungene Cello, das in der Ecke an der Wand lehnte. Es glänzte ein wenig im inzwischen absterbenden Tageslicht. Aber nein. Nicht das Cello! Er strich es von der Liste.

Die Hand hielt inne, hob die Feder. Ehe er den Sekretär verließ, warf er einen Blick auf die dritte und letzte Schublade, die er zu öffnen vergessen hatte. Er zog sie heraus. Ein Revolver! Hatte Vater einen Revolver? Er las auf dem grauen Stahl. *Gasser, Wien 1870*. Er wühlte weiter. Aber keine Patronen. Nichts. Der Revolver war leer. Er steckte ihn in die Innentasche seines Rockes. Er wollte niemandem etwas davon erzählen.

Er schloss die Tür hinter sich und ging rasch die Treppen hinunter. Vor der Haustür blieb er stehen und sah ein letztes Mal zu den Fenstern hinauf. Ihm fiel ein, dass er vergessen hatte, Karl das Bild zu zeigen, das er in Vaters Sekretär gefunden hatte.

Er tastete die Tasche ab. Er wollte sicher sein. Ja, das vollgeschriebene Blatt war dort. Die Liste für die Dienstmänner, die er gleich übergeben würde. Gleich würde er ein Stück seines Lebens weggeben.

Der eiskalte Stahl drückte in der Rocktasche. Bei erstbester Gelegenheit würde er den großen Revolver wohl wegwerfen.

Es war Zeit, weiterzugehen.

Erst später, als er an der Orgel hoch oben in der Kirche stand, sah er ein, wie groß sie war. Würde er darauf spielen können? Vater hatte als Zehnjähriger in einer Kirche Orgel gespielt. Er selbst war viel älter. Würde er sich würdig erweisen?

Jetzt trat er in den schmutzig grauen Schnee, der den Gehsteig bedeckte. Im feuchten und matschigen Dunst erkannte er die Piaristenkirche. Das helle, hohe Gebäude erhob sich mit seinen zwei Türmen aus dem Schneetreiben. Gleich würde er dort sein.

Anton Bruckner hatte ihn unterrichtet, und Hans hatte alle Orgelprüfungen glänzend bestanden. Bruckner hatte ihn ermutigt, ihm die Anstellung besorgt. Natürlich würde Hans die Aufgabe bewältigen! Wenn Vater das gewusst hätte, wäre er wohl doch zufrieden gewesen. Vater! Da war er wieder, und Rollstuhl und Krankenschwestern flimmerten vorbei. Hans trat geradewegs in eine Pfütze. Die war unerwartet tief, und er fühlte, wie das eiskalte Wasser in seine Schuhe drang.

Der untersetzte und schweigende Bedienstete verbeugte sich und ging zurück, um die Tür hinter Hans Rott zu schließen.

»Sie können sich umschauen, Herr Rott. Sie wissen, wo sich die Orgel befindet: die Treppe hier gleich links.«

Hans warf einen Blick nach oben. Aber es war so weit bis hinauf, dass er fast das Gleichgewicht verloren hätte, als er sich zurückneigte. Die Orgel war nicht zu sehen. Aber er spürte, wie die tiefen Töne sein Rückgrat erschütterten.

Die Tür fiel mit einem tiefen, widerhallenden Laut ins Schloss, und er zuckte zusammen. Er stützte sich gegen die Wand. Alles war so gewaltig. Ein breiter Gang mit Bankreihen zu beiden Seiten und weit vorn der Altar. Es schwindelte ihn, als er zu der mächtigen Kuppel emporschaute. Er ahnte Gemälde. Eine Menge Figuren – waren es Engel? Sie drehten sich um die gewölbte Decke herum.

Als er den Blick über die Wände gleiten ließ und all die Skulpturen, Kandelaber und Gemälde sah, fühlte er sich geblendet. Alles erstrahlte in goldenen Glanz.

Über ihm die riesige Deckenleuchte, überreichlich mit Kerzen und Lampen versehen. Vergoldete Arme. Weiter vorn links die große Kanzel. Mit Treppe, Himmelsdach und überall Intarsien und goldene Schnitzereien.

Er ging langsam und mit wankenden Schritten zum Altar. Das Echo seiner Schritte auf den großen Steinplatten am Fußboden prallte an die Wände, ehe es von all den vergoldeten Engelfiguren und den unzähligen Bildern von Maria und dem Jesuskind aufgesogen wurde. Vorn auf dem Altar mit dem kreideweißen und reich bestickten Tuch zählte er sechs große Kandelaber. Alle goldglänzend. Wenig darüber hing Christus an seinem Goldkreuz mit goldenen Nägeln, die durch seine Hände getrieben waren. Und das Altarbild. Wieder Maria mit ihrem Kind, umgeben von leuchtendem Goldschimmer. Neben dem Altar riesige Marmorsäulen mit goldenen Ornamenten – und Engeln. Überall Engel. Alle mit Flügeln aus schwerem Gold. Gold und abermals Gold. Noch nie hatte er so viel Gold gesehen.

»Ich bin Vater Anselmus. Und Sie sind wohl Herr Rott, unser neuer Organist?«

Hans Rott stand mit offenem Mund mitten in der glänzenden Pracht und kam erst zu sich, als einer der Mönche ihn leicht am Arm berührte.

Hans nickte dem Mönch zu. Vater Anselmus mochte etwas über dreißig sein. Er hatte ein freundliches Gesicht. Hans meinte, hinter der sanften Stimme Wärme zu ahnen.

»Sie möchten natürlich die Bibliothek sehen, Herr Rott?«

Der Mönch ging voran durch den großen Kirchenraum, und etwas später waren sie in der Bibliothek.

»Hier ist unser Lese- und Schreibsaal. Und selbstverständlich alle Bücher.«

Hans Rott ließ den Blick über die unzähligen Regale schweifen. Hier und dort konnte man hinter Türen aus Glas dicke Handschriften ausmachen.

»Sie sind ja Musiker ...«

Hans Rott nickte.

»Ja, Sie sind unser neuer Organist. Aber ich habe auch gehört, dass Sie Dirigent und Komponist sind?«

Hans Rott nickte wieder, sagte aber nichts. Er schaute immer noch auf die Bücher. Einige waren mit kunstvoll verzierten Einbänden geschmückt.

»Herr Rott, dies hier wird Sie interessieren, glaube ich.«

Der Mönch führte ihn in eine Ecke, in der ein massiver Schrank stand. Die Türen waren massiv und mit Glasscheiben versehen. Der Schrank mit einem kräftigen Schloss, das Glas mit dunklem Gitter gesichert.

Hans Rott ging einen Schritt näher und blickte durch das Gitter.

»Eine alte Handschrift? Warten Sie mal – sind das nicht Noten? Ist das eine Partitur?«

Der Mönch ließ seinen Blick auf ihm ruhen.

»Herr Rott, das hier ist eine der Kostbarkeiten des Klosters.«

Er machte eine kurze Pause.

»Haydn. Joseph Haydn hatte hier an den Weihnachtstagen 1796 die Uraufführung einer seiner großen Messen. Das Kloster hatte ihn eigens zu dieser Aufführung eingeladen. Übrigens war er selbst Schüler der hiesigen Klosterschule gewesen und hatte hier seine Prüfung abgelegt. Nun aber waren es unruhige Leidens- und Kriegszeiten, deshalb nannte er sein Werk *Messe in Kriegszeiten*. Für uns hier ist dieses Stück stets ein Ruf nach Frieden in unruhiger Zeit gewesen.«

Vater Anselmus deutete auf das Glas mit dem Gitter.

»Ja, Joseph Haydn vergaß seine Partitur hier im Kloster.«

Hans Rott neigte sich vor und starrte lange durch das Glas.

Auf dem Weg nach draußen entdeckte er ein kleines Gemälde, das an der Wand hing. Im oberen Teil war eine männliche Figur abgebildet, die in einen starken Lichtschein gehüllt war. Darunter stand ein Text. Hans Rott blieb stehen.

»Das dort ist einer unser wichtigsten Heiligen, Sankt Pompilius Maria Pirotti.«

»Was steht darunter?«

»Es ist ein Gebet, das wir täglich beten. Um uns ständig an unsere Berufung zu erinnern, an unseren Dienst, der uns auferlegt ist und den wir an allen Menschen und an Gott zu tun haben: in unserer Welt die Armut zu bekämpfen, unter den Obdachlosen Wissen zu verbreiten und bedürftige Kinder zu unterrichten. Aber jetzt muss ich Sie verlassen. Sie finden wohl selbst hinaus.«

Hans Rott begann, das fromme Gebet zu lesen. Bei den letzten beiden Zeilen verweilte er länger:

Muttergottes Orden armer Priester
Orden der Muttergottes armer Diener

Als er die Bibliothek verlassen und den goldenen, prunkvollen Kirchenraum wieder betreten hatte, dachte er an die Kinder. Die armen und notleidenden. Denen Wissen und ein würdigeres Leben zuteil werden sollte. Und als er am Altar und dem, der dort in Gold hing, vorbeiging, konnte er für einen Augenblick seinen Heiland nicht erkennen.

Er war die Treppen hinaufgestiegen und stand vor der Orgel. Mit dem Rücken lehnte er an dem kunstvoll verzierten Geländer, das ihn vom Abgrund trennte. Einen Moment lang schaute er in die schwindelnde Kuppel hoch über sich. Und in dieser Sekunde sah er sie! Er erstarrte. Er sah sie deutlich unter all den Figuren, die sich über einem wimmelnden und flammenden Himmelsgewölbe bewegten. Er sah, wie die lichte Gestalt von Engeln in Gottes Himmel hinaufgeführt wurde. Sie war in ein flatterndes, großes blaues Tuch gehüllt. Es war Maria. Die Jungfrau Maria. Aber es war eigenartig. Hielt sie den einen Arm nicht mit ausgestreckter Hand nach unten? Ja, doch! Streckte sie die Hand nicht aus, als wollte sie sich an etwas festhalten? Als suchte sie nach Hilfe, um auf der Erde bleiben zu dürfen? Unten zu bleiben? Wollte sie nicht in den Himmel hinauf?

Endlich wendete er den Blick von der heiligen Jungfrau und dem Himmelsgewölbe ab und entdeckte, dass er in einem wundersamen Licht badete. Es fiel durch zwei große, runde Fenster zu jeder Seite des gewaltigen Kirchenschiffs. Aber es gab auch einige kleinere Fenster. Er ging zu einem von ihnen und hatte eine schwindelerregende Aussicht auf den Klosterhof und die Grünanlagen.

Er ging zurück zu den weißen Reihen der Tasten. Hier hatte sein Meister Anton Bruckner gesessen und gespielt, hier hatte er seine große Meisterprüfung abgelegt.

Bald würde es nun an ihm sein. Und ebenso wie Bruckner musste er die Orgel ehren. Ehre sei dem Höchsten. Lausche den Stimmen Gottes und der Engel, die aus den unzähligen Pfeifen hervorbrechen. Wie sonderbar. Letztlich war es doch nur ein Instrument mit Pfeifen aus Metall, von Menschenhand gefertigt.

Hans Rott setzte sich an die Orgel, und seine Hände begannen, sich in der Luft zu bewegen. Als würde er spielen. Aber er berührte die Tasten nicht, schloss nur die Augen und hörte die mächtigsten Töne in seinem Innern. Jemand saß dort drinnen und spielte. Er konnte es sehen. Und spüren. War er es? War er es selbst? Er lauschte der mächtigen Musik. Er lauschte lange. Bald würde er dieselben Tasten niederdrücken, die Bruckner einst berührt hatte.

Rasch stieg er die Treppen hinab. Er erreichte den Steinfußboden und ging den Mittelgang entlang zwischen den leeren Bänken. Wieder hallten seine Schritte in der großen Kirche, und es war, als erschreckten sie ihn. Er beeilte sich und öffnete die große Tür. Hinaus. An die Luft. Er atmete tief ein. Jeden Morgen um sechs Uhr würde er an der Orgel sitzen. Bald würde er mit der Schinderei beginnen, für armselige zwanzig Gulden im Monat. Allerdings hatten er und Karl eine Wohnung mit zwei Zimmern gleich neben der Klosterkirche. Dann würde es ihnen besser gehen, oder?

In den kommenden Tagen würden sie mit ihren Habseligkeiten in die kahlen Zimmer ziehen.

Lärm und Krach. Und Gedränge überall. Die Bierkrüge wurden durch die Luft geschwungen und donnerten auf die Tische. Die Luft war dick von Tabakrauch und erhitzten Gesprächen. Gelächter und Gejohle über randvollen Aschenbechern. Ein stechender Geruch nach schwelendem Rauchwerk, sterbenden Zigarren. Geschepper von Stühlen und Tischen.

Alle waren dort, im Roten Hahn. Das gesamte Konservatorium. Mahler und Rott, Rudolf Krzyzanowski, Hugo Wolf und Friedrich Löhr.

Löhr war Literaturwissenschaftler und Musikliebhaber. Hans Rott hatte bei einer Vorlesung von Anton Bruckner an der Universität zufällig neben ihm gesessen. Es hatte sich ein Gespräch über Philosophie ergeben. Über Schopenhauer und Nietzsche. Vor allem aber über Literatur. Hölderlin gehörte zu den Lieblingen von Hans. Friedrich hatte ein besonderes Interesse für die nordischen Schriftsteller und hatte einige von deren Werken übersetzt. Sie waren Freunde geworden. Durch Friedrich hatte er auch Joseph Seemüller getroffen. Seemüller studierte Sprachen und Literatur, hatte aber wie Friedrich ein tiefes Interesse für Musik. Und nun tauchte er auf, Seemüller, und setzte sich zu den beiden.

Hans Rott war an diesem Abend ein wenig unruhig, weil er eine Weile über etwas gegrübelt hatte, das tief in seinem Innern saß und schmerzte. Und obwohl er unzählige Male hier im Roten Hahn gewesen war, schien es heute Abend anders.

Seemüller stieß Friedrich leicht in die Seite und warf einen

Blick in das Gedränge hinaus. Er neigte sich flüsternd zu Friedrich.

»Siehst du, was ich sehe? Dort ist Victor Adler!«

»Dann wird's wie gewöhnlich heiß hergehen.«

Friedrich hatte sich mit gesenkter Stimme an Hans Rott an der anderen Seite des Tisches gewandt.

Hans schaute in das Gewimmel – sicher war es Victor Adler, der Agitator und Revolutionär. Es würde ein lauter Abend werden. Hitzige Handgemenge mit großen Worten, und viele würden sich hinstellen und etwas proklamieren. Und heute war wohl er selbst an der Reihe? Sollte er nicht auch hervortreten und etwas proklamieren? Ja, er wollte aufstehen, heute müsste es geschehen. Alle waren ja hier im Roten Hahn. Hier hörten alle zu. Er brauchte nicht viel zu sagen, nur den rechten Augenblick abzuwarten. Heute würde er, Hans Rott, hervortreten. Es war an ihm. Aber er musste erst noch einen großen Krug Bier haben.

Als er den neuen, schweren Krug hob, wurden Stimmen um ihn herum laut. Es wurde weithin hörbar über Karl Marx gesprochen. Über die neue Industrie. Über die Fabrikarbeiter. Über die Einförmigkeit der neuen Arbeit. Wie sie in eine Menge kleinerer Teile zersprengt wurde. Wie man den Überblick verloren hatte. Wie der Mensch im neuen Zeitalter den Boden unter den Füßen verlor.

An diesem Punkt schaltete sich Victor Adler in das Gespräch ein. Hinter seiner kleinen runden Brille blitzte es auf. Augenblicklich entstand eine Stille. »Wenn du die Arbeit in mehrere kleine Momente teilst, die nichts miteinander zu tun haben, dann gibt es ein Problem. Der Mensch erkennt sich nicht mehr. Die Arbeit seiner eigenen Hände wird ihm fremd. Stell dir vor, dass du etwas tust, etwas erschaffst …«

Ein Geklapper mit Stühlen und Tischen und lärmendes Gelächter in einer Ecke unterbrachen ihn. Aber er fuhr unverzüglich mit lauterer Stimme fort.

»Stell dir vor, dass du etwas so Einfaches wie einen Stuhl machen sollst.«

Die Störenfriede in der Ecke grölten wieder.

»Prosit! Es lebe der neue Mensch!«

»Aber hört doch zu!«

Victor Adler sprach noch lauter.

»Du machst den ganzen Stuhl. Lehne, Sitz, Beine. Du polierst, sägst, passt an. Du setzt die verschiedenen Teile zusammen.«

»Ein Stuhl! Was für ein Blödsinn, Victor!«

»Ja, ein Stuhl. Du hast deine Idee verwirklicht. Der fertige Stuhl ist ein Teil deiner selbst. Er ist ein Teil von dir.«

»Victor, ein blöder Stuhl. Irre! Welcher Teil von uns mag Stühle? Welcher Teil von uns wird verwirklicht, wenn wir uns draufsetzen?«

»Prosit, Freunde … Prosit!«

Die Bierkrüge schwangen heftig durch die Luft. Aber Victor Adler behielt seinen unten.

»Ich glaube, ihr kapiert das nicht. Lasst mich doch zu Ende reden!«

Gegröle und Gelächter legten sich etwas.

»Der Stuhl verwirklicht nicht nur unsere weniger edlen Teile. Er verwirklicht unser ganzes Ich. Es …«

»Aber Victor! Wir machen doch nur Spaß. Nimm's uns nicht übel!«

»Gut, gut. Aber ich war noch nicht fertig. Durch das, was du mit deinen Händen tust, verwirklichst du dich selbst. Aber in der Fabrik – was geschieht da? Du siehst den Stuhl nicht mehr. Du polierst einfach los, sägst nur an einem Bein. Ein kleines Stück. Nichts von dir selbst ist in diesen toten Holzstücken.

Das ist es, wovon Marx spricht. Nicht der Stuhl an sich ist wichtig – es geht um die Entfremdung. Marx spricht davon, wie der Mensch in dieser neuen Gesellschaft fremd gegenüber demjenigen wird, was er tut. Und gegenüber dem anderen. Im alten Bauerndorf war jeder abhängig von jedem. Niemand konnte mit der Ernte anfangen, ohne dass alle anderen mitmachten. Gegenseitige Hilfe war eine Notwendigkeit. Jetzt werden alle Fremdlinge. Und wem nützt diese neue Gesellschaft? Nun, denjenigen, die die Fabriken und Manufakturen besitzen. Sie leben gut davon, dass die Menschen ihre gemeinsamen Interessen nicht vertreten können.«

»Aber Victor! Nietzsche bietet uns die Lösung. Pfeif auf diese Blutsauger, die ihr Judasgeld durch die Ausbeutung von Menschen verdienen, die nichts anderes besitzen als ihre lumpige Arbeitskraft. Pfeif auf die Elenden, die zwischen rotierenden Riemen und Wasserrädern und Maschinen schuften. Pfeif auf die ganze Bande! Warum zum Teufel sollen wir uns für so ein Gesindel, so ein Menschenpack engagieren? Lass uns auf die Höhen fliehen. Lass dieses Gewürm da unten kriechen, wie sie wollen. Das geht uns doch nichts an!«

Ein junger Mann mit Bart stand auf. Sofort zeigte sich hinter ihm ein Spaßvogel, tat, als würde er Geige spielen und gab dann mit schwülstigen Gebärden den Dirigenten.

»Victor, du hast recht. Aber du vergisst den Vegetarismus. Er ist eine starke, ich möchte sagen mächtige Kraft. Wenn wir alle Vegetarier würden, wäre die Welt gerettet. Alle sind wir lebende Geschöpfe. Alle haben wir einen Wert. Denselben Wert. Schande über den, der die universale Harmonie aufs Spiel setzt! Der den Menschen über unsere Mitgeschöpfe stellt. Der sie uns unterstellt und uns das Recht gibt, in ihren Eingeweiden herumzuschneiden, um uns selbst zu retten und unsere Krankheiten zu heilen. Pfui Teufel! Wagner hat darüber geschrieben. Wir sollten ihm folgen. Das würde eine bessere Welt schaffen. Victor, eine reinere Welt! Der Mensch würde sich erheben. Bestimmt würden wir uns erheben.«

»Aber Mahler! Das hast du wohl von Schopenhauer!«

»Klar, verdammt noch einmal! Werdet Vegetarier! Rehabilitiert Jesus! Lasst seine verdammte Seligkeitslehre auferstehen! Und Nietzsche soll sich zum Teufel scheren! Wahrt den arischen Gedanken und schmeißt die Juden raus!«

Das war einer der Störenfriede.

»Bitte, keine Boshaftigkeiten gegenüber Wagner!«

Victor Adler nickte immer wieder, während er zuhörte.

»Ich teile die Gedanken über den Vegetarismus. Aber ich glaube vor allem an den solidarischen Menschen. Der sich einsetzt. Der sich mit allen anderen vereint und für das Gemeinsame kämpft. Marx hat den Weg aufgezeigt. Und Wagner. War er nicht auch einmal Revolutionär? Dass er von diesem Weg abgewichen zu sein scheint, macht mich traurig. Aber wir müssen seine Größe sehen, müssen ihn als Schöpfer einer neuen Musik, einer neuen Kunst sehen.«

Ein Bierkrug krachte am anderen Ende der Halle auf den Fußboden. Eine graue Figur löste sich aus Tumult und Tabakqualm. Der Mann trat die Scherben des zerbrochenen Kruges mit den Füßen vor sich her. Es knirschte, als er darauf trat.

»Victor, entschuldige! Aber wir haben die verdammte Gesellschaft, die wir verdienen. Diese große Ansammlung von Idioten lässt sich von jedem beliebigen Narren blenden, der die Führung über die Schafherde beansprucht. Keine einzige dieser blökenden Missgeburten kann einen einzigen eigenen Gedanken denken. Nein, was wir brauchen, ist ein Despot. Ein unumschränkter, absoluter verdammter Despot. Ein wahrhaft aufgeklärter Despot. Einer, wie er Voltaire in seinen heißen Träumen vorschwebte. So einer müsste die Welt führen!«

Einen Augenblick lang wurde es vollkommen still. Dann starrten alle auf Victor Adler.

»Vor weniger als hundert Jahren stellte man in Frankreich alles auf den Kopf. Jetzt geht es darum, in unserer eigenen Zeit alles auf den Kopf zu stellen. Ich glaube, dass … ich glaube an einen gemeinsamen Kampf für Gerechtigkeit. Und diejenigen, die jetzt an die Maschinen in den Fabriken strömen, haben den Schlüssel zur Zukunft in der Hand. Ich glaube an den neuen Menschen.«

Nun erhob sich Hans Rott und ging mit einigen unsicheren Schritten auf Victor Adler zu. Der laute Klang der Bierkrüge, mit denen sie anstießen, hatte die lähmende Wirkung eines Blitzeinschlags. Er wankte, aber nun war er dran. Das war die Stunde seines Auftritts. Es war Zeit für seine Proklamation.

»Es lebe die neue Symphonie! Sie wird die Herzen der Menschen vereinen. Es lebe der neue Mensch!«

Victor Adler hatte aufgehört zu reden und starrte erstaunt auf den Jüngling mit der neuen Symphonie. Friedrich Löhr wollte seinen Freund an den Tisch zurückziehen, hielt aber ein, als er das pochende Herz dort in den Bierdünsten spürte.

»Ich werde diese Symphonie schreiben. Ich werde die neue Symphonie schreiben. Sie wird die Menschen vereinen. Es lebe der neue Mensch!«

Hans Rott hörte seine Worte laut und durchdringend über die ganze Halle, und er wollte noch viel mehr hinausschleudern, aber es trug nicht mehr. Es zerschmolz und musste reichen.

Wieder stieß er mit Adler an.

Alle erhobenen Bierkrüge blieben in der Luft hängen. Stimmengewirr brach aus. Einige schüttelten den Kopf. Andere hoben erneut entzückt ihre Gläser. Jemand wiederholte: »Die neue Symphonie«. Andere ergänzten: »Der neue Mensch«. Der

Chor steigerte sich mit jedem geschwungenen Bierkrug: »Die neue Symphonie« – »der neue Mensch«!

Die Störenfriede in der Ecke nahmen nun auch die neuen Schlagworte auf, und die Rufe erschollen zwischen den Wänden.

Die hohlen Klänge aller anstoßenden Bierkrüge verwandelten sich in dröhnende Kirchenglocken, und der gewaltige Kirchenchor sang vom »neuen Menschen«.

Hans Rott sank auf seinen Stuhl. Er begann, etwas auf die feuchte Tischplatte zu zeichnen, die vom kalten Bierglas beschlagen war. Es sah aus wie Noten. Große, weitschweifige Noten. Auf der schwitzenden Platte nahm das neue Klangformat Gestalt an.

Friedrich Löhr legte seine Hände auf Hans' Schultern.

»Komm, Hans, wir gehen zu dir nach Hause.«

Hans Rott verließ die Bierhalle, leicht auf seinen Freund gestützt. Joseph Seemüller, Hugo Wolf und einige der anderen gingen ebenfalls mit. Das Fest sollte im Piaristenkloster weitergehen. In Rotts Zimmer im menschenleeren Klosterflügel. Das Klirren der Flaschen hallte im Treppenhaus. Jemandem fielen Zigarren aus einer zerbrochenen Schachtel. Dunkle, trockene Tabakblätter raschelten unter schlürfenden Schritten.

Die erhitzten und berauschten Nächte mit den Freunden aus dem Roten Hahn gehörten zu denen, die nie enden wollten.

Sie stiegen in den Zug. Es war kein gewöhnlicher Zug, sondern einer, der sie alle in strahlende Höhen führen würde. Zum Licht und zu einer neuen Welt. Einer Welt, in der sich der Mensch zu dem Wesen erhoben hat, das er zu sein bestimmt ist. Eine neue Zeit. Man sprach von einem neuen Deutschland, und die Reise sollte sie durch altertümliche Mythen und Sagen an den neu heraufdämmernden Horizont bringen.

Sie alle fuhren mit diesem Zug. Begeistert. Voller Erwartung. Sie stellten das Abteil auf den Kopf, fast wie kleine Kinder auf einem Schulausflug, die überschwänglich lärmten. Der Zug setzte sich in Bewegung – nach Bayreuth, zu den großen Festspielen. Das imposante Festspielhaus dort war nun fertig, und eine Woche lang würde das fieberhafte Publikum den Märchenspielen zu Ehren des neuen Deutschland beiwohnen. Die Musik, die Kunst – sie würden all dem Neuen vorangehen. Sie sollten die Massen vereinen, erziehen, anspornen und ihnen Mut einflößen. Die Musik sollte das allen gemeinsame Feuer entzünden. Sie war es, die die Führung übernehmen sollte – nicht die Parolen oder Schlagworte. Und der Prophet, der erhabene Prophet, der erhabenste von allen war Wagner. Richard Wagner.

Alle Fäden liefen bei ihm zusammen. Revolution. Vegetarismus. Nietzsche. Schopenhauer. All die neuen Ideen, die neue Art zu leben. Die Wagner-Gesellschaft war überall aufgetaucht, es war Geld für das gewaltige Theatergebäude in Bayreuth gesammelt worden, und ein mächtiger König hatte sich mitreißen lassen und großzügige Kredite gewährt.

Alle Studenten des Konservatoriums hatten Freikarten erhalten, und Hans Rott spürte, dass auch er hinreisen musste. Dies war das Größte, das einem Komponisten geschehen konnte. An den Werken des Giganten teilhaben zu dürfen. Eine Oper, ein Theaterstück, ein Drama ohne Pausen. Eine Reise in die verborgenen Tiefen des Menschengeschlechts. Das Gesamtkunstwerk. War dies nicht des Menschen letzter großer Bau?

Hans Rott war ergriffen, ebenso wie seine Kameraden. Alle waren sie der Wagner-Gesellschaft in Wien beigetreten.

Dennoch wusste er nicht so recht, wo er hingehörte. Gerade hatte er vor Schrecken gelähmt Nietzsches neueste Schrift gelesen, in der sich der Philosoph unwiderruflich vom Christentum abwendete. Von jeglicher Gottheit. Das war entsetzlich. Unfassbar! Hans Rott hatte den Glauben an Nietzsche verloren und dann einige Artikel Wagners in dessen Bayreuther Zeitschrift gelesen. Nicht jeder war in der neuen Welt willkommen, das sah man deutlich. Hatte sein eigener Vater nicht seinen Namen von Roth zu Rott geändert? Warum? War Roth ein jüdischer Name? Gab es Juden unter den Vorfahren, solche, die im Reich des neuen Menschen unwillkommen waren? Und Mahler? Und Krzyzanowski? Und Friedrich Löhr, sein Freund? Er wusste es nicht genau, fühlte sich ein wenig unentschieden. Doch er verjagte den Gedanken. Schließlich hatte er vor Victor Adler und allen anderen gelobt, die neue Symphonie zu schreiben, nicht wahr? Also musste er mitfahren. Er musste die neuen Klänge hören und einatmen. Mahler war ebenso erregt wie er selbst.

Auf der Zugfahrt nach Bayreuth steckten sie einander Notenblätter zu, er und Mahler. Die Reise würde lange dauern, und man musste sich zerstreuen. Sie schrieben einander kleine Stücke. Es wurde ein Wettbewerb. Ein Klang kühner als der andere. Breite Bläsersektionen, kraftvolle Trompeten, Tuben.

Riesige Basstuben mit Tönen wie die tiefsten Orgelpfeifen. Donnergebrüll. Klänge, die Mauern zum Einsturz bringen konnten. Klänge, die es nicht geben konnte. Und alle Noten waren Huldigungen an Wagner, den Riesen. Sie schauten einander an und lachten. Aber Rudolf Krzyzanowski, der ein wenig weiter weg saß, hatte Einwände. Er mochte Wagners Gesänge ohnehin nicht und behauptete, sowohl Mahler als auch Rott könnten es besser. Sie sahen ihn an, dann fiel ihr Blick auf Hugo Wolf, der ihnen leicht betrunken gegenübersaß. Beide starrten ihren benebelten Freund an, und Rott rief aus:

»Da habt ihr euer Genie! Da habt ihr den Sänger der Gesänge!«

Mahler nickte.

Hugo Wolf hörte nichts. Er schnarchte laut, sein Kopf hing zur Seite.

Gerade als die einschläfernde Finsternis begann, alle Gedanken in einen Nebel zu betten, bremste der Zug ab. Sie waren am Ziel.

Auf steifen und ungelenken Beinen taumelten die Studenten des Konservatoriums über den Bahnsteig. Und selbstverständlich ihr Lehrer, Professor Anton Bruckner. Er hatte den größten Teil der Reise geschlafen, aber jetzt war er hellwach und trieb seine Truppe an. Sie wollten ganz in der Nähe des Festspielhauses übernachten.

Was die Studenten nicht wussten, war, dass Bruckner in seinen tiefen Taschen die Partituren zweier Symphonien versteckte. Zwei Symphonien hatte er auf die Reise mitgenommen. Eine davon würde Meister Wagner vielleicht schätzen. Bruckner fühlte sich demütig und klein gegenüber Wagner. Ein Nichts! Es wäre eine große Gunst, eine unermessliche Ehre, ihm überhaupt eine oder einige seiner Symphonien zeigen zu dürfen. Bruckner hatte darüber mit den Engeln gesprochen.

Der Himmel hatte ihm gesagt, dass Wagner ein Licht sei, von oben gesandt. Daher hatte Bruckner nur zwei der Symphonien ausgewählt, die er geschrieben hatte oder an denen er arbeitete. Eine davon, eine einzige würden Gott und die Engel auswählen. Und diese und keine andere würde dem Meister konvenieren.

Es war zur Mittagszeit. Die Festspiele hatten noch nicht begonnen. Sie würden um vier Uhr anfangen und bis in den späten Abend dauern. Jeden Tag. Die ganze Woche. Sie hatten sich in ihren Zimmern eingerichtet. Aber Bruckner ging unruhig auf und ab. Er hatte Hans Rott, den besten Orgelschüler, den er je hatte, gebeten, an seiner Seite zu bleiben. Bruckner wollte den Meister im Lauf des Abends treffen. Wagner war interessiert, mehr darüber zu erfahren, was in Wien vor sich ging.

Die Menschen drängten sich in einem Gewimmel vor dem neuen Theatergebäude. Der große Moment des neuen Wagner-Werks auf der Bühne rückte näher, und die Leute strömten in das Haus. Die Vorstellung begann. Die riesige Bühne füllte sich mit Gesang, Tanz, Theater und Schauspiel. Hans Rott saß mit offenem Mund da. Überwältigt. Der mächtige Rhein ergoss sich über die Bühne. Die Ewigkeitsmusik des Stromes brauste an alle Wände, prallte ab und schwappte wieder zurück. Unter Wasser wunderschöne Jungfrauen. Sie wirbelten in dunklen Strudeln und schwammen als göttliches, entblößtes Ballett. Hämmernde Schmiede aus Urzeiten, die Schwerter an flammenden Herden schmiedeten. Das Gold, das Geheimnis des Rheins. Die Zwerge und Drachen. Und der Ring. Der Ring der Macht. War dies der Ursprung von allem? Hans Rott war von den Szenen hingerissen. Sie waren so tiefgründig, weil die Bühne unendlich zu sein schien. Bodenlos. Und die Musik, die dröhnende Musik, kam von nirgendwo und überall. Dabei sah man kein Orchester. Es war magisch! Es war grenzenlos.

Anschließend, auf dem Heimweg, schwirrte es im Kopf, und Hans Rott konnte die Klänge nicht loswerden. Sie wollten ihn nicht loslassen. Er spürte, wie sie ihn unter die schäumende Oberfläche des Rheins ziehen wollten, auf den finsteren Grund, wo er von Schlingpflanzen ergriffen schaukelte. Sie hielten ihn fest, und er ertrank. Aber er wollte ertrinken. Es war so schön. So sanft. Er wollte ertrinken und sich nur von den wunderbaren Strömen entführen lassen, auf einem Bett tiefster Töne.

Er ging wie ein Schlafwandler zur Herberge. Fast taub nach den überwältigenden Bläsern des Abends, den Partien, bei denen sich unzählige Tuben, Posaunen und Trompeten mit dem Donner selbst vereinten, der über einen blitzenden Himmel rollte. Dann fiel ihm ein, dass er ja in Bruckners Nähe bleiben sollte. Er hielt abrupt an und ging rasch zurück. Wie hatte er das vergessen können? Er eilte die Steigung hinauf, zum Theater auf dem Hügel. Außer Atem entdeckte er seinen Lehrer und ging zu ihm. Richard Wagner hatte die Bühne und den ohrenbetäubenden Beifall verlassen.

Hans Rott versuchte, sich durch das Meer der klatschenden Hände zu drängen. Er wollte wieder hinaus, um Bruckner auf dem großen gepflasterten Platz vor dem Festspielhaus zu treffen. So hatten sie es vereinbart. Aber es war nicht möglich. Die Leute folgten Wagner, drängten sich um ihn. Man kam nicht durch. Journalisten drangen mit ihren ewigen Fragen auf ihn ein. Über das Gesamtkunstwerk, die neue Musik, die neue Nation, die ehrenhafte Geschichte. Über die Mythen, die in seinem Werk vorkamen. Das neue Deutschland, das geeinte Reich. Wagner konnte sich nicht losreißen. Er saß im eigenen Erfolg fest.

Etwas weiter weg standen Bruckner und Hans Rott nun dicht beieinander. Sie schauten in den wimmelnden Kreis. Die Lampen warfen ihren Schein in die Mitte – auf Wagner. Sein Gesicht glänzte jedes Mal, wenn er sich einem Reporter oder

Kritiker zuwandte. Nur langsam lichteten sich die Reihen des Kreises. Bruckner wartete geduldig. Er und Rott standen noch immer allein und unbemerkt ein wenig abseits des Gedränges. Plötzlich wandte sich Bruckner an Hans. Er zog ein Bündel Papiere aus seiner großen Innentasche.

»Herr Rott, schauen Sie mal!«

»Ja?«

»Ich habe zwei Symphonien mitgebracht. Ich möchte, dass Wagner sich die beiden Partituren ansieht. Es würde mir viel bedeuten, wenn er mir erlaubte, ihm eine davon zu widmen. Sehen Sie selbst. Deshalb bin ich hier, verstehen Sie?«

Hans Rott nahm die Papiere. Er ging einige Schritte zur Seite, um sich unter eine Laterne zu stellen, und warf einen Blick auf die Noten. Er hatte nicht lange geblättert, ehe er bei einem Blatt hängen blieb. Das war ja absolut brillant! Ganz im Geiste Wagners. Ein Ausposaunen aller schweren Blasinstrumente in wunderbaren Harmonien. Drängend, großartig. Er schaute auf das Titelblatt: Symphonie Nummer drei. Dies war die Symphonie, die Wagner wählen würde. Er gab Bruckner die Blätter zurück.

Bruckner sah nervös und unruhig aus, tupfte sich ständig die Stirn mit seinem großen blauen Taschentuch. So hatte Hans ihn noch nie gesehen. Ihm war klar, dass es sich um einen besonderen Abend im Leben seines Lehrers handelte. Dennoch fand er es ein wenig sonderbar, den großen Anton Bruckner so ergeben und hilflos zu sehen. Fast wie ein kleines Kind.

Jetzt begann Bruckner, sich durch die lichteren Reihen zu drängen. Plötzlich wichen die Leute beiseite, als sie den großen Organisten und Symphoniker aus Wien erkannten. Als er Richard Wagner ganz hinten entdeckte, eilte er zu ihm. Er nahm seinen Hut ab und verbeugte sich mehrmals. Dann legte er die Hände auf Wagners Schultern und schaute fast flehend auf den gottgesandten Propheten. Der aber befreite sich sanft aus Bruckners Händen.

»Es ist mir eine Ehre, dass Anton Bruckner nach Bayreuth gekommen ist und meine Werke hört.«

»Ach was! Die Ehre ist auf meiner Seite. Ich habe die Ehre! Und ich habe zwei Partituren aus Wien mitgebracht. Es wäre mir eine unaussprechliche Ehre und Freude, wenn Sie diejenige auswählten, die Ihnen besonders zusagt.«

Bruckner überreichte unverzüglich die beiden Partituren. Wagner studierte sie flüchtig, aber ohne Hast. Eine nach der anderen. Dann lud er Bruckner zu einem Spaziergang ein.

»Wir gehen zu mir, dann können wir plaudern. Ich möchte gern wissen, was in Wien so vor sich geht. Kommen Sie.«

Hans Rott blieb unter der Laterne stehen. Er wurde wohl nicht mehr benötigt und stand lange so da und sah zu, wie die beiden Schatten den Hügel hinab in der Dunkelheit verschwanden und dabei eifrig gestikulierten.

Am Haus mit den schimmernden Marmormauern angekommen, bat Wagner seinen Gast, auf einer Bank an der Rückseite des Gebäudes Platz zu nehmen. Eine Gaslampe warf ihren schwachen Schein auf das warme Augustgras.

Nun widmete Wagner sich eingehender den beiden Partituren. Er studierte sie schweigend und blieb bei einigen Passagen länger hängen.

Bruckner wetzte auf der Bank hin und her. Seine Hände zitterten. Wie bei einem Schulkind, dem vor dem strengen Rotstift des Lehrers graut. Mehrfach trocknete er sich die Stirn mit dem Taschentuch.

Endlich sah Wagner auf. Er hatte seine Wahl getroffen. Er hielt Bruckner eine Partitur hin und brach in befreiendes Gelächter aus.

»Die möchte ich haben. Die möchte ich wahrhaftig haben. Es wäre mir ein großes Vergnügen. Ein richtiges Vergnügen. Ich sehe auch, dass Sie etwas hineingelegt haben, das an eines meiner Themen erinnert. Ich fühle mich geehrt, dass der große Symphoniker Anton Bruckner einige meiner Töne verwenden mag. Ich muss sagen, dass ich mich tief geehrt fühle.«

Er überreichte Bruckner die Blätter.

Bruckner verneigte sich ergeben. Erleichtert und lächelnd nahm er die Noten seiner dritten Symphonie entgegen. Wagner hatte die Dritte gewählt. Schon nannte Bruckner sie die Wagner-Symphonie. Das würde er mit nach Wien zurückbringen: die Wagner-Symphonie.

Aber Wagner stieß Bruckner in die Seite.

»Kommen Sie, wir setzen uns dorthin.«

Nun setzten sie sich auf eine Bank vor einer kleiner Anhöhe auf dem Rasen, auf der ein großer, flacher Stein stand. Eine Platte, ganz und gar glatt, ohne Inschrift.

»Es weiß ohnehin jeder, dass ich es bin.«

Wagner schaute Bruckner an und lächelte. Er sprach von seinem eigenen Grab, seinem Grabstein. Plötzlich beugte Wagner sich hinunter und stöberte unter der Bank. Dort hatte er ein Fass Bier versteckt, das er nun hervorzog und in das Gras vor der Bank stellte. Es grub eine tiefe dunkle Spur in die abendfeuchte Grasdecke, aber die niedergezwungenen Halme richteten sich im schwachen Licht rasch wieder auf. Zwei solide Bierkrüge tauchten von irgendwoher auf. Wagner drehte am Hahn und schenkte dem erstaunten Bruckner ein.

Bruckner lächelte und dankte. Er dachte an die Wagner-Symphonie. An seine Dritte.

Wagner goss nach. Er seinerseits war voller Bewunderung für den bescheidenen und schüchternen Mann aus Wien.

Bruckner begann sich zu entspannen.

»Gefällt Ihnen meine Dritte wirklich?«

»Ja, sie ist mir ein großes Vergnügen. Ein sehr großes.«

»Ich möchte sie Ihnen natürlich widmen und werde Ihnen eine Reinschrift schicken.«

»Prosit!«

Wagner zapfte mehr Bier aus dem Fass.

Dann war auch sein Glas leer und Bruckner zapfte.

Dann war Bruckners Glas leer und Wagner zapfte.

Als das Fass fast geleert war und die Dunkelheit in der warmen Augustnacht schwer über den beiden Männern auf der Bank lag, schliefen sie fest ein.

Unbarmherziger Morgen. Bruckner hatte lange geschlafen, allein und umnebelt. Wagner war weg.

Hans Rott fand Bruckner ausgestreckt auf der Bank. Er selbst hatte unruhig geschlafen, nachdem er seinen Lehrer spätnachts zurückgelassen hatte. Er hatte ihn nicht heimkehren gehört.

Das frühe Morgenlicht fiel nun auf die schlafende Gestalt im Garten.

»Herr Bruckner, Herr Bruckner! Aufwachen! Sie müssen aufwachen!«

Er schüttelte die unbewegliche Gestalt mit sanfter Gewalt.

Bruckner erwachte widerwillig. Er rieb sich die Augen. Plötzlich fuhr er erschrocken hoch und setzte sich auf.

»Herr Rott, helfen Sie mir! Helfen Sie mir armem Mann! Ich habe völlig vergessen, welche Symphonie dem Meister gefiel. Helfen Sie mir, wenn Sie können! Sonst ist es mit mir vorbei. Helfen Sie mir!«

Hans Rott war nicht sicher, welche Symphonie der Gewaltige schätzte. Aber nach einer kurzen Bedenkzeit sagte er geradeheraus: »Symphonie Nummer drei. Das muss die Wagner-Symphonie sein.«

»Sind Sie sicher, Herr Rott? Ganz sicher?«

»Ja, ganz sicher.«

»Danke. Danke. Ich glaube, Sie haben mich gerettet.«

Bruckner fiel vor seinem jungen Studenten auf die Knie. Dann umarmte er ihn und küsste ihn auf den Hals, immer wieder.

»Sie haben mich gerettet, Herr Rott. Sie haben mich gerettet. Sobald wir nach Wien kommen, lasse ich die Partitur reinschreiben und werde mein Exemplar Herrn Wagner widmen. Sofort.«

Hans Rott sah die erschrockenen und feuchten Augen. Plötzlich überkam es ihn stark und mächtig. Er schwor vor der knienden Gestalt, schwor vor den verängstigten Augen und dem kalten Schweiß, der auf seiner Stirn ausgebrochen war, dass er die neue Symphonie schreiben würde. Er würde sich vor nichts scheuen oder fürchten. Und durch seinen Kopf strömten mit einem Mal Töne, die noch nie jemand zu Papier gebracht hatte.

Ein Stich ging durch seinen Kopf. Mutters Silberkreuz! Ein Kreuz, das sie um den Hals getragen hatte. Aus reinem Silber und mit eingelegtem Edelstein. Er hatte es Karl gegenüber nicht einmal erwähnt, aber das Kreuz war im Dorotheum. Achtzig Gulden! Eine riesige Summe. Er und Karl hatten lange davon gelebt, und billige Wurst hatte den Wert des Kreuzes bis zum Äußersten gedehnt, sodass es noch länger gereicht hatte.

Aber das hatte er in einem Winkel tief in seinem Inneren verborgen. Er hatte die Tür geschlossen und mit schweren Schlössern verriegelt. Er wollte, dass nicht einmal Gott davon wusste. Aber der wusste es natürlich. Mutter durfte es keinesfalls erfahren, doch wenn Gott und die Engel wollten, könnten sie es ihr weitersagen. Davor hatte er Angst. Ungeheure Angst. Auch wenn es dumm war. Unmöglich. Ja, lächerlich. Aber er wollte nicht, dass Mutter erfuhr, dass er sie für achtzig Gulden verkauft hatte.

Aber so war es doch nicht! Alles war einfach lächerlich. Und morgen würde der letzte der Kreuzer für die billige Wurst draufgehen, von der sie sich ernährten.

Er hämmerte einige harte und breite Dissonanzen auf dem Flügel. Er wollte sich weit weg hämmern. Es schepperte wie vom Stahl der Räder der klappernden Pferdestraßenbahn auf der Straße.

Aber es war kostenlos! Der Flügel kostete nichts. Man wusste, dass er Komponist war, und hatte ihn hier aufgestellt, als er seinen Dienst im Kloster begonnen hatte.

Es war ein Bösendorfer. Ein feines Instrument. Aber es klang hart, wie Metall. Was aber auch am Zimmer liegen mochte. Die Wände waren weiß gekalkte Mauern. Harter Stein mit einer dünnen Putzschicht. Deshalb klang es wohl so hart. Außerdem hatte er nur wenige Möbel hier drin. Nach der Versteigerung war nicht viel übrig geblieben.

Aber das Gemälde an der Wand über dem Bett, das hatte er natürlich behalten. Es stellte Mutter dar, ein Porträt in Öl von einem der gefragtesten Maler Wiens. Wie jung sie war. Und so hübsch. Er schaute auf das helle Gesicht und die feinen Züge. Der kleine Mund. Der sanfte Blick. Ein geschickter Maler. Es muss ein geschickter Maler gewesen sein.

Vaters gesprungenes Cello. Obwohl Hans es nicht spielen konnte – übrigens hatte er gar keinen Bogen. Hatte Karl den nicht irgendwann zerbrochen? Er konnte sich nicht erinnern.

Aber an die Karaffe auf dem Tisch erinnerte er sich. Diese seltsame, große Wasserkaraffe aus unglasiertem, mattem Porzellan. In der wunderbaren Form eines antiken Frauenkopfs. Hatte er davon nicht fantasiert? War er nicht, solange er denken konnte, in dieses rätselhafte Lächeln der unbekannten Göttin versunken? Er wusste nicht, wer sie war. War es nicht vielleicht doch Nike? Nike von Samothrake, die Siegesgöttin? Deren Statue hatte man ja gefunden – ohne Kopf. Nur Leib und Engelsflügel. Wie sehr wünschte er sich, dass es ihr Gesicht war, das sich in der Karaffe offenbarte, und dass er, Hans Rott, den edlen Kopf wiedergefunden hätte, der der Welt bislang verloren gewesen war. Bestimmt war es ihr Kopf. Sie war sein Schutzengel. Sie war wunderschön und wachte über ihn. Sie würde ihn zum Sieg führen. Die Karaffe gehörte zu seinem wertvollsten Besitz.

An der anderen Wand – da hing er. All seine Freunde hatten dieses alte Bild des Meisters. Des Meisters der Meister: Beethoven. Wie oft hatte er diesen glühenden Blick gesucht, der wie Feuer aus dem verhärmten Gesicht sprühte? Jedes Mal, wenn er sich hinsetzte, um einige Noten zu schreiben, lauschte er in seinem Inneren auf Zuflüsterungen, Gesänge, Stimmen, Rufe, Schreie. Ständig lauschte er auf Töne, die unablässig in seinem Kopf schwirrten, wie spöttische Irrlichter in endlosem Raum – dann schaute er auf Beethoven. Begegnete seinem flammenden Blick. Als könnte das Feuer, das Feuer, das er sich lieh, seine eigene Stirn steuern.

Viel mehr besaß er nicht. Er hatte nicht viele Dinge hier. Abgesehen von dem hübsch gravierten Glas. Oder dem Becher, der auf dem Tisch stand. Der stammte aus einer Bierstube in der Nähe. Das andere war größtenteils auf Auktionen verschwunden. Und andere Gegenstände, die einigen Wert haben mochten, befanden sich wohl im Dorotheum.

Hans Rott hämmerte abermals in die scheppernden Tasten. Es tat weh, vertrug sich nicht miteinander, und er fand keine Harmonie. Da war wieder das Kreuz! Immerhin hatte er geschworen. Auf Knien vor Mutters Bild. Auf Knien vor ihrem Gesicht hatte er geschworen, es eines Tages auszulösen. Es zurückzukaufen. Dann würde er es um seinen Hals tragen. Oder sollte er es Karl geben? Er hatte es geschworen.

Es fiel ihm ein, dass er am nächsten Morgen an der Orgel sitzen sollte. Er musste also die Noten in Ordnung bringen, und alles musste fertig gemacht werden.

Aber noch waren es ein paar Stunden bis zur Morgenmesse.

Es sollte ein Vorspiel für Orchester werden. Er nannte es so. Es sollte seine Abschlussarbeit sein. Und er würde damit einen der ersten Preise des Konservatoriums gewinnen. Er war sich ganz sicher. Dieses Stück würde niemanden unberührt lassen. Danach wollte er eine Einleitung zu einer Symphonie schreiben. Er wollte endlich seine große Symphonie beginnen! Die Schule würde eines der eingereichten Werke zur Teilnahme am jährlichen Beethoven-Wettbewerb auswählen. Und was könnte wohl besser sein als der erste Satz einer Symphonie?

Es ging lediglich um Noten. Um mühsame Arbeit. Er musste sein Stück fertig bekommen. Das, mit dem er den großen Preis gewinnen würde. Es würde ihm und Karl fünfhundert glitzernde Gulden einbringen!

Er ließ einige Finger über die Tasten gleiten. Dann tauchte er die Feder in das Tintenfass, und das Kratzen von Metall, das Furchen über das Papier zog, knirschte gegen die Steinwände.

Das Orchesterstück musste zum Prüfungstag Ende Mai fertig sein. Die Partitur zur Symphonie sollte auch zur Prüfung abgeliefert werden. Dann hatte er immer noch Zeit, um bis zum großen Wettbewerb Anfang Juli an der Symphonie zu feilen. Und er würde den großen Preis gewinnen! Er schloss die Augen, und wirbelnde Gulden trübten seinen Blick. Nur ganz kurz, dann waren sie wieder weg und es wurde leer.

Eine unendliche, tote Landschaft breitete sich in ihm aus. Die Gulden waren fortgerollt und überall in ausgetrockneten Bächen und gähnenden Abgründen verschwunden.

Er musste fort von hier. Weg von allem Toten. Hier konnte

er nicht bleiben. Er ging an Bord eines Schiffes und fuhr über die Meere. In eine neue Welt, wo er an Land ging, am Rand eines enormen Waldes. Das blendende Grün raubte ihm die Sehkraft, und er verlief sich zwischen dunklen Pfaden. Es war wie in einem Märchen. Nur wo war die gute Fee? Wo waren all die magischen Waldwesen, die seine Töne gestohlen hatten und nun über Moos und Stein davonflohen?

Dann hörte er das Rauschen der Baumkronen. Wie hin und her wiegendes Gras und hocherhobenes Schilf Gesang anstimmten. Und die Vögel am Himmel mit ihren spröden Lauten. Schrillen Lauten, rauen, pfeifenden, schreienden, heulenden Lauten. Und unterdrückten, kaum hörbaren Lauten. Überall zwitschernder Gesang. Und die schweren Bässe, wenn die großen Bäume sich zu bewegen begannen. Jetzt hörte er die Töne. Alle Töne. Er streckte sich nach ihnen. Grub auf Wiesen und Hügeln. Pflückte sie von hin und her schwankenden Bäumen, auf denen sie wie rote, lockende Früchte leuchteten. Er streckte die Hände aus. Schüttelte die Zweige, die Früchte fielen herunter und lösten sich auf seinem Notenblatt auf. Wie ein Elfentanz. Wie feuchter Rauch aus schwarzer Tinte. Und die Zeilen füllten sich mit Tönen, die aus seiner Feder strömten. Er beeilte sich, sie auf dem weißen Papier festzunageln. Aber er musste schlafen! Sollte früh aufstehen. Sollte an der gewaltigen Orgel zur Morgenmesse spielen, wo die Mönche sein würden. Es war spät. Er musste schlafen!

Doch die Töne rannen weiter aus der Feder. Und er stand dort wie im Regen und versuchte, alle Tropfen aufzuzeichnen, die um ihn rieselten und glitzerten. Aber er schaffte es nicht! Es ging zu schnell. Aber er musste es schaffen! Und er musste schlafen. Er sah die strengen Mönche vor sich. Wie hinter einem Schleier. Mitten im Regen. Er erhaschte einige letzte Klänge und schrieb sie auf.

Der Regen hörte auf. Und eine plötzliche Stille erschütterte ihn. Er bemerkte, dass es höchste Zeit war, zur Messe zu gehen. Allerhöchste Zeit, um zur Orgel hinaufzusteigen.

Er rannte die Treppen hinunter, über den Klosterhof und in die große Kirche. Gleich links die Treppen zur Orgel hinauf. Er sah die Mönche im Gebet, tief nach vorn geneigt in den harten Holzbänken. Er fragte sich, wie spät er dran war. Wie lange sie bereits so gebetet hatten. Endlich war er an der Orgel und die mächtigen Töne strömten in den Klostersaal. Schon erhoben sich die Mönche.

Die Messe hatte begonnen. Er schaute auf das Notenpult vor sich. Es war völlig leer! Wo war das Heft? Wo war sein Heft? Und was spielte er eigentlich? Er wusste nicht, was er spielte. Aber er spielte. Als glitten seine Hände von selbst über die Tasten. Er konnte sie nicht steuern. Nicht er spielte. Ein erschütterndes, eigentümliches Gefühl.

Seine Hände hielten ein. Es wurde still. Die Mönche unten erhoben sich.

Er suchte fieberhaft nach dem Notenheft. Er musste es finden. Gleich würde er wieder spielen müssen. Bei der nächsten Unterbrechung der Liturgie war er wieder an der Reihe. Er wühlte überall. Und – er fand es. Das Heft war an seinem Platz auf dem Pult. Er fühlte sich sicher. Nun konnte er an etwas anderes denken.

Die Landschaft war wieder da. Mit allen Bäumen und den roten Früchten, den Bächen, Hügeln, schwankenden Baumkronen, singenden Vögeln. Alles wieder da.

Draußen tauchte wieder die Prüfung vor ihm auf. Der große Preis glänzte. Und ein Feld voll glitzernder Gulden leuchtete in der Sonne. Er lächelte bei dem Gedanken.

Aber das Lächeln erstarb, als er daran dachte, wie leer seine Notenblätter noch waren. Wie wenig Zeit ihm verblieb. Wie er die Blätter füllen musste. Wie er sie mit Noten füllen musste, die es noch nicht gab. Aber er würde sie finden. Er würde sie alle finden!

Als die Messe vorüber, er die Treppe hinabgestiegen war und im Kirchenschiff stand, kam ihm ein ganz junger Mönch entgegen. Hans wollte weitereilen, aber der junge Mönch berührte ihn am Arm und hielt ihn auf.

»Herr Rott, was war das für ein Stück, das Sie zu Anfang spielten? Gleich zu Beginn der Messe? Ich kannte es nicht, aber es klang wunderbar. Überirdisch, möchte ich sagen.«

Hans sah nun, dass es der Mönch war, der ihm die Bibliothek gezeigt hatte, Vater Anselmus. Aber er wusste nicht, was er antworten sollte, und wollte weitereilen. Doch der Mönch hielt ihn noch immer am Arm.

»Es war aus einem Heft, das ich noch nie benutzt hatte.«

»Es klang wie Töne Gottes. Als würde Er zu uns sprechen. Wer hat diese Musik geschrieben? Wer?«

Hans Rott blickte still zur Seite.

»Können Sie nicht noch ein Stück aus diesem Heft spielen? Zur Frühmesse, morgen?«

»Vielleicht. Vielleicht …«

Er löste sich aus dem Griff und eilte den Gang entlang und in den Hof hinaus. Er brauchte frische Luft. Er hatte das Gefühl, als läge etwas Schweres auf seinen Schultern. Etwas Drückendes und viel zu Großes. Er musste etwas zu essen kaufen, ehe der nächste Gottesdienst begann.

Er schauderte in der Morgenkühle, als er sich auf den Weg zum Markt machte.

Am Abend saß er wieder am Flügel mit seinen Notenblättern. Und am nächsten Morgen spielte er ohne Notenheft die Morgenmesse. Zumindest am Anfang. Wie er es dem jungen Mönch so gut wie versprochen hatte.

An der mächtigen Orgel brachte er Themen und Tonfolgen hervor, die später am Abend auf das Notenblatt gelangten.

Vater Anselmus sah beinahe bestürzt aus.

»Aber Herr Rott! Das steht allem entgegen, was wir gelernt haben. Und was im ersten Buch Mose steht! Kapitel zwei, Vers achtzehn bis fünfundzwanzig, glaube ich. Es kann nicht so sein, wie Sie sagen. Gott gab dem Mann die Frau, damit sie ihm helfe und ihn stütze. Das wissen Sie doch sehr wohl, als guter Katholik?«

»Vielleicht bin ich kein guter Katholik. Ich habe meinen Glauben verloren. Und Moses! Ich beginne zu zweifeln. Manchmal frage ich mich, ob ich nicht ein einfacher Ketzer bin. Ein elender Abtrünniger.«

Diese Worte klangen in seinem Kopf nach. Und die schlafende Gestalt im Bett auf der anderen Seite des Zimmers erinnerte ihn an den vorigen Abend. Alles kehrte wieder. Wie ein Theaterstück. Und er brauchte nur zuzuschauen.

Er hatte Schritte draußen auf der Treppe gehört. Ein schwaches Klopfen an der Tür. Vorsichtig, tastend. Er öffnete, und dort stand Vater Anselmus. Das weiße Mönchsgewand blendete ihn. In der einen Hand hatte der Mönch eine Flasche Rotwein, in der anderen etwas Brot. Er lächelte unsicher.

»Darf ich eintreten?«

Hans öffnete die Tür weit und ließ den unerwarteten Gast hereinkommen. Er zog einen Stuhl hervor und bat den Mönch, sich zu setzen. Er selbst nahm neben dem Flügel und seinen Notenblättern Platz.

In der Zugluft der eben geöffneten Tür warfen die Talglichter flackernde Schatten auf die Wände.

»Ich störe doch nicht?«

»Nein, keineswegs.«

»Es wohnen ja nicht viele hier. Es ist so gut wie leer. Ich meine, nur Sie haben eine Wohnung hier. Daher dachte ich, Sie könnten ein wenig Gesellschaft brauchen. Etwas plaudern. Oder … ich weiß nicht. Bitte entschuldigen Sie mein Eindringen. Ich musste mir erst Mut machen, ehe ich an Ihre Tür klopfte. Ach, ich fühle mich ganz lächerlich.«

»Ich bitte Sie. Ich hole sofort Gläser.«

Hans Rott nahm zwei der Gläser, die aus der Bierstube in der Nähe stammten. Sie mussten genügen. Es waren die einzigen, die passten. Er stellte sie auf den kleinen Tisch in der Mitte des Zimmers, und Anselmus füllte sie umgehend. Sie erhoben die Gläser und nahmen einen Schluck. Brachen das Brot.

Sie sagten nichts. Sie schauten einander an, hoben erneut die Gläser.

»Heute Morgen hörte ich Gott. Er gab sich durch Ihre Orgeltöne zu erkennen. Deshalb bin ich hier – um Ihnen zu danken. Es war, als hätte Gott selbst zu mir gesprochen, zu Beginn der Morgenmesse. Ich weiß – es klingt wohl lächerlich. Aber ich wollte nur kommen und meine Dankbarkeit zum Ausdruck bringen. Und den Wein. Ich wollte Ihnen etwas anbieten. Ich hoffe, Sie verstehen mich.«

Hans Rott nahm einen weiteren Schluck. Er konnte nichts sagen. Er nickte der weißen Gestalt zu, die fortfuhr.

»Ich habe mein Gelübde vor Gott abgelegt. Und ich will Ihn ehren – nach bestem Vermögen. Ich wünschte, ich könnte zu Ihm durch die Orgel sprechen, wie Sie es können. Jeder Ton, den Sie spielten, sandte eine Botschaft in den Himmel. Wenn ich wenigstens ein schlichter Bote werden könnte! Wir haben Organisten vor Ihnen gehabt, Herr Rott. Aber Sie sind der Einzige, der Gottes Töne gespielt hat.«

Hans Rott sah den Mönch an. Er sah die riesige Orgel mit dem leeren Notenheft vor sich und wandte sich zum Flügel. Die Hände begannen, kurz über den Tasten hin und her zu schweben. Sie blieben einen Augenblick in der Luft hängen, ehe sie auf seine Knie fielen.

»Ich sitze gerade an meiner Abschlussarbeit für das Konservatorium. Ich muss Musik schaffen. Heilige Noten. Aber das ist nicht einfach. Ich versuche jeden Tag zu ergründen, was Gott will. Was von mir erwartet wird. Ich zweifle häufig daran, ob ich die rechten Klänge finde.«

»Ich habe keinen Zweifel, dass Sie sich durchaus zurechtfinden. Davon bin ich völlig überzeugt.«

Vater Anselmus schenkte Wein nach.

»Aber sagen Sie, es liegen so viele Ideen in der Luft. Es wird so viel geredet. Ich bewege mich ja nicht draußen in den Kaffeehäusern und Bierhallen wie Sie, Herr Rott. Aber es dringt dennoch bis hierher. Der Lärm erreicht auch uns. Neue Ideen. Neue Gedanken. Was sagen Sie, Herr Rott? Was meinen Sie zu all dem Neuen? Man sagt, Nietzsche komme mit etwas Neuem. Und Wagner?«

»Ja, es schwirren viele Ideen in der Luft. Man redet über Wagner und Nietzsche. Aber ich habe den Glauben an Nietzsche verloren. In seinem neuesten Werk distanziert er sich von allem, was heilig ist. Von allem, was mir heilig ist. Er kehrt sich von jeglicher Gottheit ab. Und das ist nichts anderes als schrecklich. Ein unfassbarer Treuebruch! Ein Verrat!«

»So?«

»Ich habe Nietzsche aufgegeben. Auch Wagner scheint ihn aufgegeben zu haben. Ich glaube, Wagner hält am Menschen als einem Wesen fest, das versucht, sich Gott zu nähern. Ich denke, er meint, dass der Mensch danach streben sollte, dem Göttlichen zu gleichen. Ein wahres, gutes Ebenbild zu werden.«

»Für mich klingt das alles fremd. In meinem ganzen Leben, soweit ich zurückdenken kann, habe ich mich vor dem Vater verneigt und versucht, Ihm zu genügen. In Gebeten, Liedern. Ich habe mein Leben diesen abgeschlossenen Räumen geweiht. Ja, selbstverständlich ist mir klar, dass diese Räume klein und beengt sind. Dass Sie die Welt mit sich hier hereintragen. Das tun Sie in gewisser Weise, Herr Rott.«

Für eine Weile war es still. Vater Anselmus schaute in sein Glas. Hans Rott fingerte an einigen Brotkrumen herum.

»Und die Frau. Das weibliche Prinzip!«

Hans Rott sah Vater Anselmus scharf an. Er wollte das Gespräch in neue Bahnen lenken.

»Das weibliche Prinzip! Wenn ich meine Klänge erschaffe, folge ich dem weiblichen Prinzip. Es führt mich. Ich bin vor einiger Zeit zu dieser Überzeugung gelangt. Ich muss es einmal sagen. Es gibt ein weibliches Prinzip. Das beherrscht das Universum. Das ist meine Überzeugung.«

»Ein weibliches Prinzip? Was meinen Sie, Herr Rott?«

»Ich meine … ja, ich weiß nicht recht. Aber ich habe einige Bücher aus dem Norden gelesen. Bjørnson und andere. Und Göttersagen. Die nordische Literatur fasziniert mich. Hier kann das Weibliche ein führendes Prinzip sein. Und in den alten Sagen werden bei Odin Frauen geboren, die den Männern gleich sind. Nicht nur als Teil des Mannes. Um ein Beispiel zu nennen. Das hat mich berührt.«

»Wie meinen Sie das, Herr Rott?«

»Ich meine, dass das weibliche Prinzip bei uns keine Bedeutung hat. Es wird durch die überwältigende, erstickende Männlichkeit geschmäht und beschmutzt. Aber für mich bedeutet es viel. Die Frau ist die Krone der Schöpfung. Der Mann geht von ihr aus.«

Hans Rott schwieg und schaute in sein leeres Glas. Er brach

ein letztes Stück Brot. Anselmus tat ein Gleiches und goss den Rest des Weins ein.

»Männer haben barbarische Herzen. Gott und alle Wahrheiten findet man im Frauenherzen. Der männliche Verstand reicht nicht aus.«

»Meinen Sie das ernst, Herr Rott? Meinen Sie, dass wir Mönche einen langen Weg zu Gott haben?«

»Ja, das glaube ich. Die anderen, die sich für stark halten, richtig stark und richtig sicher, die nennen mich den mit dem Frauenherzen! Sie beleidigen mich. Nennen mich Mädchen! Verhöhnen mich als feminin! Vater Anselmus, suchen Sie Gott! Suchen Sie die Wahrheit! Suchen Sie den großen Geist, der die Welt durchdringt und füllt! Und was werden Sie finden? Sie werden das Frauenherz finden. Meine Töne sind auch eine Hymne an das weibliche Prinzip. Es gab mir den Schlüssel zu Gottes Tempel. Meine Noten ehren das mütterliche Prinzip.«

Vater Anselmus sah Hans Rott lange an. Schweigend.

»Sie meinen, dass die Bibel sich irrt? Dass Gott einen anderen Plan mit der Frau hatte?«

»Ja. Was in der Schrift steht, kann nicht wahr sein. Es ist eine Entstellung, nicht Gottes Werk. Das ist vom Menschen gemacht. Gott wirft uns ständig vor, dass wir sein Wort verdrehen.«

»Herr Rott, haben Sie jemals eine Frau gehabt? Es mag anmaßend von mir sein, eine solche Frage zu stellen. Und Ihr Schweigen wäre mir selbstverständlich Antwort genug.«

»Nein. Aber ich glaube, dass Gott mir eine Frau auserwählt hat. Sie geht dort draußen herum. Vielleicht bin ich ihr bereits begegnet. Vielleicht habe ich bei ihr Gemüse auf dem Markt gekauft. Vielleicht habe ich neben ihr in der Oper gesessen. Vielleicht hat sie mich in der Pferdetramway angelächelt. Vielleicht habe ich ihre warme Nähe in einem Fiaker gespürt. Vielleicht will Gott mich irreführen? Aber ich glaube fest daran, dass es sie dort draußen gibt. Gott hat mir eine Frau auserwählt. Eine einzige und keine andere.«

»Wenn Sie recht haben bezüglich der Schöpfung und der Frau … aber ich bin natürlich unschlüssig. Sie können sich auch irren …«

Hans Rott unterbrach ihn.

»Vater Anselmus, Sie haben morgens meine frühen Stücke gehört. Sie sind Gott selbst gewidmet. Sie sind der Frau gewidmet. Der Mutter. Der Schwester. Maria …«

»Sie scheinen sich Ihrer sicher zu sein, Herr Rott. Ich selbst bin mir unsicher. Wenn ich nicht zweifeln würde, wäre ich Ihr Feind. Doch ich zweifle und bleibe Ihr Freund. Und ich wünsche Ihnen viel Glück. Ihre Stücke in der Frühmesse waren mir eine unaussprechliche Freude. Ich hoffe, Sie spielen weiterhin die neuen Töne des Herrn dort oben an der Orgel?«

»Ja. Maria, Gottes heilige Mutter, beschützt mich. Sie führt meine Hände. Jedes Mal, wenn ich einen Finger auf die Taste drücke, geschieht es durch ihre Kraft. Kein Nietzsche der Welt kann mir das nehmen.«

Es wurde einige Augenblicke still.

»Übrigens brauchen Sie nicht Herr Rott zu sagen. Sagen Sie Hans! Lass uns reden, wie es unter Freunden üblich ist.«

»Dann nenn mich Anselmus. Das ist mein Name.«

»Ich glaube, ich habe noch eine angebrochene Flasche Wein irgendwo.«

Hans Rott suchte in Schränken und Kisten. Eine halb volle Flasche Weißwein leuchtete bald in seinen Händen, und er goss ein.

»Prosit, Anselmus!«

Sie tranken schweigend. Nach einer Weile streckte sich Vater Anselmus berauscht vom Weißwein zu Hans Rott hinüber. Im selben Moment schlief er ein und fiel vornüber auf den Tisch. Hans Rott hob ihn vorsichtig hoch und schleppte ihn ins Bett. In Karls Bett. Es wurde still.

Hans wunderte sich, wo Karl eigentlich geblieben war. Es war spät, und er würde wohl heute Nacht nicht mehr nach Hause kommen. Karl ging häufig aus und gab viel Geld aus. Hans spürte einen Stich ständig quälender Unruhe. Aber als er das friedliche Gesicht von Anselmus auf Karls Kissen sah, wurde er ruhiger.

Ehe alle Bilder verblichen und er endlich in seinem Bett einschlief, sah er eine liebliche Jungfrau mit Engelsflügeln, die ihn in den strahlenden Himmel hinaufwinkte. Ein blaues Tuch flatterte im himmlischen Wind. Und er folgte ihr einfach.

Folgte ihr, hinauf und hinauf!

Es ging weiter. Der Flügel am Abend, die Orgel am Morgen. Er war müde und ständig hungrig. Immer schwer im Kopf und fiebrig auf den Wangen. Und obwohl es begann, Sommer zu werden, fror er. Es war kalt zwischen den Steinwänden, zugig. Vielleicht nicht wirklich kalt, doch er war so ausgelaugt, erschöpft. Und obwohl er immer seine dicke, warme Weste und seine ebenfalls dicken Baumwollhosen anhatte, trotz dieser warmen Kleidung, die er den ganzen Winter und im Frühjahr getragen hatte, fror er. Er traf keine Freunde mehr. Ging nicht ins Kaffeehaus, besuchte keinen Bierkeller. Auch Karl zog sich häufig vor ihm zurück. Er ließ ihn zufrieden. Schlich sich abends leise ins Bett, falls er nicht gleich die ganze Nacht ausblieb.

Immer und immer weiter: Orgel zur Morgenmesse, Flügel und Notenpapier am Abend. Und dann war es spät im Mai.

Er konnte fast nicht mehr. Aber die Symphonie musste fertig werden! Er nannte es nun Symphonie. Obwohl es ein erster Teil, ein erster Satz war. Aber er spürte, dass es der Beginn von etwas Größerem war. Etwas Zwingendes, das er tun musste. Gleich einer Bürde, die ihm niemand abnehmen konnte. Er musste an seinen Freund Heinrich Krzyzanowski schreiben. Er holte Briefpapier hervor und legte die Noten beiseite. Am nächsten Tag musste der größte Teil des Stückes ins Reine geschrieben sein. Er wollte einen Kopisten treffen, der die Noten für seine Prüfung und den großen Wettbewerb abschreiben sollte.

Lieber Heinrich
Ich bin von Arbeit überhäuft und zermalmt unter ihrer Schwere. Sie ist mir widerlich, fast abscheulich. Morgen, am Sonntag, kommt der Kopist, und ich selbst habe noch nicht einmal die Hälfte meiner Noten ins Reine geschrieben. Es wird also spät heute Nacht. Du verstehst bestimmt meine unruhige und schwere Gemütslage noch besser, wenn ich Dir erzähle, dass Direktor Hellmesberger gesagt hat, dass die Prüfung dieses Jahr einige der bislang schlechtesten Erzeugnisse des Konservatoriums vorstellen wird. Dein Bruder Rudolf wird den ersten Satz seiner Symphonie präsentieren. Für mich gibt es noch unendlich viel zu tun. Nichts ist bis jetzt fertig. Aber ich werde mein Äußerstes geben, um den Preis zu gewinnen. Und gewiss wird es leichter, wenn man an die Preissumme denkt – 500 Gulden!
Dein Hans

Die Talglichter waren fast niedergebrannt und der Qualm der Dochte ließ ihn im Halbdunkel husten. Draußen begann es, langsam hell zu werden. Und das tastende Morgenlicht schimmerte schwach in der Siegeskaraffe auf dem Flügel. Nikes warmes Lächeln erhellte die Finsternis. Bald konnte er die teuren Kerzen löschen. Er musste sparen. Die Morgenmesse rückte näher. Wenn er nur mit der Reinschrift des letzten Blattes fertig würde, könnte er etwas schlafen. Er schrieb so sorgfältig er konnte mit der glänzenden Tinte. Dann bemerkte er, dass es noch nicht das letzte Blatt und er noch nicht ans Ende gekommen war. Es stand noch ein weiteres Blatt aus.

Es war Morgen, und er saß an der Orgel. Am Nachmittag musste der Kopist die fertigen Noten bekommen. Und er würde sie bekommen. Denn in zwei Tagen sollten sich die Studenten seines Jahrgangs versammeln. Zur Prüfung.

Spätabends klopfte es unerwartet an der Tür. Hans zuckte zusammen, legte Papier und Feder nieder und öffnete.

Anton Bruckner stand da. Den Hut in der Hand. Wie immer. Aber mit erzürntem Ausdruck auf dem sonst so milden Gesicht. Hans erschrak und machte einen Schritt zurück.

»Hans Rott, ich habe Sie heute Abend in der Bierstube vermisst! Es ist Donnerstag. Umtrunk und geselliges Beisammensein. Alle waren dort. Nur Sie nicht!«

»Ich sitze an meiner Prüfungsarbeit. Tut mir leid. Ich versuche, fertig zu werden …«

»Herr Rott, diese Treffen sind obligatorisch. Ich betrachte dies als Abwesenheit. Das darf nicht wieder vorkommen!«

»Aber Herr Professor …«

»Sie scheinen mich nicht zu verstehen!«

»Ich verspreche, nächsten Donnerstag zu kommen.«

Er stotterte und beugte das Kinn tief nach unten. Mehr konnte er nicht sagen, ehe Anton Bruckner sich umdrehte und verschwunden war. Hans sah, wie der wohlbekannte Hut die Treppen hinunterschaukelte.

Er musste lachen, als er zum Flügel zurückging. Er lachte so herzhaft, dass er alle Notenblätter über den Fußboden verstreute. Er lachte noch, als er sie wieder aufgesammelt hatte und den Tintenstift auf die neue, leere Zeile setzte.

Direktor Hellmesberger warf den Papierstapel so heftig auf die Tischplatte, dass die Blätter in alle Richtungen flogen. Einige landeten auf dem Fußboden, und er musste sich tief bücken und eines nach dem anderen halb hüpfend erhaschen. Er zerknüllte sämtliche Listen und stopfte alles in den Papierkorb. Die Sitzung war vorüber und er saß in seinem Dienstzimmer.

Sie hatte einige Stunden zuvor begonnen, und als Direktor und Vorsitzender hatte er mit dem Hammer am Ende des Tisches gesessen. Einer der Tagesordnungspunkte war die Erstellung einer Preis- und Prämienliste mit Schülern des letzten Jahrgangs angesichts der Prüfung. Die Lehrer des Konservatoriums sollten ihre Vorschläge in geheimer Abstimmung einreichen. Aber die Zensoren – die angeblich gelehrten externen Beisitzer, die jedes Jahr zur Prüfung einberufen wurden – hatten stets das letzte Wort.

Dort hatten sie gesessen, die Dozenten für Komposition, Harmonielehre, Orgel und Klavier. Da waren Krenn, Bruckner, Grädner, Landskron und all die anderen. Sie reichten still ihre Listen ein, sorgfältig zusammengefaltet. Sechs Studenten sollten prämiert werden.

Nachdem Direktor Hellmesberger die Sitzung für beendet erklärt hatte und in sein Dienstzimmer gekommen war, hatte er sich an den Schreibtisch gesetzt und die Zettel entfaltet. Und ehe er überhaupt eine endgültige Zusammenstellung begonnen hatte, war völlig klar, dass Gustav Mahler und Hans Rott Kandidaten für den ersten Preis waren.

»Rott!« Er spuckte den Namen aus sich heraus. »Wie zum

Teufel kann dieser wagnerianische Wirrkopf so weit oben in der Liste landen! Das geht doch nicht mit rechten Dingen zu!« Waren ihm früher nicht häufig Klagen über diesen Schüler zu Ohren gekommen? Natürlich. Seltsam.

Dann kam der Tag der Prüfung. Wenn er später daran zurückdachte, schwebte Hans Rott nicht die Prüfung selbst vor, sondern merkwürdigerweise der schwere Geruch von Bier. Er konnte auch den bitteren Frost in der Luft wieder spüren, als diese gebrechlichen Gestalten sich an den Tisch setzten. Sie waren aufrecht und militärisch mit knarrenden Gliedern einmarschiert und richteten sich jetzt geordnet und feierlich auf den Stühlen aus.

Als nun die verzerrten, scharfen Gedächtnisscherben abgeschliffen und gerundet waren, hatte sich der Inhalt in den Gläsern der Herren in schäumendes Bier verwandelt. Und sie hoben immer wieder ihre Gläser und tranken einander zu, als feierten sie etwas. Aber das war lächerlich! Natürlich war es Wasser, was die großspurigen Herren schlürften. Und was sollten sie auch feiern?

Die wächsernen Gesichter bewegten sich so ruckartig wie bei grotesken Marionetten. Ihm war erst hinterher klar, wer alle Fäden gezogen hatte. Er verstand dann natürlich auch seine spätere, etwas widersprüchliche Vorliebe für Bier.

Es war ein Durcheinander, aber die Bilder stürzten hervor, und der große Prüfungstag rollte ab. Jetzt würde man schweben, sich zur Milchstraße erheben. Mit den Sternen schweben, eine himmlische Spieldose mit Tönen klingen lassen, die nie zuvor gehört worden waren. Nun, am alljährlichen Wettbewerbstag, sollten sie hervorbrechen. Man konnte Preise gewinnen und Anerkennung. Die Zukunft konnte Gestalt annehmen. Wege, Türen, Fenster konnten sich öffnen.

Alle waren im großen Saal versammelt. Vorn war ein Podium, auf dem einige der Lehrer saßen, die Meister der Musik.

Die Schule sollte sechs Preise verleihen. Sieben Schüler waren nominiert.

Dann kam er, Joseph Hellmesberger, Direktor des Konservatoriums und Dirigent des Schulorchesters. Er hieß alle willkommen. Gleich sollte es beginnen.

Das Schicksal lag in der Hand einer kleinen Schar geachteter Bürger. Sie waren es, die Türen öffnen oder schließen konnten. Sie steuerten die Strahlen der Sonne. Werteten ab oder erhöhten. Sie hatten die Prüfung in ihren Händen.

Alle waren sie äußerst ehrenwerte Männer. Denen jedoch gemeinsam war, dass sie sich selbst fast nie mit Musik befasst hatten. Vielleicht wohnten sie hin und wieder der Uraufführung einer Symphonie bei. Oder einer Opernpremiere, vor allem um eine gute Zigarre zu rauchen und sich in einem benachbarten Bierkeller ein oder zwei Pils zu genehmigen. Diese wohlgekleideten und angesehenen Bürger nahmen nun feierlich vor dem Podium Platz. Sie versammelten sich um einen Tisch, der nur für sie und diesen Tag aufgestellt worden war.

Es war der Tisch der Sachverständigen.

Auf dem gepflegten Tischtuch standen in schnurgeraden Reihen blanke Gläser und Wasserkaraffen. Dann rückten alle ihre Kneifer zurecht und rasselten mit den Ketten ihrer Golduhren. Es war an der Zeit. Die Vorstellung begann.

Joseph Hellmesberger schüttelte rasch einigen der Sachverständigen die Hand. Dann trat er auf die Bühne. Er bemühte sich, einen agilen, geschmeidigen Eindruck zu machen. Allerdings saß die dunkle Perücke ein wenig schief. Kaum merkbar, aber doch so, dass einige helle, besenartige Haarbüschel an einem Ohr hervorschauten. Der Mann, der das Studentenorchester dirigieren sollte, führte einen Krieg gegen die Zeit. Für jedes Jahr, das seinen Backenbart ergrauen ließ, versuchte er, zwei Jahre wegzuschminken. Nun warf er einen letzten Blick auf den Tisch der Sachverständigen. Dann hob er den Taktstock. Das Orchester wusste, dass es sich in den Händen eines der bedeutendsten Dirigenten Wiens befand, und kam sicher durch die ersten Stücke.

Hans Rott saß unter den Studenten in der ersten Reihe. Der Meister hatte ihn unter seine Fittiche genommen. Er hatte sogar die großen Verdienste seiner früheren Arbeiten hervorgehoben. Hans fühlte sich also sicher. Vollkommen sicher.

Nun aber galt es. Jetzt würden die Stürme aus seinem Kopf offen hervorbrausen und alle fesseln. Der Himmel würde zu den Durstenden sprechen. Zu allen, die eine Sehnsucht nach dem Neuen verspürten, die fort von allen alten und zerfallenden Klängen wollten.

Der kaiserlich angelegte Backenbart begann zu beben, als Hellmesberger nun das Stück von Hans Rott dirigierte. Die brennenden Noten füllten den Saal.

Der Nestor auf dem Podium lauschte andächtig, den kahlen, aber hocherhobenen Kopf zurückgelehnt. Er zeigte einen anerkennenden Ausdruck. Hans sah es deutlich.

Die Töne strömten heraus, prallten wie Kaskaden gegen die Wände. Glitten über den Fußboden. Zündeten die Gardinen an und strömten, sanft gemildert, wieder zurück an die starren Wände. Und dann gegen die Fensterscheiben, von wo die heiseren Hörner mit starker Kraft auf die Versammelten stürzten, die zusammenzuckten. Die Klänge standen als krachende Blitze im Raum.

Doch das Unmögliche geschah. Hellmesberger verlor den Faden, kaum spürbar, aber ausreichend, um den Einsatz der Bläser zu verpassen. Dann entgleisten die Streicher, ehe das Chaos ausbrach. Die Bläser senkten ihre Instrumente und schauten verwirrt auf Hellmesberger. Er hob nun den Taktstock zu einem neuen Ansatz zur Decke. Aber niemand schien zu wissen, wo man weiterspielen sollte, und es wurde still. Der Taktstock schwebte in der Luft wie die Flügel einer durchgegangenen Mühle. Die Streicher vibrierten weiter, aber das Blech fand keinen Einsatz bei Hellmesbergers Fuchteln. Alles war total aus dem Takt geraten.

Man hörte das Feixen, das unmerkliche und unterdrückte. Das halb erstickte Gelächter. Ein stiller Hohn fuhr durch die Luft. Die Gesichter verzogen sich zu kaum verhohlenen und zurückgehaltenen Grimassen.

Als das Studentenorchester sich den letzten Noten näherte und alles verklang, drangen immer lauter werdendes Gelächter und Verhöhnungen hervor. Hans Rott dachte nicht weiter darüber nach. Er sah nur das Licht. Er lebte mit den absterbenden Klängen, folgte den Echos mit seinen Händen, als spielte er sie selbst am Klavier.

Aber seine Hände hielten inne. Er begann zu frieren, und ihm wurde allmählich klar, dass sich Himmel und Erde nicht vereinen ließen. Noch nicht. Er musste warten.

Das kaum verhüllte Hohngelächter füllte noch den Saal, als Hellmesberger sich auf der Bühne tief, tief verbeugte.

Anton Bruckner erhob sich von seinem Platz auf dem Podium. Er fuhr auf wie ein Donnerwetter, hochrot im Gesicht. Es wurde grabesstill.

»Noch haben Sie nicht gehört, was dieser junge Mann kann. Sie haben nicht verstanden, was dieser Komponist vollbringen wird! Welche Werke er schaffen wird!«

Es blieb still im Publikum. Niemand wagte es, auch nur ein Bein zu bewegen, um nur ja keine Aufmerksamkeit zu erregen.

Die Blicke richteten sich auf den Tisch der Sachverständigen. Und obwohl Bruckners Worte den nun etwas gedämpften

Herren unterhalb des Podiums noch in den Ohren klangen, brach dort fieberhafte Aktivität aus. Man neigte sich zueinander, flüsterte. Man tauschte Blicke und kleine handgeschriebene Zettel aus. Das leise Rascheln dieser Zettel war bald das Einzige, was in dem großen Saal zu hören war.

Aber die Sachverständigen brauchten keine lange Bedenkzeit. Das Urteil war bereits gefällt.

Einer der jetzt sehr ernsthaften Herren erhob sich. Die Stimme war grell und hohl. Und die magere und zusammengesunkene Gestalt sah aus, als könnte sie jeden Augenblick zerbrechen.

»Wir sind einmütig zu der Einschätzung gekommen, dass in diesem Jahr kein Beitrag würdig ist, zum Wettbewerb um den Preis des großen Meisters, zum Beethoven-Wettbewerb, weitergereicht zu werden. Indessen haben wir nach Rücksprache mit dem Konservatorium beschlossen, vier erste Preise unterschiedlicher Kategorien und zwei zweite Preise an unserer Ansicht nach hervorragende und verdienstvolle Kandidaten zu verleihen. Wir haben nun – ich darf sagen, die Aufgabe war in diesem Jahr ungewöhnlich angenehm und leicht – die Preisträger auserkoren. Und wir bitten, die Ehre der Verleihung dieser Preise an den Direktor des Konservatoriums weitergeben zu dürfen.«

Der Mann mit der Perücke, dessen Schweiß nun etwas von der Schminke tropfte, stellte sich an den vorderen Rand des Podiums. Der Augenblick der Preisverleihung an die Abgangsklasse des Konservatoriums war gekommen. Der kaiserlich angelegte Backenbart bebte auf und ab, als Joseph Hellmesberger begann, die Namen der Preisträger aufzurufen. Das Gemurmel hörte auf. Ein erwartungsvolles Schweigen sank wie ein gespannter Schleier über die sieben Kandidaten in der ersten Reihe. Alle hielten den Atem an.

»Die ersten Preise gehen an …«

Der Backenbart zitterte.

»... Mathilde von Kralik.«

Mathilde ging nach vorn, nahm ihren Preis entgegen und verneigte sich.

Dann fuhr der Direktor fort:

»Rudolf Krzyzanowski.»

»Gustav Mahler.«

»Rudolf Pichler.«

»Vor allem möchten wir hier Gustav Mahlers Komposition *Das klagende Lied* hervorheben. Ein einzigartiges und außerordentlich gediegen komponiertes Werk. Eine Zierde unseres Konservatoriums.«

Nachdem die Preisträger des ersten Preises ihre Auszeichnungen erhalten hatten, wurden die des zweiten Preises geehrt.

»Katharina Haus und Ernst Ludwig.«

Rudolf Krzyzanowski, der die ganze Zeremonie ängstlich beobachtet hatte, legte seinen Arm schwer auf Rotts Schulter. Er versuchte ihn aufzuwecken, indem er sein Kinn ergriff und ihn leicht rüttelte. Aber der Blick des Freundes war gefroren, seine Augen starr. Hans stierte nur lange Mahler an, als der mit seinem großen Preis zu seinem Platz zurückging, ohne seinem Blick zu begegnen.

Hans Rott saß in seinem Zimmer. Am Flügel. Den Kopf in den Händen. Auf dem Fußboden zerstreute Notenblätter. Einige von ihnen zwischen Stuhl und Bodenplanken eingeklemmt, andere unsanft unter seinen Füßen raschelnd. Er beugte sich nieder und nahm eines der zerknüllten Blätter auf. Er glättete es und legte es auf den Deckel des Flügels. Dann nahm er vorsichtig das Tintenfass und ließ ein schmales Rinnsal der dunklen Flüssigkeit über das Papier laufen, nur ein ganz kleines, dünnes. Er saß und schaute zu, wie sich der schwarze

Fleck über die sorgfältig reingeschriebene *Suite für Orchester* ausbreitete.

Als der schwarze Fleck zu leben aufhörte und ganz stillstand, hob Hans langsam den Blick zur Wand hinauf. Er starrte auf das Bild, das dort hing. Das Feuer, das aus den flammenden Augen des großen Meisters strahlte, verbrannte ihn. Aber er konnte den Blick nicht abwenden.

Plötzlich klopfte es an die Tür. Doch er vermochte nicht zu öffnen. Rief nur *ja,* und im Türspalt tauchte der wohlbekannte schwarze Hut auf.

Anton Bruckner trat ein. Er ging zum dunklen Flügel hinüber und stellte sich geradewegs vor Hans.

»Kommen Sie, lassen Sie uns hinausgehen und ein Bier trinken.«

Jetzt erinnerte er sich, dass er irgendwie mit sonderbarer Wärme zu schätzen gelernt hatte, in einem Strom kalten, bitteren Biers zu schwimmen.

Das Lächeln auf dem Bild in der Zeitung vor ihm war wie ein Hohn. Der zeigte sich in dem herablassenden Zug über den gekräuselten Lippen. Die Druckerschwärze grimassierte und grinste ihn schräg an. Die neue Sängerin der Hofoper hatte einen großen Erfolg gefeiert. Riesige Lettern kündeten: »Himmlische Töne«, »Gott selbst spricht durch ihre Stimme«. Er musste die Zeitung auf dem Tisch von sich schieben.

Hans hatte gerade einige Gulden mit Klavierstunden verdient. Sie saßen im Kaffeehaus, Karl und er. Im Augenblick konnten sie es sich leisten, ins Kaffeehaus zu gehen.

Um sie herum Gemurmel und Gerede. Ein Klang wie von falschem Gesang. Wie ein schriller Chor. Hans sah auf das Silbertablett. Neben der Kaffeetasse stand ein Glas Wasser. Er legte den Arm über die Zeitung, wollte dieses Gesicht nicht sehen müssen. Aber im Silberglanz zwischen Tasse und Glas tauchte das Orchester auf. Das Schulorchester mit dem Direktor an der Spitze.

Alles spulte sich jetzt auf dem Silberspiegel ab. Die Bewegungen des Dirigenten blieben wieder in der Luft hängen, erstarrten. Als schaute Hans in ein Kaleidoskop, das mit grinsenden Dämonen gefüllt war. Der Dirigent und Direktor. Er drehte sich darin herum wie ein schäbiger Hanswurst.

Einige senkten ihre Blasinstrumente. Sie senkten die Instrumente! Sie senkten sie, als sie die größten Töne hätten spielen sollen. Die größten Töne, die er hatte!

Der Silberschein ermattete, verschwamm. Auch das Gelächter, das Getuschel und Geklatsche. Sie hatten sein Vorspiel zerschmettert. Jeden einzelnen Ton. Sie hatten seine Partitur bespien.

Er quetschte die Serviette kräftig in der Hand, bis die Knöchel weiß wurden.

Anton Bruckner. Jetzt musste auch er Hohn und Spott über sich ergehen lassen, weil er für ihn aufgestanden war, aufrecht geblieben war.

Und die Orgel. Die Orgel, die sie beide gespielt hatten, dicht nebeneinander. Niemand, absolut niemand konnte Orgel spielen wie Bruckner. Es war dieses Orgelspiel, das so viele von Hans' Tönen hervorgebracht hatte. Das die Harmonien seines Vorspiels herausgemeißelt hatte.

Sogar die Jury hatte über ihn gelacht. Er war erledigt. Er war ein Erledigter!

Das Abgangsstipendium von mehreren Hundert Gulden, auf das jeder ein Anrecht hatte, war ihm auch nicht ausbezahlt worden. Er hatte den Direktor aufgesucht, aber der hatte gemeint, es gebe offene Fragen bezüglich seiner Prüfung. Offene Fragen! Einer der Lehrer hatte davon gesprochen, dass da zu viel »Wagner« drin gewesen sei. Dabei hatte er eine Menge »Wagner« gestrichen. Dennoch soll es zu viel gewesen sein! Diese Diebe und Betrüger! Er wollte sein Geld haben. Sie konnten ihm doch nicht sein Abgangsstipendium stehlen!

Er trat gegen ein Tischbein. Etwas Kaffee schwappte wie ein Vorhang über die sterbenden Bilder auf dem Tablett.

Karl und er hatten sich lange genug durch die Gosse geschleppt. Der Kaffee in etlichen Kaffeehäusern, das Bier in etlichen Bierstuben. Sogar die Wurst vom Markt. Kredit folgte auf Kredit. Überall waren sie Geld schuldig. Und was einigen Wert hatte, war im Dorotheum.

Er sollte jeden Tag an die Tür des Direktors klopfen. Er sollte an die Tür klopfen, bis er das Geld erhielt, das ihm zustand.

Aber es war ohnehin alles wertlos. Seine Töne hatten keinen Wert. Sein Notenpapier hatte keinen Wert. Alles, was er an der Schule geleistet hatte, war ohne Wert. Wenn schon! Nichts von Menschenhand Gemachtes besaß einen Wert. Das hatte er schon früher einmal gedacht. Jetzt war es offenbar.

Er würde seine Noten verbrennen. Es war ohnehin alles ein leerer Wahn. Und es wäre eine Befriedigung, die hohlen Töne wie Zunder brennen und Funken sprühen zu sehen.

»Den ganzen Dreck verbrennen!«

»Was verbrennen?«

Karl sah ihn verständnislos an.

»Ach, nichts. Ich habe nur so vor mich hin gedacht.«

Aber er zuckte zusammen wie ein Schlafwandler, der zum Aufwachen gezwungen wird. Er setzte seine Tasse mit lautem Klirren ab und wollte sich vom Stuhl erheben.

Doch da neigte sich ein Herr, der am Nebentisch saß, vor, ein wenig aufdringlich und mit dem Kneifer auf der Nasenspitze.

»Verzeihung, die Herren. Dürfte ich die Zeitung leihen? Ich sehe, dass es da um die Sängerin geht, die so einen Erfolg an der Hofoper hatte.«

Hans Rott hielt das Blatt ganz fest. Aber der fremde Herr wurde noch zudringlicher. Der kreideweiße Stehkragen, mit einer eleganten Krawatte zugeschnürt, bewegte sich unter einem lächerlichen Schnurrbart, der zu einer borstigen Spirale gewachst war.

»Ich interessiere mich leidenschaftlich für Musik. Vor allem für die Oper. Ich könnte wohl sagen, dass ich ein richtiger … nun, meine Bescheidenheit gestattet es mir immerhin zu sagen, dass ich ein wahrer Kenner bin. Und ich möchte das sehr gern lesen.«

Hans Rott starrte den aufdringlichen Fremden schlaftrunken an.

»Diese Sängerin fasziniert mich. Sie begann als völlig Unbekannte im Chor. Und nun ist sie jemand. Und so jung! Und die Musik, was für eine Musik! Sie werden verzeihen, aber ich schreibe selbst für Zeitungen. Für einige große Zeitungen. Und ich habe selten so eine Musik gehört. Bitte die Herren nochmals um Verzeihung, ich möchte Sie nicht ermüden.«

Hans Rott hörte nicht zu. Wie in einem Nebel nahm er lediglich das wippende Kinn des Tischnachbarn und dessen Arme, die in der Luft fuchtelten, wahr. Er schien ihm einfach widerlich. Auf dem Kinn sah er Erbrochenes, das er ausspie und das die weiße Hemdbrust beschmutzte.

Er schaute in seine halb ausgetrunkene Kaffeetasse hinunter und spürte, wie er ertrank. Karl wandte sich an ihn, als wollte er etwas sagen. Aber Hans war bereits weit weg. Er wurde überwältigt, ohne sich wehren zu können.

Es war die kraftvolle Bläsergruppe, die im heulenden Windzug der Eingangstür zu tönen begann. Der Chor, der an den Wänden des Kaffeehauses murmelte, stimmte ein. Die hellen Töne klirrender Löffel und singender Gläser erhoben sich spröde zur Decke. Wie Becken und Triangel. Er liebte Triangel. Einige Herren, die mit den Armen wedelten, als sie ihre Zigarren anzündeten, strichen Bögen über glühende Saiten. Die Kellner, die mit glänzenden Messingknöpfen hin und her liefen, bildeten eine weitere Bläsergruppe. Jetzt hörte er reinste Töne einer einsamen Trompete. Als die Türen knallten, fügten sich Pauken zu den Stuhlbeinen, die über den Fußboden schabten und heisere Laute wie von brüllenden Posaunen und Tuben ausstießen. Und die Kutschen draußen, die auf der Straße vorbeidonnerten, grollten wie kraftvolle Bässe, die die Wände erschütterten.

Der tiefe Bariton des Kaffeehausbesitzers tönte durch den letzten Satz. Die Kellnerin, die Bier servierte, glitzerte. Wie ein Engel stand sie in vorderster Reihe eines vielstimmigen Chors in einer gewaltigen Kathedrale. Dann brach alles zusammen. Eine dicke, höhnische Finsternis grinste ihn mit klapperndem Maul an.

Alles war verschwunden. Bis auf das höhnische Grinsen.

»Hans! Hans! Wo bist du eigentlich? Der Herr hat dich mehrmals gefragt.«

Hans sah auf. Er war zurück, voller Ekel über die Musik, die er eben gehört hatte.

»Wie bitte?«

Der Herr vom Nachbartisch saß und wartete. Er wartete auf die Zeitung und rieb sich ungeduldig den Backenbart.

Hans Rott wandte sich um und machte eine Geste, als würde er die Zeitung überreichen. Aber als der Unbekannte die losen Seiten ergreifen wollte, zog Hans plötzlich seine Hand zurück. Ohne dass jemand verstand, was vor sich ging, riss er blitzschnell die Seite mit der fantastischen Opernkönigin heraus, zündete ebenso rasch ein Streichholz an und steckte das Blatt in Brand. Er warf das lodernde Papier in den Raum hinaus, sodass der Ruß aufwirbelte.

»Die Oper ist eine menschliche Ausscheidung, die sich durch nichts von den Entleerungen auf der Latrine unterscheidet!«

Hans Rott sprang auf. Nun schrie er.

»Verpasst doch den Leuten Einläufe, um die Scheiße aus ihren Körpern zu holen! Die ganze Scheiße. Musik ist nur ein spöttischer Dämon. Ein boshafter Dämon!«

Der gesprächige Herr war aufgestanden. Sein Kneifer fiel zu Boden, er wich stolpernd zur Seite. Er stand stumm und steif wie sein gewachster Schnurrbart. Er fuchtelte drohend mit der Hand und schrie etwas von Vandalen, ungebildete Teufel mit Pöbelmanieren. Mit seinen blank polierten Schuhen trat er ungeschickt und nervös die Glut auf dem Fußboden aus.

Als er seinen Kneifer in Ordnung gebracht hatte, stierte er

über das ganze Lokal hinweg. Die Gespräche an den Tischen waren verstummt.

»Ist es nicht lästerlich, dass hervorragende Komponisten und Sänger solche niederträchtigen Angriffe ungebildeter Flegel über sich ergehen lassen müssen! Das ist mehr als traurig.«

Das rauchende Papier knisterte und glomm noch auf dem Fußboden des Kaffeehauses. Jemand zertrat die letzte Glut.

Der Kaffeehausbesitzer ging einige drohende Schritte auf die Brüder zu. Aber Hans nahm Karl schon am Arm und zog ihn mit sich. »Komm, Karl. Komm, wir gehen.«

Sie eilten aus dem Kaffeehaus und dem Tumult hinaus auf die Straße.

Sie gingen. Dicht nebeneinander. Und die Taschen waren flach, so gut wie leer, wie gewöhnlich.

Hans und Karl gingen in die bescheidensten Läden. Jagten nach dem billigsten Essen, wie gewöhnlich.

Aber Hans hatte nicht immer so eingekauft.

Manchmal wollte er sich verstecken. Wie ein Hund, der sich vor Prügeln fürchtet. Er könnte ja auf einen alten Nachbarn stoßen. Man könnte ja sehen, dass er nicht in den üblichen Geschäften kaufte, wie früher mit Vater und Mutter.

Obwohl beide das einfache Essen der Straße verabscheuten, kauften sie es nun. Und obwohl sie diese Ausschänke verabscheuten, besuchten sie sie nun. Und obwohl sie es verabscheuten, die Wurst gleich aus dem Papier zu essen, ohne Tuch, ohne Tisch, taten sie es nun. An die Ränder der Notenblätter, auf die Hans seine neue Musik notiert hatte, schmierte er jetzt: *Brot, Wurst – Extrawurst*.

Das waren die neuen Einkaufslisten. Es würde ohnehin niemand die krummen, verzerrten Zeichen lesen, die hinter der Extrawurst glühten.

Im Laden, beim Fleischhauer oder wo immer sie einkauften, las er also aus seiner Partitur.

»Hans!«

Karl schrie seinen Bruder im Lärm der Straße an. Ein Gewimmel von Menschen, Fiakern und Pferdetramways polterte in unablässigem Strom vorbei.

»Das kannst du doch nicht machen! Du kannst doch deine schönsten Lieder nicht beschmieren. Einfach das Beste wegwerfen, was du je geschrieben hast, Hans!«

»Ach was! Nur was noch in meinem Kopf ist, bedeutet etwas. Was einen Stapel Papier beschmutzt, bedeutet nichts. Wenn ich es wollte, würden die schönsten Klänge in meinem Kopf von überirdischen Göttinnen gesungen werden!«

Karl konnte nur zusehen, wie sein älterer Bruder seine zerknitterten Noten vor der Verkäuferin am Fleischstand entfaltete.

Gleichzeitig und ebenso häufig musste er einsehen, dass sie am falschen Ort waren. Hinter der Scheibe prahlten Berge frischen, herrlichen Fleisches. Aber die Herrlichkeit löste sich in Luft auf, wenn sie die Preise sahen, die mit Kreide auf der Tafel geschrieben standen.

Sie mussten etwas Einfacheres finden. Aber so viel gab es da nicht.

Der ältere Bruder zerknüllte weiter sein vollgeschmiertes Blatt, als sie in den schneidenden Wind auf die Straße hinausgingen. Dort warf Hans seinen Zettel in die Gosse. Er landete in einer kleinen Pfütze. Die Tinte löste sich auf, glitt wie ein Schleier über die scharfen Falten des Papiers, bis es über die Pflastersteine davongespült wurde. Schließlich blieb es in einem dampfenden Haufen Pferdemist hängen.

Am nächsten Tag überschrieb er noch mehr seiner Noten. Wo immer er Platz fand …

Extrawurst.

Obwohl er sie noch nie gesehen hatte, schienen ihm die beiden zerlumpten Gestalten auf der anderen Seite des Stephansplatzes merkwürdig bekannt. Er blieb wie angewurzelt stehen, als er die beiden sah, und hielt seinen Bruder an. Sie warteten. Hans vermochte nicht weiterzugehen. Die traurigen Figuren hatten etwas Rätselhaftes, etwas Erschreckendes. Hans wollte nicht näher an sie herangehen.

Zerknitterte, zerschlissene Röcke, Westen, denen Knöpfe fehlten. Die Hose des einen war notdürftig gestopft. Der andere hielt die Mütze in Hüfthöhe. Sie stierten blind in einen Himmel, der sich nicht um sie scheren wollte. Der Ältere hatte die Schirmmütze weggelegt. Sie lag leer auf dem klapprigen Karren, auf dem sie wohl ihre irdischen Habseligkeiten verwahrt hatten. An der Seite des Karrens ein großes Schild mit zierlichen Buchstaben: »Wir sind blind. Bitten um ein Almosen.« Ein alter Leierkasten ruhte auf einem Brett, das zwischen den Deichseln des Karrens befestigt war. Jemand eilte vorbei und legte eine Münze in die Mütze. Aber der Mann, der in den Himmel starrte, stierte weiter mit offenem Mund nach oben. Nach einer Weile leeren Wartens zogen sie weiter. Der Ältere hob den Leierkasten hoch und begann zu spielen. Sie kurbelten sich durch das Gewimmel davon, während der Karren im Rinnstein klapperte. Der Jüngere tippte und kratzte mit dem Blindenstock die Kante des Gehsteigs.

Karl wollte weitergehen, aber Hans hinderte ihn. Noch lange stand er wie angenagelt und schaute dem Karren nach, der bald verschwunden war.

Diese mechanischen Töne, die einförmig aus dem Leierkasten rollten, sangen ein krächzendes Lied von Niederlage und Demütigung. Sie sangen von einem Leben, das spielende Schatten und Finsternisse atmete. Das absterbende Quietschen der wackligen Räder wollte sich ihm einbrennen. Hans Rott sah in ein endloses Dunkel hinein. Und es erschreckte ihn. Eine seltsame, betäubende Angst erfüllte ihn.

Dann trennten sie sich. Karl ging zum Markt weiter, Hans wollte allein sein, sich ohne Plan und Ziel treiben lassen. Er war nur ein kleines Stück weit gekommen, als die Resignation in ihm aufflammte. Rasch ging sie in glühenden Zorn über. Es war an der Zeit! Er hatte es zu lange aufgeschoben. Er musste seinem Leben eine Wendung geben. Er und Karl mussten umkehren. Und dann das Abgangsstipendium. All die Gulden, die das Konservatorium einbehalten hatte. Seine Gulden! Sie hatten ihn ohne Erklärung warten lassen. Warum gerade ihn? Sie durften es nicht weiter in die Länge ziehen.

Er wollte unverzüglich den mächtigen, gefürchteten Direktor aufsuchen. Allerdings widerwillig. Wie demütigend! Warum sollte er wie ein Bettler auf die Knie fallen müssen? Wie die Unglückseligen, die er gerade gesehen hatte. Mit bodenlosem Klingelbeutel! Warum sollte er? Nun, er war gezwungen. Er brauchte Geld. Seine Kleidung wurde langsam löchrig, die Schuhe gaben keinen Schutz mehr. Ohne Galoschen waren sie bei Regen durchlässig wie ein Sieb. Und Karls Rock war aufgeschlitzt und ausgefranst, Hans sah, wie sein Bruder litt. Nirgends wollte man ihnen noch einen Kredit geben. Immer mehr Türen verschlossen sich vor ihnen. Die Freunde konnte er nicht mehr bitten. Sie hatten getan, was sie konnten. Er schämte sich.

Er sprang auf die nächste Pferdetramway und setzte sich ganz nach vorn an das Geländer auf dem schaukelnden Dach. Hier konnte er das Gefühl von Höhe genießen, von Unerreichbarkeit, wenn er auf die Rücken der glänzenden schwarzen Pferde hinabsah. Hier oben spürte er, wie die frische Luft in sein Gesicht strömte. Er fühlte, wie sie ihn reinigte und ihm Kraft gab.

Jetzt gab es kein Zurück mehr, vor ihm türmten sich die drei gewaltigen Pforten des Konservatoriums auf. Er ging den breiten Korridor entlang zur dritten Tür links. Sollte er sich demütigen und den Allmächtigen auf Knien bitten? Er wusste nicht, wie er sich verhalten sollte. Gab es denn etwas, wofür er um Verzeihung bitten konnte? Etwas Übles, dessen er sich schuldig gemacht hätte? Gustav Mahler war einmal auf die Knie gefallen und hatte sich für sein gelegentlich arrogantes Verhalten entschuldigt. Ihm war gnädig verziehen worden. Und er wurde sogar einer der beliebtesten Studenten des Direktors. Aber Hugo Wolf hatte sich nicht selbst demütigen können und war von der Schule verwiesen worden.

Hans Rott beschloss, sich zu demütigen. Vielleicht hatte seine Musik jemanden tief beleidigt oder provoziert. Vielleicht hatte er gegen irgendwelche Regeln verstoßen. Womit er der Schulleitung auch missfallen haben mochte, er würde um Verzeihung bitten. Egal wofür. Er würde bitten, flehen, auf die Knie fallen. Tiefer als je einer vor ihm.

Joseph Hellmesberger stand vor dem Spiegel. Er stand häufig vor dem Spiegel. Sahen die Wangen gut aus? Sollte er mehr Rouge auflegen? Und die Augenbrauen? Vorsichtig strich er Creme auf die allertiefsten Furchen. Die Perücke saß lose. War sonst alles in Ordnung? Oder schauten wieder die weißen Strähnen an den Schläfen hervor? Er spuckte auf den Zeigefinger und zog daran. Für einen Augenblick wurden sie etwas dunkler. Er rückte die noch dunklere Perücke ein wenig zurecht, ehe er sich an den Schreibtisch setzte.

Hans Rott klopfte an die schwere Eichentür zum Direktorenzimmer. Er richtete seine zerschlissene Krawatte, zog den Rock etwas in den Nacken, um einen schmuddeligen Hemdkragen notdürftig zu verbergen. Er trat ein. Nun war er bereit für die totale Demütigung, den totalen Kniefall.

Josef Hellmesberger erhob sich und ging auf Hans Rott zu. Er gab ihm rasch und ganz leicht die Hand, ehe er ihn bat, sich zu setzen.

Der Direktor nahm auf dem erhöhten Stuhl auf der anderen Seite des Schreibtischs Platz. Der Abstand dorthin war unendlich wie ein Meer.

Hellmesberger wollte das Wort ergreifen, als er zufällig einen Moment auf die blank polierte Tischplatte schaute. Beim Anblick der Konturen seines eigenen Gesichts hob sich der Zeigefinger und strich flüchtig ein weiteres Mal über den Backenbart. Hans Rott spürte, wie die dunklen kalten Augen ihn unerwartet durchbohrten, als der Direktor den Mund öffnete.

»Herr Rott, lassen Sie mich gleich zur Sache kommen.«

Hellmesberger tat, als würde er einige Papiere überfliegen.

»Obwohl Sie trotz eingeschränkter finanzieller Umstände den einzigartigen Vorzug genießen durften, mithilfe eines großzügigen Stipendiums am Unterricht teilzunehmen, haben Sie dazu beigetragen, die Schule in Verruf zu bringen, indem Sie auf ketzerischen musikalischen Bestrebungen beharrten. Sie verstehen sehr wohl, dass ich damit den neuen und verderblichen Einfluss meine, den vor allem antiklassizistische Scharlatane ausüben, indem sie ihre Ausgeburten mit hohlem und erbärmlichem Geschepper und mit Blechbläsern füllen, falls ich mich so ausdrücken darf. Ihre Lehrer haben im Laufe des letzten Semesters mehrfach auf diese Mängel in einigen Ihrer eingereichten Arbeiten und bei Prüfungen hingewiesen. Aber da Sie sich hartnäckig geweigert haben, den Anweisungen der Kollegen Folge zu leisten und sich äußerst eigenwillig über althergebrachte Regeln hinwegsetzten, kann ich es nur als höchst angemessen betrachten, Ihnen Ihr Abgangsstipendium zu verweigern. Zwar hat sich einer unserer verehrten Lehrer für Sie verwendet. Nun, Sie wissen wohl, um wen es sich handelt. Herr Professor Bruckner hat Sie im Orgelspiel unterrichtet, und ich darf sagen, dass Sie dort große Fortschritte gemacht haben. Freilich stören Herrn Bruckner die Abarten der Zeit nicht wie die anderen, da er ja selbst nicht ganz unbeeinflusst davon ist, was nicht zuletzt aus seiner dritten Symphonie hervorgeht, wie ich bei dieser Gelegenheit erwähnen möchte. Jedenfalls – meine Entscheidung steht fest. Ich möchte Ihnen noch einen guten Tag wünschen, junger Mann.«

Die lange und entsetzliche Abkanzelung war zu Ende. Es war vorüber, Hans Rott stand auf und ging unsicher ein paar Schritte rückwärts. Blieb nur noch der Kniefall. Der unendlich tiefe. Hellmesberger erhob sich ebenfalls und ging um den Schreibtisch herum. Als er mit ausgestreckter Hand auf Rott zuging, bewegte er sich so rasch, dass er einige Bücher hinunterstieß, die zu nah am Rand gelegen hatten. Hans Rott spürte, wie seine Knie zu zittern begannen und schwach unter ihm wurden, sodass er gleich zu Boden fallen würde. Hellmesberger beugte sich tief, um die Bücher aufzuheben, und stieß heftig mit ihm zusammen. Als sich beide hastig wieder aufrichteten, glitt die Perücke vom Kopf des Direktors.

Bis auf ein paar weiße Büschel an den Schläfen war der Kopf so gut wie kahl und von eiterglänzendem, geschwürähnlichem Ausschlag und weißen Resten schuppiger Haut bedeckt. Eine Unzahl von Schorfwunden zeugte von zuweilen hartnäckigem Juckreiz, und Flüssigkeit, die schwach aus einigen Wunden sickerte, leuchtete grell oberhalb seines Gesichts, das immer weißer wurde. Die tiefen und dunklen Furchen traten noch deutlicher hervor.

Hans Rott warf sich auf die Perücke und streckte sie Hellmesberger entgegen. Das billige Parfüm konnte den Geruch nicht überdecken, der langsam zwischen ihnen aufstieg. Wortlos taumelte Hellmesberger zu seinem Stuhl zurück, und nach einem Moment eiskalten Schweigens fand er seine Stimme wieder. Die Rechte zitterte stark, als sich seine Finger krampfhaft weigerten, die Perücke loszulassen. Er drückte sie unbeholfen, aber ungemein vorsichtig auf seinen Schädel und verzog dabei das Gesicht.

Hans Rott begriff, dass der Mächtige ins Wanken geraten war und ihn irgendwie um einen Gefallen oder ein Versprechen anflehte.

»Ich könnte dem Vorstand vorschlagen, ein halbes Stipendium auszubezahlen. Sagen wir nächste Woche?«

Hellmesberger stand auf und reichte Hans Rott die Hand, der sie aber zunächst nicht zu ergreifen vermochte. Die Knie, die eben noch bereit gewesen waren, auf dem harten Fußboden aufzusetzen, waren weich. Aber er sammelte sich.

Er drückte Hellmesbergers Hand und eilte zur Tür. Er würde immerhin einige der Gulden bekommen, die ihm rechtmäßig zustanden.

Als er bereits auf der Schwelle stand, rief Hellmesberger ihn zurück.

»Übrigens, Herr Rott, ich erwarte selbstverständlich vollste Diskretion hinsichtlich der Unzulänglichkeiten bezüglich meiner Person, deren Zeuge Sie gerade geworden sind.«

Hans stolperte hinaus und den Korridor entlang. Halbwegs zur Pforte hörte er die Stimme wieder und drehte sich um.

»Herr Rott!«

Hellmesberger schaute sich nach allen Seiten um. Aber kein Mensch war irgendwo zu sehen oder zu hören.

»Ich kann mir natürlich auch vorstellen, den Vorstand zu bitten, den gesamten Betrag … Herr Rott …«

Hans Rott sah deutlich die eiskalten Augen, die durch das Dunkel schnitten. Aber er hörte auch den Anflug der Furcht. Er nickte lediglich und ging hinaus.

Er wollte zum Markt, um etwas zu essen zu kaufen. Etwas Richtiges! Heute würde er Karl mit etwas Besonderem überraschen. Wieder setzte er sich zu den Gerüchen der Straße auf das Dach der Tramway. Nie hätte er gedacht, dass sogar Pferdemist so frisch duften konnte.

Er befand sich mitten auf einem glitzernden See. In der Morgensonne. Er warf sein Netz aus, immer wieder. Gesangsstimmen schimmerten, eingefangen aus unbekannten Tiefen.

Er hatte wieder Lust bekommen. Lust auf Töne und Klänge. Und eine neue und gänzlich unerwartete Wärme spross langsam hervor. Eine Wärme, die den ganzen langen Winter über tief eingefroren gewesen war. Es schien, als hätte der Winter zwei endlose Jahre gedauert.

Jetzt aber war es Sommer, und Karl und er wollten ihn bei Krzyzanowskis zubringen, ihren guten Freunden. Sie wollten hinaus aufs Land, in die Nähe von Eger. Zu Bäumen, Wiesen und dicht gedrängten Weinstöcken. Er spürte bereits den Duft frischer Landluft.

Sie hatten sich von den unerwartet eingetroffenen Gulden neu eingekleidet und fühlten sich wie Gentlemen. Die neuen Schuhe glänzten und die Hemdkrägen leuchteten blütenweiß.

Die Freunde hatten ihnen eine Hütte zur Verfügung gestellt, die etwas abseits des großen Hauses stand. Im Garten, wo alles im Sommerwind lebte und summte, konnte er sich zurückziehen, Ruhe und Lebensfreude wiederfinden. Wenn er mochte, konnte er einen kurzen Spaziergang durch das dichte Gebüsch und den Hügel hinauf machen, von wo sein Blick über die Weingärten schweifte, die sich dort ausbreiteten und über die Hänge wogten.

Er wollte an seiner Symphonie weiterarbeiten. Es war ihm, als würde sein altes Gelöbnis an Victor Adler, die Freunde und alle anderen im Roten Hahn wieder zu brennen beginnen. Er fühlte, dass er der Welt eine neue Symphonie schuldig war. Eine neue Musik. Er hatte ein Versprechen gegeben, das er halten musste.

Harmonien und Töne mussten aufgespürt werden. Wo immer sie sich auch verbargen. Einige der Klänge mussten den Düften der Weinberge und Obstbäume entlockt werden. Dem Summen von Millionen Insektenflügeln. Dem Chor aller Vogellaute, die ihn morgens weckten. Den fliehenden Wolkenstreifen, die sich sacht über den Himmel wiegten. Er hatte neues Notenpapier mit, ein neues Tintenfass und neue Federn. Die Stahlstifte funkelten auf dem kleinen Tisch vor dem Fenster der Hütte.

Rudolf Krzyzanowski oder sein älterer Bruder Heinrich weckten sie morgens zum fertigen Frühstück im großen Haus. Das Erste, was er sah, wenn er die Augen aufschlug, war der kleine Tisch mit dem Federhalter und den funkelnden Metallstiften neben dem Tintenfass. Dort flimmerte alles, weil das Fenster hinter dem Tisch die grellen Strahlen der Morgensonne einließ. Seine Augen wurden von einem Lichtschimmer geblendet, der mit tausend Armen und Händen seine Noten umfing.

Sie machten Ausflüge. Es gab Brot und Wein aus der Umgebung, Körbe mit Käse, Obst und Trauben. Die Ideen flogen ihm zu wie in einem Rausch. Wenn sie in lauer Sommerbrise im Gras saßen und er Karl anschaute, meinte er, eine Art Befreiung im Gesicht seines Bruders zu sehen. Dieser Sommer tat ihnen gut. Und er wünschte, dass alles so bleiben könnte. Nur anhalten und verweilen. Wie ein ewiger Zustand grünen, duftenden Grases und ständiger Wärme.

Heinrich Krzyzanowski, der im Frühsommer verzweifelte, klagende und zerrüttete Briefe von seinem Freund erhalten hatte, sah nun, wie verwandelt Hans war. Wie die Kraft zurückkehrte, der Blick wieder seine Glut bekam.

Der September näherte sich dem Ende. Noch glühte der Sommer nach, aber es wurde schwieriger, ihn festzuhalten. Wie sehr man sich auch festklammerte und wehrte, der Herbst war im Anmarsch. Kühle Morgennebel, vor Feuchtigkeit tropfende Frühe. Stühle und Tische im Garten glitzerten vor Nässe bis weit in den Vormittag.

Eines Nachmittags stach ihm die niedrige Septembersonne in die Augen. Er stellte den kleinen Gartentisch unter die Zweige eines schützenden Apfelbaums. Vor ihm lag der zweite Satz der Symphonie. Er war ein gutes Stück vorangekommen, und die schwarze Tinte glänzte angenehm, ehe sie auf dem weißen Blatt trocknete. Mit einem Windstoß tanzte ein Apfel herunter und schlug dumpf auf den Tisch, geradewegs vor seine Feder. Er nahm ihn in die Hand und betrachtete ihn lange.

Als dann die Sonne immer rascher von einem der großen Äste des Apfelbaums hinabzurollen begann und hinter den weiten Hügeln verschwand, merkte er, wie kalt es geworden war. Es war Zeit, nach Wien zurückzukehren. Zur Orgel im Kloster. In die weiß gekalkten Zimmer im zweiten Stockwerk. In seine Zelle! Das Wort überfiel ihn, und er fühlte sich wie ein Gefangener auf Freigang.

Der Morgennebel lag schwer über den Feldern, wollte sich nicht auflösen und hielt den Bahnhof in seinem Griff. Irgendwo oben am Himmel ahnte man hinter hellen und dampfenden Schleiern eine erschöpfte Sonne, die nicht durchzudringen vermochte.

Die Brüder Krzyzanowski hatten sie zum Bahnhof begleitet. Nun hörte man in der Ferne das Schnaufen der Lokomotive. Das Geräusch näherte sich, aber das dumpfe Dröhnen und Rattern der Waggons auf den Schienen wurde vom dichten Nebel geschluckt. Hans und Karl zuckten zurück. Da war die

Lokomotive. Wie eine Wand richtete sie sich vor ihnen auf, ganz nah.

Sie verabschiedeten sich, und obwohl sie in der tröpfelnden Waschküche nichts sehen konnten, winkten sie den Brüdern auf dem Bahnsteig noch lange zu.

Während der Reise versuchte Hans, im Kopf nach neuen Ideen für seine Symphonie zu suchen. Aber es war, als schweifte er in einer Landschaft mit ausgetrockneten Flussbetten umher. Es musste das Rattern, Hämmern und Quietschen der Schienen sein, das seine Ideen tötete. Vielleicht sollte er versuchen, etwas Schlaf zu finden. Es würde etliche Stunden dauern und dunkel sein, ehe sie in Wien ankommen würden.

Der ältliche Bibliothekar hatte eine plötzliche Eingebung, als sein Blick auf den Schrank in der Ecke fiel.

Draußen legte die letzte Abendsonne einen weichen Schleier über das Piaristenkloster. In der Bibliothek war es still und menschenleer. Die letzten Mönche hatten den Saal verlassen. Der Bibliothekar wollte das Licht löschen und die Türen schließen. Jetzt schaute er durch das in Blei eingefasste Glas hinter dem Gitter. Dort lagen Schatten von Tönen. Göttlichen Tönen. Ein Gebet um Frieden auf Erden in Kriegszeiten: *Missa in tempore belli.* Des großen Joseph Haydns Anrufung Gottes, damit der Mensch sich besinnen, auf seinen Nächsten zugehen und das blutige Grauen beenden möge, das über die Erde ging, als er seine Messe schrieb. Die Eingebung des Bibliothekars war nun unwiderstehlich geworden. Er ging zurück zum Schreibtisch, schloss eine Schublade und darin ein Fach mit Deckel auf. Hier verwahrte er den Schlüssel zum Schrank. Er musste die Partitur anschauen, musste darin blättern!

Einst hatte er den Chor des Klosters geleitet, sodass er mit Haydn vertraut war. Er hatte schon früher immer wieder in der Partitur geblättert, mit größter Vorsicht – wenn ihn niemand sah. Er pflegte dünne Handschuhe zu tragen, wenn er die empfindlichen Seiten umblätterte.

Er zog sich die Handschuhe an, schloss den Schrank auf, nahm die Partitur an sich und legte sie behutsam auf den Schreibtisch. Dann schloss er die Tür zur Bibliothek ab. Er trug die vergilbten Blätter in einen schlichten verborgenen Leseraum, wo er zuweilen saß, wenn er völlig ungestört sein wollte.

Er vertiefte sich in das wunderbare Werk. Der Chor erwachte zum Leben, bekam Gesichter und Stimmen und wogte mit tausend Stimmen hin und her. Er stand davor und dirigierte. Der Blick verweilte auf den Zeilen. Aber er war nicht weit gekommen, als ihn die Müdigkeit überkam. Schwer und unerwartet. Er musste gehen.

Die Schlüssel im großen Bund rasselten, als er am Schloss fingerte. Dann schleppte er sich taumelnd in den langen Korridor hinaus.

Auf dem Tisch des kleinen Zimmers lag Haydns Partitur. Immer dichteres Dunkel umhüllte sie.

Die Luft war klar und kalt, als sich der Zug durch die Dunkelheit zum Südbahnhof bewegte. Nach der Ankunft stiegen Hans und Karl in einen der wartenden Fiaker. Bald würden sie zurück in ihrer Wohnung sein. Für einen neuen Herbst, ein neues Jahr. Hans wünschte, er könnte woanders eine Arbeit bekommen. Wo besser bezahlt wurde und er nicht um fünf Uhr aufstehen musste, um in der Morgenmesse zu spielen. Die herbstliche Finsternis war nun undurchdringlich geworden und umschloss sie unbarmherzig, als sie aus dem Fiaker auf die Straße traten.

Hans und Karl waren kaum über die Schwelle getreten, als sie wie angewurzelt stehen blieben. Die Koffer krachten auf den Fußboden.

Jemand hatte ihr Zimmer durchwühlt. Alles lag drunter und drüber. Das Bücherregal war umgestürzt, die Bücher verstreut. Das Notenpapier über dem Flügel verteilt, einige Blätter auf dem Boden. Man hatte die Betten durchsucht. Und das Schlimmste: Das Porträt von Mutter schwankte auf der Bettkante. Das war unerhört! Sie hatten kein Recht, sich an Mutter zu vergreifen, keinerlei Recht!

Hans hängte das Bild vorsichtig auf. Er setzte sich auf den Hocker am Flügel und schaute nur auf die Verwüstung. Karl begann aufzuräumen, richtete die Betten, hob Bücher auf. Er sah Hans niedergeschlagen an.

»Was um Himmels willen soll das? Was, zum Teufel?«

»Keine Ahnung …«

»Aber wonach können sie denn gesucht haben? Eigenartig. Wirklich merkwürdig. Waren es Diebe? Oder …?«

Hans antwortete nicht.

»Hans! Wir müssen hinuntergehen und fragen, nachforschen, was geschehen ist. Irgendjemand muss doch etwas wissen!«

Getrampel auf der Treppe vermischte sich mit lauten Rufen.

»Hans! Hans, mach auf! Öffnen!«

Es war Vater Anselmus. Der Mönch stürzte herein.

»Die Haydn-Partitur! Hans, Haydns Partitur ist weg. Einer der Mönche hat dich in der Bibliothek gesehen. Kurz bevor der Bibliothekar entdeckte, dass der Schrank offen und die Partitur verschwunden war. Ehe man die Polizei einschaltet, wollte man die Sache selbst untersuchen. Es wird behauptet, du hättest die Partitur gestohlen. Weil du Komponist bist. Und weil man dich mehrfach gesehen hat, als du dort standest und sie anschautest. Der Prior will dich sehen. Hans, sag, dass du unschuldig bist!«

Hans schwieg. Mit zusammengepressten Lippen und bleichen Wangen.

»Aber Vater Anselmus, Hans und ich kommen gerade aus Eger zurück. Wir haben dort bei Freunden gewohnt, den Krzyzanowskis. Das hier ist doch völlig verrückt. Wir haben den ganzen Tag im Zug gesessen. Hans ist unschuldig!«

Vater Anselmus schaute Karl Rott unsicher an.

Hans saß noch immer still. Nur das Notenblatt, das er in der

Hand hielt, zitterte etwas. Anselmus legte die Hand auf seine Schulter und rüttelte ihn behutsam. Aber Hans blieb starr.

Vater Anselmus rüttelte ihn stärker.

»Es kann nicht Gottes Wille sein, dass ich als gewöhnlicher Dieb verurteilt werde. Oder ist es der mit den finsteren Flügeln, der mich zerschmettern will?«

Hans sah Vater Anselmus an. Ohnmacht trübte seinen Blick.

»Hans, wir gehen hinunter und erklären dem Prior …«

Er erhob sich vom Hocker.

»Ich gehe allein.«

Als er an der Bibliothek vorbeiging, hörte er, wie dort geredet und gelärmt wurde. Ein Gewimmel unheimlicher Schatten huschte über die Wände.

Er kam zur Tür des Priors.

»Herr Rott, Sie stehen im Verdacht, unsere Haydn-Partitur entwendet zu haben. Einer der Mönche ist sich seiner Sache sicher. Er sah Sie heute in der Bibliothek. Herr Rott, geben Sie die Partitur sofort zurück. Dann werden wir die Sache nicht weiter verfolgen. Allerdings ist Ihre Position hier leider unmöglich geworden. Wir werden Ihr umgehendes Entlassungsgesuch bewilligen. Herr Rott, Sie haben die Wahl.«

»Ich verlange unverzügliche Entlassung. Ich beende meinen Dienst hier und jetzt. Es bedarf keiner Papiere. In ein paar Tagen ziehen mein Bruder und ich mit unserer Habe aus. Ich höre sofort auf.«

Er sah den Prior scharf an.

»Man hat mich verraten! Dies ist ein bodenloser Verrat. Gott weiß, dass ich unschuldig bin.«

Er stürzte aus dem Zimmer, stolperte die Stufen hinab im Echo von Stimmen, die von überallher herkamen. Sie sind ein Dieb, Herr Rott! Ein gewöhnlicher Dieb! Sie stehlen von Gott. Sie sind ein Betrüger. Ein verworfener …

Die Echos wollten nicht aufhören. Nicht einmal, als er auf die Straße hinausgelangt war.

Er lief durch den Abend. Lief durch enge Gassen, durch Gebüsch im Park. Über Blumen und Beete. Rannte Stühle und Tische in einem nächtlich verlassenen Gartenlokal um. Kreischende Räder und das Geklapper von Hufen näherten sich rasch. Fast wurde er von einem scheppernden Wagen angefahren. Er atmete tief ein, warf sich auf das hintere Trittbrett und klammerte sich fest. Als er nach einer Weile wieder zu Atem gekommen war, sprang er ab und lief weiter. Lief, bis er unter einer Reihe Gaslaternen auf der langen Brücke stehen blieb. Tief dort unten strömte das Wasser der Donau in schäumenden Furchen. Er stand matt und atemlos, keuchte über das Geländer. Er sah auf die Strudel hinunter, die im Licht der Laternen glitzerten. Bis er von zwei Händen geschüttelt wurde, die ihn kraftvoll am Arm packten. Die starken Hände zogen ihn vom Geländer fort.

»Hans! Hans, zum Kuckuck. Du bist doch unschuldig. Komm jetzt!«

Aber das Rauschen und Dröhnen war ohrenbetäubend. Und das Brückengeländer begann, hin und her zu schwingen. Es schaukelte in Wellenbewegungen auf und nieder. Erst als er den lähmenden Schmerz am Arm spürte, erkannt er, dass es Karl war, der da an ihm zerrte. Die weißen Ränder des Schaumes in der Tiefe erbleichten, und das Brausen des strömenden Wassers ließ nach.

Sie gingen langsam zum Piaristenkloster zurück.

Zwei Tage lang sprach Hans Rott kein Wort. Sah niemandem in die Augen, ging allen aus dem Weg. Karl fragte, wie es ihm gehe, ob er sich krank fühle. Aber er sah dem Bruder nicht in die

Augen. Als Karl sich später ein drittes oder viertes Mal an ihn wandte, antwortete Hans nur mit einer Frage: ob Karl hungrig sei. Und er gab ihm schweigend einige Gulden. Karl kam mit Brot, Gemüse und Fleisch zurück. Und Bier. Hans hörte nichts. Er saß geduckt am Flügel. Hin und wieder kratzte seine Feder etwas auf das Notenpapier. Aber er strich es sofort wieder aus.

Als Vater Anselmus am nächsten Tag über die Schwelle trat, sah man ihm die Verwandlung an. Er lief zu Hans am Flügel hinüber.

»Der Prior möchte mit dir sprechen. Sofort! Es hat sich aufgeklärt. Beeil dich! Der Prior wartet.«

Hans Rott schien aus ewigem Schlaf zu erwachen. Er sah zu Vater Anselmus auf und war hellwach.

»Ich gehe nirgendwohin. Warum sollte ich? Ich bin nur Gott verantwortlich.«

»Aber Hans! Du musst …«

»Ich habe es mit meinem Gott abgeklärt. Der Prior ist sein Diener. Er weiß, wo er mich findet.«

Er kehrte Anselmus den Rücken zu, ging zum Fenster und schaute über den Hof.

Vater Anselmus verschwand, ohne etwas zu sagen. Er schüttelte leicht den Kopf, als er Karls Blick begegnete.

Der Prior kam eine Weile später. Nach Atem ringend und mit Schweißtropfen auf der Stirn. Er ging einige schwere Schritte auf Hans zu, der am Fenster stehen blieb.

»Herr Rott, es tut uns allen aufrichtig leid. Wir haben dafür Verständnis, dass Sie gekränkt sind. Und wir haben uns selbst, das muss offen gesagt werden, Schande gemacht. Die Partitur wurde gefunden. Völlig unbeschädigt. Unser Bibliothekar hatte sie herausgenommen, um ihren göttlichen Inhalt zu bestaunen und zu bewundern. Dann hatte er sie in einem der kleineren Lesezimmer verlegt, die nur er benutzt. Das war ihm völlig entfallen. Einer der Mönche fand sie heute Morgen wieder. Herr Rott … ich wünsche mir, ja, ich gehe so weit, an Sie zu appellieren, dem armen Mann keinen Vorwurf zu machen. Er arbeitet seit Langem bei uns und ist außerordentlich pflichtbewusst. Es wäre sehr ungerecht, ihm in diesem Alter einen Verweis zu erteilen. Sie wissen, Herr Rott, dass uns allen die Sinne verdunkeln und ermüden. So ist es nun einmal eingerichtet.«

Hans Rott sah den Prior an.

»Ich möchte dem alten Herrn keineswegs Schaden zufügen. Ich lasse die Sache auf sich beruhen.«

»Wir würden uns freuen, wenn Sie Ihren Dienst als Organist bei uns weiterhin versehen wollten. Bezüglich Ihres Orgelspiels empfinden wir alle tiefste Bewunderung. Sie hatten Anton Bruckner als Lehrer? Bruckner, der selbst die Orgel dort oben gespielt hat?«

Hans Rott senkte die Augen und nickte dem Prior zu.

»Anton Bruckner hat mir alles beigebracht. Und ich danke für Ihr Angebot. Aber ich kann nicht bleiben.«

Der Prior sah Hans einen Augenblick an, ehe er sich zur Tür wandte. Als er sie gerade schließen wollte, schaute er noch einmal zurück.

»Überlegen Sie sich die Sache, Herr Rott.«

Aber Hans Rott brauchte nicht mehr zu überlegen. Er hatte mit den Piaristen abgeschlossen. Er war verraten worden, und es gab kein Zurück. Man hatte ihn Dieb genannt. Man hatte ihn für einen gewöhnlichen Dieb gehalten!

Einige Tage später ging der kleine Umzug vonstatten. Sie hatten eine neue Wohnung in der Bäckerstraße gefunden. Als sie in den Fiaker steigen wollten, kam Vater Anselmus angelaufen.

Er streckte Hans seine Hand entgegen. Hans ergriff sie, und sie schwiegen eine Weile.

»Gott sei mit dir, Hans Rott.«

Vater Anselmus kehrte zum Kloster zurück, und der Fiaker setzte sich in Bewegung. Hans zog den Vorhang zur Seite und schaute der weißen Gestalt lange nach, bis sie durch die Tore der Welt verschwand, der er zwei Jahre seines Lebens gewidmet hatte.

Und als sich der Fiaker ein Stück entfernt hatte, alle Türme und Flügel geschrumpft und kleiner geworden waren, verwandelte sich das Bild hinter der verschwommenen Scheibe in die Konturen einer zerbröckelnden Ruine.

Bertha! Bertha, horch mal! Gefühl. Gefühl. Nicht so viele Bässe. Und sanfter. Sanfter hier oben. So, ja. Besser, besser.«

Hans Rott schlug den Takt mit Worten. Er war müde. Aber für jeden Takt gab's etwas Geld. Und für eine Reihe von Takten einen ganzen Gulden. Er zählte genau. Aber das hier war trotzdem nicht wie sonst. Diese Klavierstunden waren nicht wie andere. Es war Bertha. Bertha Löhr.

Bertha drückte die Tasten mit ganz jungen Fingern.

Hans stierte in die Noten. Die Arme in der Luft. Sie schwangen hin und her. Und Bertha plagte sich zwischen den Noten und den schwingenden Armen. So taktfest, dass die Sterne am Himmel strammstehen hätte können. Bertha strahlte. Sie spürte, wie eine Sonne ihren Rücken und ihr ganzes Wesen wärmte.

Die kleinen Hände fuhren mit Freude und seltsamer Entdeckerlust über die Tasten. Hin und wieder ließen ihre Blicke von den Noten ab und schauten Hans Rott in die Augen. Er lächelte zurück und nickte, sein großer Schopf wippte.

Dann aber wandte er sich von ihr ab und versank in eigene Gedanken. Tiefe Gedanken.

Während Berthas kleine Finger an den Tasten arbeiteten, sah er das Licht vor sich. Es strömte, brannte und umfing ihn. Der Frühling war da. In diesem Jahr würde er volljährig werden. Und Johann Grün, sein Pate, hatte ihm ein Erbe hinterlassen, das zum einundzwanzigsten Geburtstag ausgezahlt würde – ganze tausendvierhundert Gulden. Tausendvierhundert Gulden! Er würde reich sein! Nun würde es nicht mehr Winter werden. Und er würde seinem Bruder helfen können. Wie Karl sich freuen würde!

Hans sah einen ewigen Sommer vor sich. Diesmal würde die Sonne nicht enden. Dieser Sommer würde unvergänglich sein. Nun war er sicher und würde weiter an seiner großen Symphonie arbeiten. Ob sie wohl vor Jahresende fertig sein könnte? Bestimmt. Und sie würde von den Wiener Philharmonikern aufgeführt werden. Er sah den ausverkauften Saal vor sich. Er hörte den explodierenden Jubel des hingerissenen Publikums. Anton Bruckner nickte zufrieden. Seine Augen waren feucht. Hans sah es. Er spürte bereits die Wärme seines Lehrmeisters. Victor Adler und alle anderen würden beeindruckt erstarren. Gerede und Gerüchte würden durch Kaffeehäuser und Bierhallen ziehen. Alle würden eine neue Welt erblicken und vor der neuen Zeit auf die Knie fallen. Verstummt. Und er würde sich verbeugen. Er würde auf der Bühne erscheinen und sich verbeugen. Er würde langsam, unerhört langsam gehen. Er würde es hinausziehen, die Huldigungen verlängern und dem Dirigenten danken. Selbstverständlich würde es Hans Richter selbst sein, der größte aller Dirigenten. Ganz bestimmt würde Hans Richter dirigieren! Und wie viele Blumensträuße man warf! Was sollte er mit ihnen tun? Sah er nicht Wagen voller Blumen, die vom Konzertsaal abgeholt wurden? Unzählige, prachtvolle. Sie waren auf dem Weg zu ihm, in seine Wohnung. Karl und er würden in einem Meer lieblicher Düfte ertrinken, und es würde sein bestes Jahr werden! Die einfache Wohnung in der Bäckerstraße hatten sie verlassen. Jetzt wohnten sie in der Rotenturmstraße, einer angemesseneren Adresse. Auch wenn sie einen Teil seines Erbes von Johann Grün verschlang.

Etwas weckte ihn auf. Bertha hatte aufgehört zu spielen. Das Stück war zu Ende. Hans richtete seinen Blick auf Bertha und lächelte das Mädchen an. Er liebte es, sie zu unterrichten. Sie strahlte und gab sich mit ihrer ganzen jungen Seele dem Klavier hin.

Plötzlich ging ein Windhauch durch das Zimmer. Ein tiefblaues Tuch schwebte rasch über die schweren Teppiche. Nah am Klavier vorbei. Die Notenblätter bewegten sich und er legte die Hand darauf, um sie festzuhalten, damit das Heft nicht zuschlug. Er drehte sich auf dem Stuhl um. Hatte jemand ein Fenster geöffnet?

Da sah er den wiegenden Rücken und das wallende blaue Tuch, das durch den Raum zur Tür auf der anderen Seite glitt. Dann hielt die blaue Erscheinung an, blieb stehen und wandte sich um.

»Bertha, du spielst wirklich gut. Der neue Lehrer hat dich ja richtig in Bewegung gebracht.«

Bertha nahm die Hände von den Tasten und schaute auf. Erst jetzt bemerkte Hans Rott die blaue Gestalt richtig. Er nickte und lächelte. Dann war sie verschwunden, und Berthas Hände befanden sich wieder über den Tasten.

Aber seine Hände schwangen nicht mehr so stark. Das schwebende blaue Wesen verließ ihn nur zögernd.

»Bertha!«

Hans Rott legte seine Hände über Berthas.

»Wer war das?«

»Das war Louise!«

»Louise?«

Friedrich hatte den Namen gelegentlich genannt. War sie das? Die älteste Schwester der Familie?

»Deine große Schwester also?«

Er schaute Bertha an.

»Ja. Aber die ist langweilig.«

Bertha sah verbissen aus.

»Warum denn das? Warum ist sie langweilig?«

»Sie zeichnet immer nur den ganzen Tag.«

»Zeichnet? Du meinst, sie malt?«

Bertha nickte erst. Dann schüttelte sie den Kopf.

»Sie ist von morgens bis abends mit ihren Papieren beschäftigt. Und sie hat so ein Gestell mit Pinseln und Leinwand. Malt Gesichter und so.«

»Sie malt also?«

»Ja, aber es wäre besser, wenn sie Klavier spielen würde, finde ich jedenfalls. Sie hat aufgehört, und der vorige Lehrer ist seither nicht mehr erschienen, weil sie ihre ewigen Männchen zeichnet. Ich finde das dumm. Jetzt kann sie mir nämlich nicht mehr wie früher beim Klavierspielen helfen.«

Hans Rott hörte gut zu. Er kannte den vorigen Lehrer gut: sein Studienkamerad Gustav Mahler. Der hatte ihm, zusammen mit seinem Freund Friedrich, Bertha als Schülerin vermittelt. Beide wussten nur zu gut, wie dringend Hans das Geld benötigte. Bisher. Jetzt segnete er Johann Grün und die tausendvierhundert Gulden.

Aber das konnte Bertha nicht wissen. Das blaue Kleid tauchte wieder vor seinem inneren Auge auf. Louise! Seine Freunde hatten nicht viel über sie erzählt. Aber Friedrich hatte mehrere Schwestern, also …

Er dachte wieder an Bertha und deutete schnell auf das Notenheft.

»Bertha, weniger Druck im Bass! Weniger …«

»Aber da bin ich doch schon vorbei. An den Bässen, die Sie meinen.«

»Was?«

Bertha schaute Rott erstaunt an. Sie war bereits an der Stelle mit dem leisen, perlenden Fingerspiel der rechten Hand, bei den spröden hohen Tönen.

»Entschuldige. Wir beginnen noch einmal von vorn.«

Er lächelte Bertha an, die noch verwunderter aussah. Gehorsam begann sie aber, das Stück von den allerersten Noten an zu spielen.

Hans Rott verließ die Wohnung in aufrechter Haltung und mit raschen Schritten. Er würde demnächst noch einige Gulden mehr in der Tasche haben. Bertha überraschte ihn mit ihrem heiteren Gemüt und ihrer Freimütigkeit. Er mochte die Kleine und unterrichtete sie gern.

Aber so war es nicht immer. Meistens war ihm das Erteilen von Klavierstunden eine aufgezwungene Bürde – eine einförmige Routine, die miserabel bezahlt war. Er hatte all die halbvornehmen Familien über, die ihre Töchter zu spielenden Puppen machen wollten. Leichter unter die Haube zu bringen. Sie waren wie automatische Klaviere. Ohne Interesse für die unerhörten Töne, die seine Welt füllten. Er war all das leid. Aber es brachte Geld für Extrawurst ein. Und Karl sah immer erfreut aus, wenn Hans mit etwas Geld in der Tasche nach Haus kam.

Eigentlich war es merkwürdig. Warum sollte er sich so sehr auf die nächste Stunde mit der kleinen Bertha freuen?

Bertha wurde immer besser. Und jedes Mal eilte die blaue Erscheinung vorbei. Sie grüßte stets mit einem flüchtigen Lächeln, ehe sie die Tür zum Nebenzimmer wieder schloss. Hans Rott legte eine Hand auf Berthas Schulter, und das Mädchen nahm die Hände von den Tasten.

»Womit beschäftigt sie sich, sagtest du?«

Er schämte sich wegen der dummen Frage.

»Sie malt, habe ich doch gesagt. Sie malt eine Menge Männchen und Figuren. Und hängt die Wände damit voll. Die meisten Männchen sind hässlich. Große Nasen und unheimliche Bärte. Die sehen lächerlich aus.«

Dann ging die Unterrichtsstunde weiter. Und die nächste. Und nächste.

Schließlich fasste er Mut, als sie wieder auftauchte.

Sie hatte die kleine Schwester am Klavier begrüßt und ihm zugenickt. Da erhob er sich schnell, und sie blieb in der halb geöffneten Tür stehen. Er ging auf sie zu. Wollte sie selbst sehen, die Zeichnungen, Gesichter und Gemälde.

»Bertha, kannst du etwas warten? Wir sind ohnehin fertig. Ich muss deine große Schwester etwas fragen.«

Nun stand er unmittelbar vor ihr. Er hatte bereits vergessen, was er sie fragen wollte. Und jetzt musste er sich sammeln. Es kam plötzlich, fuhr ihm einfach durch den Kopf:

»Würden Sie mich malen, Fräulein Louise?«

Louise sah ihn erstaunt an.

»Mein Schwesterchen hat dir wohl allerlei Flausen in den Kopf gesetzt?«

Er fühlte sich sicherer.

»Nein, ich meine es ernst. Würden Sie mich malen? Oder ein Porträt von mir zeichnen? Ich fände das ausgesprochen aufregend.«

Louise schaute ihn noch immer erstaunt an.

»Meinen Sie es ernst, Herr Rott?«

»Ja. Selbstverständlich meine ich es ernst.«

Er lachte nun ein wenig erleichtert.

»Dann auf Ihre Verantwortung. Ich male gern Menschen und brauche Übung. Viel Übung. Setz dich!«

Hans Rott merkte, dass sie ihn abwechselnd mit Sie und mit du anredete. Sie tat es absichtlich, und er hatte Spaß daran.

Sie deutete auf einen Stuhl in der Nähe des Fensters. Durch die dicken Vorhänge fiel ein sanftes Licht auf sein Gesicht.

»Bitte den Kopf zur Seite. Ganz wenig. So. Und jetzt Stillhalten.«

Louise begann. Sie saß sehr nahe bei ihm, und ihre Hand bewegte sich leicht wie ein Schmetterlingsflügel über die weiße Leinwand. Die Finger beugten sich geschmeidig entlang der Linien, die Gestalt annahmen. Im Wandspiegel schräg hinter Louise konnte Hans sehen, wie sein großer Schopf als Bleistiftskizze erschien. Dann sah er, wie sich der fein geschnittene Mund seiner Mutter mit scharfen Linien abzeichnete. Das dunkle, volle Haar seines Vaters tönte noch stärker hervor.

Er war es!

Louise hatte ihn geradewegs durchschaut. Sie hatte ihn vollkommen in ihrer Gewalt. Er starrte auf die junge Frau. Sah, wie sich ihre Unterlippe spannte und krümmte, wenn sie ihre Linien zog. Sah, wie sie ihren Kopf in den Nacken warf, wenn sie ihn anschaute. Sah, wie sich ihre Augen zu Schlitzen verengten, wenn sie tief in das Bild versanken, das im Entstehen begriffen war. Hans Rott sah, dass sie das fertige Bild hinter ihrer hellen Stirn hatte. Er sah, dass er sich dort drinnen befand. Er sah, dass ihre Hände ihn dort hervorholten. Dass auf der toten Leinwand ein lebendiges Gesicht erwuchs. Ein warmes, großes Gefühl erfüllte ihn. Er sah auch, wie ihre Zöpfe im Nacken im Takt der Linien hin und her zuckten. Und der volle Haarknoten wiegte ab und zu, als sie die Leinwand prüfte und drehte.

Als sie fertig war, reichte sie ihm die Skizze.

»Bekomme ich sie? Darf ich sie behalten?«

»Natürlich darfst du sie behalten. Aber erst, wenn sie fertig ist.«

Sie lächelte, als sie die Tür zu ihrem Zimmer schloss. Die Zeichnung verschwand rasch im Türspalt.

Nächste Klavierstunde. Bertha wurde ein wenig ungeduldig.

»Herr Rott, hören Sie nicht, dass ich in den Bässen völlig falsch gespielt habe? Warum sagen Sie nichts?«

»Doch, natürlich habe ich es gehört. Aber ich wollte dich nicht stören. Das bringen wir später in Ordnung. Spiel nur weiter.«

Und Bertha spielte weiter.

In der Mitte des Stückes tauchte der Windhauch wieder auf. Zur selben Zeit wie voriges Mal. Ein flüchtiger Windhauch am Klavier vorbei. Das blaue Kleid streifte seinen Rücken. Ihm fiel auf, dass er sich unwillkürlich etwas nach hinten lehnte, um ihr ein wenig näher zu kommen. Er atmete tief ein. Es war, als verbreitete die tiefblaue Farbe einen besonderen und zarten Duft im Raum.

Bertha hörte zu spielen auf.

»Was ist denn los, Bertha? Warum hörst du auf?«

»Die Noten sind zu Ende. Sie blättern ja nicht um!«

Hans Rott war ganz in Gedanken. Er half Bertha beim Umblättern, recht ungeschickt. Bertha schaute ihn irritiert an.

»So kann ich nichts lernen. Wenn Sie nicht umblättern, will ich nicht mehr spielen. Ich will einen neuen Lehrer haben. Wenn Sie meine Noten nicht umblättern, will ich einen neuen Lehrer haben.«

Hans Rott starrte das ziemlich aufgebrachte Mädchen an. Er lachte und blätterte um.

Louise war in ihr Zimmer verschwunden.

Es gab blaue Harmonien. Er war sich sicher, dass es blaue Harmonien gab. Er versuchte, sie einzufangen. Seine Hände fuhren durch die Luft. Als hätte er ein Schmetterlingsnetz und fuchtelte damit hin und her. Er wollte die blauen Klänge fangen. Plötzlich war ihm klar, dass er den Schreibtisch verlassen hatte. Dass er hockend durch das Zimmer hüpfte und mit einem Schmetterlingsnetz wedelte, das es nicht gab. Aber er jagte den schönsten Schmetterling, der existierte. Den Schmetterling mit den schimmernden blauen Flügeln.

Er war überzeugt, dass einige Töne blau waren. Wegen ihres Kleides? Es musste ihr Kleid gewesen sein.

Er wusste nicht, ob es die plötzliche Frühlingswärme oder eine unsichtbare Kraft war, die ihm den Weg gewiesen hatte. Aber zuweilen schien ihm, dass nicht er es war, der die Feder in der Hand hielt. Ein sonderbares Gefühl. Gewiss, es waren seine Blätter. Und seine Töne, die die Notenblätter füllten. Eines nach dem anderen. Der zweite Satz seiner großen Symphonie war fast fertig. Er schloss die Augen, und Millionen Notenzeichen wirbelten vor seinem inneren Auge. Aber nur die ausgewählten, die äußerst sorgsam ausgewählten schafften es auf das Papier.

Der Schmetterling war verschwunden, und Hans Rott setzte sich hin, um das Ganze noch einmal durchzugehen. Er musste sicher sein. Sicher, dass sich kein bösartiges Zeichen in seine Zeilen und Linien eingeschlichen hatte. Wieder und immer wieder. Am Ende war es zu etwas Heiligem geworden. Er wollte es nicht mehr anrühren. So musste es sein. Nun war er sich sicher.

Er legte die Feder nieder, schraubte das Tintenfass zu. Fertig. Der zweite Satz seiner großen Symphonie war fertig.

Ihm brannte der Magen. Er musste hinaus, um etwas zu essen. Aber die Gulden waren knapp. So viel Zeit hatte Symphonie verschlungen und so wenige Klavierstunden hatte er geben können. Aber Karl hatte Arbeit an einem Theater in der Nähe von Wien bekommen. Als Schauspieler und Kapellmeister. Jetzt würden die Gulden länger reichen. Jetzt könnten sie wohl ewig reichen!

In der folgenden Woche saß er wieder bei Bertha. Wie gewöhnlich. Dennoch nicht wie immer. Er hörte das Rascheln des blauen Kleides nicht. Heute war es still. Nur Berthas tastende Töne füllten das Zimmer. Sie übte ein neues Stück. Schwierig und zart.

Übrigens kam er selbst darauf, dass das Kleid gar nicht blau war. Nein, in der einen Woche war es grau gewesen, in der anderen rot. Oder grün. Einmal war es sogar schwarz. Er wusste es nicht so genau. Aber er sah nur das blaue Kleid vor sich. Denn das hatte sie angehabt, als er sie zum ersten Mal durch das Zimmer schweben spürte.

Als er Berthas Noten umgeblättert hatte und das Stück zu Ende war, musste er sie nach ihrer großen Schwester fragen.

»Wo steckt sie denn heute?«

Aber Bertha wollte schon davonlaufen. Die Stunde war vorüber. Er musste sie am Arm festhalten.

»Wo ist deine große Schwester?«

»Sie wollte zu einem Mann, der mit Papa arbeitet.«

»Mit deinem Papa?«

»Ja, die machen Geschäfte. Ein Mann, den Papa trifft. Der war auch schon ein paar Mal hier.«

»Ein Mann?«

»Ja, wie Sie. Aber viel älter, glaube ich.«

»Wie ich?«

»Ja, stellen Sie sich vor, der sieht aus wie Sie. Jedenfalls dieselben Haare. Aber ich glaube, es ist eine Perücke. Und ich glaube, er schminkt sich. Das habe ich gesehen! Er will jung aussehen. Wie Sie. Aber er ist dumm, wenn er meint, dass ich darauf reinfalle.«

Bertha schaute Hans Rott an. Er lächelte, und sie fuhr fort.

»Ich weiß nicht genau, aber jedenfalls reden sie über Geschäfte. Und Papa wollte, dass sie den Mann abmalt.«

»Abmalt?«

»Sie zeichnet doch dauernd Menschen. Und jetzt sollte sie ihn zeichnen. Papa sagt, der wird mal wichtig.«

»Oh, ich verstehe. Üb nun schön deine Hausaufgabe. Wir sehen uns nächste Woche. Sei fleißig!«

Er sah sie an, immer noch lächelnd. Und schon war sie weg.

Hans hatte sich erhoben, stand aber noch am Klavier.

»Herr Rott!«

Er drehte sich um.

»Bertha macht große Fortschritte. Sie spricht viel von Ihnen, Herr Rott. Ich glaube, sie ist in ihren Klavierlehrer verliebt. Nun, Sie wissen, wie das bei Mädchen in diesem Alter ist. Wie auch immer. Hier ist jedenfalls Ihr Honorar.«

Anna Löhr, die Mutter von Bertha und Louise, gab ihm einige Gulden. Er steckte sie in die Tasche, verbeugte sich und küsste ihre Hand.

In den Straßen auf dem Heimweg ging ihm dieses Porträt nicht aus dem Sinn. Das Porträt, das Louise von dem fremden Herrn malte, mit dem der Vater Geschäfte machte.

Am nächsten Tag erfuhr er mehr. Die beiden Herren handelten mit Salz. Importierten große Mengen und verkauften an die Läden der Stadt, aber auch im Rest des Landes. Es ging auch um Mineralien und Salzsteine für das Vieh. Beide hatten große Niederlassungen in Wien. Etliche Menschen waren damit beschäftigt, das Salz zu verpacken, andere sahen zu, dass es zu den Kunden gebracht wurde. Hans Rott begann zu ahnen, worum es sich handeln könnte. Vielleicht war Berthas Vater darauf aus, die Interessen der beiden Familien zu vereinen. So war es bestimmt. Er wollte bei Gelegenheit Friedrich danach fragen.

Als er Bertha das nächste Mal traf, war sie nicht so freimütig und offenherzig. Sie spielte mit neuem und behutsamem Ausdruck. Ihre kleinen Finger klammerten sich an die Töne und ließen sie nicht so unbekümmert los wie sonst. Mehrmals blickte sie Hans verstohlen an. Obwohl sie weder auf die Noten noch auf die Tasten schaute, spielte sie sauberer denn je.

Als sie fertig war, sah sie Hans Rott tief in die Augen.

»Ich glaube, ich bin fast in Sie verliebt, Herr Rott.«

Er stutzte.

»Die anderen Lehrer sind dumm. Sie sind der einzige, der mir zugehört hat. Richtig zugehört. Ich möchte gern mehr lernen. Können Sie nicht bleiben? Können Sie mir nicht alles beibringen, was Sie können, Herr Rott?«

»Aber sicher. Ich bleibe gern. Ich bleibe für immer. Und ich bringe dir alles bei, was ich kann.«

Bertha sah glücklich aus. Er bat sie, das neueste Stück zu spielen, das er ihr gezeigt hatte.

»Kannst du nicht dieses Stück spielen, du weißt schon, das von Strauss? Das ich so mag? Spiel so schön du kannst!«

Bertha legte ihre Hände auf die Tasten und begann mit feinfühligem Anschlag. Die ruhigen, sanften Klänge drangen in alle Ecken des Zimmers.

Aber bald steigerte sich der Rhythmus. Der Anschlag wurde fröhlicher und mitreißender.

In diesem Augenblick tauchte sie auf. Mit blauem, wallendem Tuch, um den Hals ein weißer Flor. Der breite schwarze Gürtel eng um die schmale Taille geschnürt. Der Haarknoten auf dem Kopf und die Zöpfe im Nacken.

Diesmal ging sie langsam durch den Raum. Etwas veranlasste Hans, sich zu erheben. Er begegnete ihr in der Mitte des schweren Teppichs.

Als er bemerkte, dass er sie mitten im Raum aufgehalten und ihre Hände ergriffen hatte, fühlte er sich albern. Er fühlte sich unerhört lächerlich. Seine Wangen wurden heiß und brannten. Alles stand jetzt auf dem Spiel. War alles verloren? Würde er je hierher zurückkehren können? Ihm war unwohl.

Louise zog ihre Hand zurück und schaute ihn erstaunt an.

Sie standen einen Augenblick lang ganz still. Dann reichte sie ihm die Hand. Er nahm sie und legte seinen Arm behutsam um sie.

Sie begannen zu tanzen. Bertha, die das gefühlvolle Stück mit ganzer Seele spielte, saß mit dem Rücken zu ihnen und merkte nicht, was hinter ihr geschah. Hans umfasste Louise etwas fester. Sie sah auf den Boden. Er suchte ihren Blick. Sie schaute auf. Sie schwebten über den Teppich. Er wusste nicht, warum er es gewagt hatte, ihre Hände zu nehmen, sie anzuhalten und zum Tanzen zu bringen. Aber nun ging es weiter. Schweigend. Nur ein Lichtstrahl, der sich durch einen Spalt der Vorhänge ins Zimmer verirrt hatte, passte zwischen sie. Da und dort.

Bertha hatte aufgehört zu spielen. Das Stück war zu Ende. Ebenso plötzlich, wie sie zu tanzen begonnen hatten, ließen sie einander los. Louise ging zu ihrem Zimmer hinüber. Hans sah ein Lächeln auf ihren Lippen.

Bertha drehte sich um. Sie schaute Hans Rott bittend an.

»Waren Sie zufrieden, Herr Rott? Haben Sie gemerkt, dass ich ordentlich geübt habe? Habe ich nicht gut gespielt?«

Das kleine Mädchen sah ihn mit erwartungsvollen Augen an.

»Du hast ausgezeichnet gespielt. Niemand hätte es besser machen können. Niemand.«

Berthas Gesicht leuchtete auf.

»Herr Rott, ich möchte mein ganzes Leben lang mit Ihnen Klavier spielen!«

Sie stand vom Klavier auf und rannte in die Küche.

Louise saß in ihrem Zimmer und malte an ihrem neuesten Bild. Aber sie konnte ihre Seele nicht mehr den Linien und Farben zuwenden. Das Gesicht, das auf der Leinwand entstand, schien ihr fremd. Ihr Vater wünschte, dass sie dieses Porträt anfertigte. Es wurde dunkel im Zimmer, und die Gaslampen waren ausgefallen. Draußen waren Straßenarbeiten im Gang, und die Gasleitung war gesperrt. Die Talglichter reichten nicht aus. Sie musste ihre Arbeit abbrechen und wollte Vater sagen, dass sie dieses Gemälde nicht machen konnte. Dass es nicht ging. Sie nahm ihre neueste Bleistiftskizze hervor, ergriff einen Pinsel und begann sanft und tastend im schwachen Licht. Der dunkle, wehende Schopf war im flackernden Schein der Kerze deutlich auszumachen.

Und obwohl die Dunkelheit sich sachte in das Zimmer und über ihre Wangen senkte, obwohl ein immer tieferer Schatten über Striche und Linien fiel, begann an diesem Abend ein Gesicht Gestalt anzunehmen.

Sie hatten sich zur Mittagszeit verabredet, in einem kleinen Kaffeehaus außerhalb der Innenstadt. Sie hatte Mutter in der Schreibwarenhandlung gesagt, dass sie eine Weile unterwegs sein würde. Dass sie Verschiedenes für ihre Malerei kaufen musste.

Nun hatten sie ein wenig Zeit für sich. Überall duftete es nach Spätfrühling. Die Beete waren dicht bedeckt von den Farben Tausender Blumen.

»Übt Bertha ordentlich?«

»Ganz bestimmt.«

»Vor allem den Strauss?«

»Ja, natürlich.«

Louise lächelte.

»Wie geht es mit meinem Bild?«

»Es wird wohl bald fertig sein.«

»Willst du es mir dann geben?«

»Vielleicht möchte ich es selbst behalten.«

»Wie geht es mit dem anderen Bild?«

»Dem anderen?«

»Ja, solltest du nicht das Porträt eines Bekannten deines Vaters malen?«

»Ach das. Das geht nicht so gut. Ich habe überhaupt keine Lust, daran zu arbeiten. Er heißt Tomas Kluge. Und ich glaube, er interessiert sich für mich. Manchmal glaube ich, dass Papa möchte, dass ich mich auch für ihn interessiere.«

»Und tust du das?«

»Nein, es fühlt sich so altmodisch an. Wie … er ist so viel älter als ich.«

»Kann es sein, dass die Familien ihre Firmen zusammenbringen möchten? Ich meine, sowohl dein Vater als auch Kluge handeln doch mit Salz?«

»Ja, das Gefühl habe ich auch. Aber Papa würde mich niemals zwingen. Er würde wohl nur traurig sein, wenn ich gegen seinen Willen handelte.«

Hans schlug nach einem Insekt, das beharrlich und lästig um den Tisch summte.

»Louise, ich möchte mein Bild gern haben.«

»Und ich möchte es vielleicht gern behalten. Weißt du übrigens, dass mir dein Mund besonders gut gelungen ist? Es war nicht einfach, ihn richtig hinzubekommen.«

»Den habe ich von der Mutter. Es ist ihr Mund.«

Hans schaute in seine Kaffeetasse.

»Ich weiß, dass deine Mutter starb, als du klein warst. Du vermisst sie.«

»Ja, ich vermisse sie. Ich habe Nietzsche gelesen. Eine Zeit lang bedeuteten mir seine Gedanken sehr viel. Irgendwo schreibt er, dass jeder Mann von seiner Mutter ausgeht, wenn er sich ein Bild von einer Frau macht. Entweder verehrt man sie, oder man verneint sie. Oder man ist gleichgültig.«

»Und du?«

»Ich habe meine Mutter sehr gemocht. Aber von Nietzsche bin ich enttäuscht. In seinem letzten Buch distanziert er sich von allem, was heilig ist. Von Gott, der Religion, dem Christentum. Alles, was nicht mit der Vernunft zu greifen ist, sei unwahr und müsse abgelehnt werden. Genau wie bei Voltaire. Ich kann das nicht verstehen. Nietzsche ist nichts als ein ketzerischer Verräter.«

Eine Karawane von Fiakern fuhr lärmend und klappernd vorüber. Einer kam Louise so nah, dass ihr eine Haarsträhne über die Stirn wehte. Sie strich sie beiseite und schaute Hans an.

»Ich habe Nietzsche nicht gelesen. Aber durch Friedrich habe ich allerlei davon gehört. Er liest so viel.«

»Wie ich. Ich liebe Bücher. Und weißt du … ja, das weißt du natürlich: Friedrich hat einiges aus dem Norwegischen und Schwedischen übersetzt. Die Schriftsteller aus dem Norden sind wirklich hinreißend. Ich habe Bjørnson, Tegnér und ein paar andere gelesen.«

»Bjørnson? Ist der nicht gerade in Deutschland? Ich habe etwas über irgendwelche Vorlesungen gehört.«

»Ja, er ist in Deutschland. Er hat Dinge geschrieben, die in seiner Heimat unerwünscht waren, er ist auf der Flucht, kann man sagen. Er ist ein glühender Polemiker. Und Agitator. Es geht um den Mann und die Frau – um die Ehe. Um männliche Unterdrückung. Ich glaube, in seinem neuesten Roman schreibt er von einer Frau, die ihren Mann verlässt, um ihre eigene Zukunft zu gestalten. Auch in einem Theaterstück. Ich weiß nicht mehr, wie es heißt. Aber es geht darum, dass Männer sich vor der Ehe enthalten sollten.«

»Du meinst so, wie man es von sogenannten besseren Mädchen erwartet?«

»Ja, Bjørnson meint, dass es ungerecht sei, nur der Frau gegenüber solche unerbittlichen Anforderungen zu stellen. Selbstverständlich müsse dasselbe für jeden Mann gelten.«

»Oder für niemanden?«

»Ja, vielleicht, ja …«

Hans stand vom Tisch auf und kam kurz darauf mit Kaffee zurück.

»Ich muss dir etwas erzählen. Als ich die Orgelstelle im Piaristenkloster hatte, fand ich einen guten Freund unter den Mönchen dort. Er hieß Anselmus. Wir trafen uns recht häufig und sprachen über das weibliche Prinzip.«

»Das weibliche Prinzip?«

»Ja, ich behauptete, dass die Herzen der Männer brutal und hart seien. Das behaupte ich noch immer. Bei der Frau findet man den wahren und göttlichen Willen. Frauen sind vorsichtiger. Klüger. So ungefähr. Dieses Prinzip ist es, das ich würdigen will. Es sollte die Welt regieren. Einige der alten Griechen sprachen davon, dass die Planeten der Ursprung der verschiedenen Töne sind, indem sie ihre Bahnen ziehen. Die Planeten als Chor, als klingende Spieldose des Himmels und des Universums. Das ist die Kraft, die lenkt. Und sie ist weiblich. Louise, einige meiner Freunde nennen mich Mädchen oder feminin!«

»Bist du ein Mädchen, Hans?« Louise lachte.

»Glaube ich nicht. Jedenfalls singe ich nicht mehr so schön wie zu der Zeit, als ich noch ein Knabe war …«

»Hans, ich muss gehen. Ich bin schon spät dran. Und ich muss unterwegs Farbe oder Pinsel kaufen. Mutter wartet.«

Louise überquerte rasch die Straße und verschwand im Gewimmel.

Sie trafen einander an verbotenen Orten. Wenn Louise Besorgungen für die Mutter machte. Oder für die Schreibwarenhandlung. Und manchmal, wenn sie Farben, Pinsel und Leinwand einkaufte. Dann konnten sie einander treffen: in Parks, auf Uferpromenaden, an Straßenecken. Im Blumenmeer auf dem Markt, in Cafés, in Gaststätten. Zuweilen ganz eilig und verstohlen. Stets etwas abseits der belebteren Plätze, an denen sie auf Bekannte stoßen könnten.

In dem großen Park. Louise lief über den Rasen davon. Er holte sie unter einem großen Baum ein. Die Sonnenstrahlen rieselten durch die Zweige und Blätter auf sie. Das Licht lebte und bewegte sich warm über ihr ganzes Gesicht. Er legte die Hände auf ihre Schultern. Er spürte, wie es an den Fingerspitzen brannte.

»Du, Hans, ich möchte nicht in der Schreibwarenhandlung arbeiten. Nicht für immer. Ich glaube, meine kleineren Schwestern werden es tun. Ich will fort. Für mich sein. Ich möchte malen und irgendwo in der Stadt ein Atelier haben. Ich möchte Porträts malen. Ich kann es nicht lassen, Menschen zu zeichnen und Gesichter hervorzubringen.«

Auf dem kleinen Marktplatz. Hinter einem wogenden Meer von Blumen.

»Louise, ich werde Musik schreiben. Symphonien. Ich arbeite gerade an meiner ersten. Zwei Sätze sind schon fertig. Jetzt bin ich beim dritten Satz, dem Scherzo. Und ich möchte hier in Wien arbeiten, als Dirigent. Oder in irgendeiner großen Kirche Orgel spielen. Das möchte ich wohl am liebsten. Eine Orgel ist etwas Wunderbares, Louise. Sie ist mein Instrument. Anton Bruckner, mein Lehrer, hat versucht, mir eine Organistenstelle in Klosterneuburg zu verschaffen. Irgendwann klappt es bestimmt.«

Im warmen Sommerwind entlang der glitzernden Donau.

»Karl und ich werden den Rest des Sommers zusammen verbringen. Und ich werde so viel ich kann an meiner Symphonie arbeiten.«

»Unsere Familie wird auch einige gemeinsame Wochen draußen auf dem Land verbringen. Vielleicht kann ich probieren Landschaften zu malen?«

Ein regnerischer Tag. Ein Fiaker hielt vor Hans an. Hinter der Fensterscheibe sah er die Hand, die stürmisch winkte. Er stieg ein. Sie fuhren ein Stück, er hielt ihre Hand in der seinen. Er schloss seinen Arm um sie und zog sie an sich. Er spürte, wie lodernde Brände aufflammten, wie ihm schwindelte.

Sie saßen schweigend und fuhren regennasse Straßen entlang. Erst als der Kutscher von Entlohnung sprach, ließ Hans Louises Hand los. Der Fiaker hielt an, sie stiegen aus. Er sah ihr feuchtes Haar im Regen glänzen, ehe sich das Bild weiter unten auf der Straße verlor.

Eine Woche später. Halb versteckt unter einem riesigen Sonnenschirm. Louise überreichte ihm ein dünnes, in Papier gewickeltes Päckchen.

»Du weißt, was es ist, Hans.«

Er wusste, was es war, nickte ihr zu und lächelte.

Sie gingen in den warmen Hochsommer hinein.

Er saß und zählte die Gulden von Johann Grün. Er dankte Gott dafür, dass ihm sein Pate diese tausendvierhundert Gulden hinterlassen hatte. Jetzt würde er Listen aufstellen, Listen über Einnahmen und Ausgaben. Schließlich hatte er ja die Handelsschule besucht, und nun hatte er endlich Gelegenheit, all seine schändlichen Schulden zu begleichen. Die Rechnungen zu bezahlen, mit denen er im Rückstand war. Alle unangenehmen Kredite loszuwerden. Aber erst musste er einige Zeilen an Louise schreiben.

Liebe Louise
Dein Gemälde ist wunderbar. Du hast Dir selbst eines der schönsten Geschenke gemacht. Ich sitze und schaue sprachlos mich selbst an! Das klingt lächerlich. Aber hier gibt es Dinge, die ich noch in keinem Spiegel gesehen habe. Dass Du mich nicht missverstehst! Es geht nicht um Hässlichkeit oder Schönheit, sondern um etwas, das Erinnerungen weckt. Erinnerungen an die Zeit, da man in die Welt trat. Züge, die einem bekannt erscheinen. Alles hast Du gefunden. Nun muss ich an meiner Symphonie weiterarbeiten. Das Scherzo ist fast fertig. Bald ist nur noch das Finale zu schreiben. Ich beginne, das Licht zu sehen.
Dein Hans

Er musste zu Johann Grüns Gulden zurückkehren und begann mit den Listen. Aber der dritte Satz, das Scherzo, musste fertig werden. Er konnte sich nicht nur den Krediten widmen. Er nahm zwei Blätter hervor: eins für die Kredite und eins mit Notenlinien für das nahezu fertige Scherzo.

Erst aber die Kredite. Er notierte sie sorgfältig wie ein vollendeter Buchhalter:

Öllampe	*2 fl*
Tintenstift	*1*
Tischler, Wäscherin, Kohlenhändler	*10*
Hutmacher	*5*
Herr Fleischer	*20*
Baron Liliencron	*45*
Rock und Weste	*18*
Hosen	*8*
Café Pfob	*11*
Tommasoni, Delikatessen	*15*
Einsle, Buchhändler, Rauhensteingasse 5	*8*
Leo & Comp., Buchhändler, Opernring	*4*
Dr. Honig, Habsburgergasse (verfallene Bücher)	*12*
Café de l'Europe, Stephansplatz	*8*

Hans sammelte weitere Rechnungen.

Aber er musste zum anderen Blatt übergehen. Er schrieb einige Noten. Schnappte einige Töne auf, die sich im bodenlosen Fluss der strömenden Klänge versteckten. Er war froh, dass es ihm gelang, sie zu fangen.

Dann sah er den großen Teppich vor sich, das Zimmer, in dem ihre Füße geschwebt waren. Er sah den wiegenden blauen Leib. Fühlte den knisternden Stoff. Der schwarze Gürtel verwandelte sich und rann als Tinte auf das Papier. Strauss! Er musste diese lieblichen Walzerrhythmen notieren und wirbelte fort in eine wogende, üppige Landschaft, in der es keine

Rechnungen geben konnte. Wo Schulden nicht möglich waren. Aber sie tauchten auf. Zettel, die Karl hinterlassen hatte. Kaffeehäuser, Bierhallen, Restaurants und Ausgaben auf kleinen Papierfetzen, die er kaum entziffern konnte. Karl hatte beträchtliche Schulden – dreihundert Gulden. Und dabei hatte er noch gar nicht alles gezählt.

Aber nun musste er weiter Noten aufschreiben. Eine kraftvolle Bläsergruppe. Tuben, die durch die Flur rollten. Schnelleres Tempo. Wagner-Klänge stürzten und brausten über schwindelerregende Abhänge.

Er addierte weiter und sah bald ein, dass die Handelsschule ihm nicht helfen würde. Ihm wurde auch bewusst, dass die tausendvierhundert Gulden von Onkel Johann nicht für die Ewigkeit reichen würden, wie ihm vorgeschwebt war.

Die kraftvolle Bläsergruppe verstummte. Eine einsame Trompete tönte in der Stille. Er hielt inne. Wie vor einem neuen Einsatz. Das ganze Orchester hielt den Atem an.

Wieder grinste ihn das andere Blatt an. Alles wollte bezahlt werden.

Im selben Augenblick ertönten brüllende Bläser. Der Tisch dröhnte. Hans schrieb fieberhaft. Er war gezwungen, einige Rechnungen unberücksichtigt zu lassen. Er tauchte den Tintenstift ein. Aber nun war es, als krallten sich die Töne an nackten und kalten Kellerwänden fest. Und dann waren sie verschwunden. Sie segelten in Nebeln davon, versanken in Mooren und Sümpfen.

Die rasante Buchhalterfeder schrieb alles nieder und addierte. Etwas musste doch übrig bleiben. Das würde er in eine Blechdose in der Küche legen, das restliche Geld. Dort könnten Karl und er dann die edlen Münzen und Scheine herausnehmen, wenn sie gebraucht wurden. Johann Grüns Gulden dürften eine Weile reichen. Immerhin war es ja eine beachtliche Summe. Er wagte nicht auszurechnen, wie lange sie damit auskommen würden. Karl hatte wenigstens die Arbeit am Stadttheater in Krems bekommen. Das müsste helfen, auch wenn das Honorar miserabel war. Um nicht zu sagen unerheblich. Verpflegung und Unterkunft während der Woche und dazu einige Gulden, das war alles. Aber wenn er sich dort halten würde, könnte es bald etwas besser werden.

Karl kam häufig nach Hause, an Wochenenden und manchmal mitten in der Woche. Jedes Mal brachte er eine lächelnde, zuweilen dumm glotzende und grinsende neue Freundin mit. Und immer stank es nach billigem Schnaps. Stets verschwanden dann Gulden aus der Blechdose in der Küche. Wenn Hans versuchte, mit ihm darüber zu sprechen, lachte der Bruder nur und ging. Hans presste den Rücken gegen die Lehne und ließ die Faust schwer auf den Tisch fallen. So schwer, dass der Tintenstift zerbrach. Es sah aus, als würde die Mine in einer kleinen schwarzen Pfütze mitten auf dem Papier schwimmen. Sein kleiner Bruder war seine Familie! Er hatte sonst niemanden. Auf ihm, auf Hans Rott, ruhte alles. Die Handelsschule musste ihm helfen, die Ausgaben zu zähmen.

Im Herbst, der allmählich das Gras erstickte und die Blätter der Bäume nach Atem ringen ließ und der sich wie ein Schatten über alle Kredite und Rechnungen zu legen schien – im Herbst wurde er fertig. Er arbeitete am Finale. An den letzten Takten. Nur wenige Zeilen fehlten noch.

Als die Morgenstunden vor kühler Feuchtigkeit tropften und die Kälte langsam Straßen und Parks umschloss – da war er fertig. Er war fertig mit seiner Symphonie.

Wieder war er der Buchhalter, der sich mit seinen beiden Blättern hinsetzte. Jetzt aber erforderten die Schuldbriefe alle Aufmerksamkeit. Er hatte sie lange vernachlässigt, und Johann

Grüns Gulden waren fast versiegt. Er ging in die Küche und kramte in der Blechdose. Vor einiger Zeit war es ihm erschienen, als griffe er in einen Topf, der mit Gold gefüllt war, als hätte man ihn am Ende des Regenbogens gefunden. Jetzt griff er hinein, und der Inhalt hatte sich sehr gelichtet. Er fühlte es, als die Münzen zwischen seinen Fingern rieselten.

Karl kam nach Hause, war fröhlich und gesprächig. Neue fröhliche Freundinnen. Neue fröhliche Freunde.

Wieder kramte Hans in der Dose, und sie war noch leerer.

Karl verschwand zu seinen Gesellschaften in den unzähligen Bierhallen und Kaffeehäusern.

Wieder griff Hans in die Dose, die sich weiter leerte.

Und als Hans seinen Bruder fragte, ob er nicht etwas weniger ausschweifend leben und etwas häufiger zu Hause bleiben könne, um die gemeinsame Haushaltskasse zu schonen, da grinste Karl wie immer und tat alles mit einer Handbewegung ab.

Dann kam der Abend, da die Dose wieder geplündert wurde. Einige Münzen lagen sogar achtlos auf dem Boden verstreut. Da traf die Katastrophe ein.

Er begriff es erst im Nachhinein. Aber eigentlich begriff er es gar nicht. Er sah nur das blutige Kinn seines Bruders vor sich. Hörte dessen Wimmern wie aus einem Nebel. Es brannte ihm noch hinter der Stirn, als er daran dachte, wie Karl ihn angegrinst hatte, nachdem er ihn zur Sparsamkeit angehalten hatte. Wie Karl gegrinst hatte, als er mit seiner neuesten Freundin davontanzte.

»Was machst du denn da? Was machst du, Hans?«

Die Schreie schrillten in seinen Ohren, und das erstaunte Gesicht seines Bruders wand sich vor seinem Blick.

»Was machst du, Hans? Du schlägst mich doch wohl nicht? Du kannst mich doch nicht schlagen!«

Karl war fort. Mit seiner Freundin. Die Stille drang auf ihn ein.

Mehrere Tage lang sprachen sie nicht miteinander. Bis die letzten Gulden für Extrawurst verbraucht und sie von totaler Leere umgeben waren.

Aber er hatte eine Symphonie. Eine vollendete Symphonie. Total konnte die Leere also nicht sein.

Er begann zu frieren. Wenn Karl zu Hause war, froren sie beide. Es gab kein Geld mehr für den Kohlenhändler, der seinen Laden in einem Kellerloch in der Straße hatte. Hans hatte die graue unscheinbare Gestalt mit ihren Jutesäcken früher nicht bemerkt. Jetzt war ihm, als hinge das nackte Leben von dieser grauen Figur ab. Und er sah plötzlich jeden Zug, jede Falte im Gesicht des grauen Mannes. Die erbärmlichen Münzen, die noch in Johann Grüns Blechdose lagen, reichten längst nicht mehr für Essen und Kohle. Und nun brauchte er Kohle. Der Händler gab ihm die Überbleibsel vom Boden der Säcke. Hans fütterte den gefräßigen Ofen damit. Und obwohl er immer häufiger billige Reste ergatterte, wurde es immer kälter in der Wohnung.

Das Scherzo war fertig. Das Finale war fertig. Alles war fertig. Die Symphonie war vollendet. Aber der bevorstehende Winter schien ihm unendlich.

Da war Louise. Und da waren seine Freunde. Sie warteten. Alle warteten sie auf seine Noten. Er musste weitermachen. Er fing ein Streichsextett an. Er begann auch, die ersten tastenden Noten einer zweiten Symphonie aufzuschreiben.

Kurz bevor der Winter am kältesten war, saß er in seiner Wohnung und fror. Die Finger konnten den Stift nicht mehr halten. Er zerriss ein altes Laken und wickelte an manchen Tagen die Streifen um Finger, Handgelenk und Arme. Er setzte seine riesige Wintermütze mit Ohren- und Nackenschutz auf, legte seinen Havelock an. Er knöpfte ihn ordentlich unter dem Kinn zu, aber er wurde immer steifer. Mit der Miete war er hoffnungslos in Verzug. Er wagte kaum, die Wohnung zu verlassen, aus Furcht, der Vermieterin zu begegnen. Er musste seinem Freund schreiben. Er zitterte vor Kälte. Obwohl der Winter seinen Höhepunkt noch nicht erreicht hatte und die Kälte noch nicht die bitterste war, waren seine Finger schon vollkommen steif. Es war keine Wärme mehr in der Wohnung. Die Kohle war verbraucht. Der Ofen starrte tot in das Zimmer, und die letzten kleinen Münzen aus Grüns Dose waren für Extrawurst draufgegangen. Alles kam ihm so bekannt vor.

Er würde seinem Freund Joseph Seemüller schreiben. Er war dazu gezwungen. So sehr es ihm widerstrebte. Aber er konnte es nicht mehr aushalten. Joseph Seemüller hatte ihn immer ermutigt, immer an seine Noten geglaubt, an sein Werk. Nun war es das erste Mal, dass er ihm in so einem heiklen Anliegen schrieb. Auch wenn der Freund die Lage begreifen würde. Bestimmt. Das spürt Hans. Dennoch musste er sich vorsichtig ausdrücken, sehr vorsichtig. Mit verfrorenen Fingern führte er den Stift steif über eines der letzten weißen Blätter. Er kannte seine eigene Handschrift nicht wieder.

Lieber Joseph
Verzeih mir, dass ich, als wir uns letztens sprachen, so einfältig war, Deine äußerst freundliche und vorsichtige Frage zu verneinen, ob ich Geld brauchte. Ich verneinte, weil ich eine nicht unbeträchtliche Summe von anderer Seite erwartete – die dann nicht eintraf. Daher schreibe ich Dir. Ich weiß, dass Du dank Deiner Anstellung am Gymnasium zurzeit über größere Einkünfte verfügst, als Du benötigst. Ich weiß auch, dass un-

sere Freundschaft ewig und gottgegeben ist. Daher nehme ich mir die Freiheit, Dich zu bitten, mir mit einem kurzfristigen Darlehen von zwanzig bis dreißig Gulden auszuhelfen. Sollte Dir diese Summe unerschwinglich groß erscheinen, wäre ich selbstverständlich dankbar für jeden Betrag, den Du entbehren kannst. Aber zwanzig bis dreißig Gulden würden durchaus meine dringlichsten Bedürfnisse decken.
Sei gegrüßt von Deinem Hans

Er fühlte sich veranlasst, sich korrekt auszudrücken und seine feierlichsten Worte zu gebrauchen. Er wusste nicht, wie Joseph reagieren würde. Sie waren seit Langem befreundet. Aber die Angelegenheit war delikat. Und Hans schämte sich für jede Zeile, jeden Buchstaben.

Aber Joseph Seemüller nahm sich seines Freundes sofort an und stellte alle notwendigen Mittel zur Verfügung. Auch bat er ihn, sich mit ähnlichen Anliegen in Zukunft ohne Weiteres an ihn zu wenden. Es sei ihm ganz selbstverständlich. Aber Hans würde das Angebot nicht anzunehmen brauchen. Er würde mehr Klavierstunden geben. Bald würde er eine neue Organistenstelle bekommen. Zum Frühjahr würde er irgendwo als Organist arbeiten. Er war ganz zuversichtlich. Und er schickte erneut Briefe und Bewerbungen nach Sankt Florian und Klosterneuburg.

Der Spätwinter hinterließ überall matschige Haufen schmutzigen Schnees, die tagsüber nach und nach abschmolzen. Der Gehsteig vor der Haustür war schmierig und schwarz von Asche, die der Hausmeister gestreut hatte. Von Johann Grüns Erbe war gar nichts geblieben. Hans Rott hielt sich mit den gütigen Gulden Joseph Seemüllers über Wasser.

Karl kam hin und wieder nach Hause. Blieb zuweilen eine ganze Woche. Aber er bekam immer mehr Aufgaben am Stadttheater. Man hatte ihm kleinere Gesangsrollen gegeben, und in einer der kommenden Inszenierungen war ihm eine bedeutendere Rolle in Aussicht gestellt worden. Er war immer seltener zu Hause, immerhin waren es sechzig Kilometer bis zum Theater in Krems. Hans würde häufiger allein sein, aber die Gulden würden länger reichen.

Hans Rott blickte nach vorn. Ein neuer Frühling würde kommen. Und eine Idee nahm immer mehr Gestalt an. Er wollte seine Symphonie bearbeiten, wollte sie instrumentieren, sodass sie von einem großen Orchester gespielt werden konnte. Noch gab es lediglich einen Klaviersatz. Nun wollte er ihn orchestrieren. Er würde sich abermals um den großen Preis bewerben, um das Staatsstipendium. Das würde ihn unabhängig machen, ihm Zeit geben, sich ganz der Musik zu widmen. Er würde auch wieder am jährlichen Beethoven-Wettbewerb teilnehmen. Diesmal war er entschieden besser vorbereitet.

Er hatte sich entschlossen. Und er legte einige Extrakohlen in den Ofen. Viel zu viele. Aber nun würde er sich das leisten können.

Das feuchte Notenpapier kräuselte sich unter seiner Hand in der plötzlichen Wärme, und die Noten standen vor seinen pulsierenden Fingern stramm. Er betrachtete es als gutes Omen, und ihm war, als würde der Frühling bereits das letzte schlotternde Winterdunkel auftauen.

Seine Zeit war gekommen, er würde das Staatsstipendium erhalten. Beethoven selbst würde auf irgendeine Weise dafür sorgen, dass er es bekäme. Und seine Symphonie würde in den großen Konzerthäusern gespielt werden, geleitet von den bedeutendsten Dirigenten. Sein Name würde geschätzt werden. Er würde in einem Überfluss an Gulden baden und alle Schulden bezahlen. Er tauchte ab in sein Träumen. Es war angenehm zu träumen.

Dann kam er zur Besinnung und griff nach seiner Karaffe. Der Karaffe mit dem wunderschönen Kopf. Dem wunderschönen Kopf der Nike von Samothrake. Der Siegesgöttin. Das Gesicht, nach dem die Welt seit Tausenden von Jahren gesucht hat. Und das er, nur er, Hans Rott, in dessen ganzer Rätselhaftigkeit und enormer Schönheit sah und besaß.

Hans Rott hatte das starke Gefühl, dass es darum ging durchzuhalten. Und er würde durchhalten.

An einem der letzten Wintertage unternahm er einen neuen Versuch. Er hatte noch keine Antworten erhalten und schickte daher noch einige Bewerbungen ab. An die Michaelerkirche und an die Votivkirche in Wien. Er wollte in Wien bleiben. Um jeden Preis. Hier war er zu Hause. Jeder Bewerbung, die er nun schrieb, legte er den warmen Empfehlungsbrief des Lehrers und Freundes bei:

Der Unterzeichnete betrachtet es als eine große Freude, darauf hinzuweisen, dass er Hans Rott während dessen Zeit als Student

des Konservatoriums kennengelernt hat, der durch seine außerordentliche Begabung, seinen Fleiß, seinen hingebungsvollen Charakter und nicht zuletzt durch seine Fertigkeit bezüglich des Orgelspiels zu allergrößten Erwartungen Anlass gibt.
Wien, am 2. März 1880
Anton Bruckner
Professor am Wiener Konservatorium

Er empfand eine seltsame Geborgenheit in diesen Zeilen. Jedes Mal, wenn er den Brief beifügte, stiegen seine Chancen auf eine Organistenstelle. Das war ganz klar.

Ein wenig später machte er sich auf den Weg in die feineren Viertel.

Er stieg die Treppen mit schweren Schritten hinauf. Er war spät dran, sehr spät. Es widerstrebte ihm jedes Mal. Er war häufig zu spät hierhergekommen, und man hatte ihm immer wieder zu verstehen gegeben, wie sehr man das missbilligte. Teilweise zu Recht. Das musste er sich schon eingestehen. Und nun würde ihm dieser offene Unmut abermals begegnen.

Als er in das dritte Stockwerk hinaufkam, stand der Vater des Mädchens in der Tür und war auf dem Weg hinaus. Fast hätte er Hans Rott umgestoßen. So wie viele Menschen seiner Gesellschaftsklasse andere Leute über den Haufen rannten, ohne es überhaupt zu bemerken. Und obwohl der untersetzte Mann mit dem lächerlich hohen Hut entschieden kleiner als Hans Rott war, schaute er überheblich auf ihn hinab. Ein mittelloser Musiker war für ihn ein Domestik. Hans Rott spürte das deutlich.

»Meine Tochter kann noch kein einziges längeres Stück ununterbrochen und fehlerfrei durchspielen. Und das nach so vielen Stunden. Ich muss Sie bitten, sich mehr Mühe zu geben und Ihre Arbeit tatsächlich ernst zu nehmen. Sonst sehe ich mich demnächst gezwungen, einen neuen und engagierteren Klavierlehrer für meine Tochter zu finden.«

Hans nickte, erwiderte aber nichts. Die Arbeit ernst nehmen! Würde er seine Arbeit ernst nehmen, könnte er diese verwöhnte, schwerhörige Tochter betuchter Leute überhaupt nicht unterrichten. Und natürlich gab es auch andere Schüler, die gleichgültig und uninteressiert waren. Allzu viele. Er hatte genug. Mehr als genug. Ob er es wollte oder nicht – er war dabei, sich an der Kunst zu vergehen.

Er ging zum Klavier im Salon, wo Christine wartete.

»Hast du auch fleißig geübt?«

»Ja.«

Christine legte den Kopf schräg und blinzelte ihn mit selbstbewusster Miene an.

»Na, dann wollen wir mal hören. Spiel mir etwas vor, dann können wir sehen, wie wir weitermachen. Dein Vater ist nicht ganz zufrieden mit uns beiden.«

Christine begann zu spielen. Ohne Rhythmus. Ohne Gefühl. Ihre gekrümmten Finger trafen die Tasten gierig wie die Scheren eines Hummers. Als wollte sie sie aus der Klaviatur reißen.

»Das reicht, Christine. Ich spiele dir einmal die ersten Takte vor, um zu zeigen, wie ich meine, dass es klingen muss. Hör zu und mach es nach.«

Jetzt sollte die Stunde richtig beginnen. Hans versuchte, so freundlich und lächelnd auszusehen, wie er konnte. Übertrieben deutlich zeigte er einige Fingersätze und spielte ein paar Takte. Aber Christine hörte kaum zu. Ihre Augen glitten bald vom Notenheft zur Katze hinüber, die durch einen Türspalt in das Zimmer gekommen war. Nun lockte sie das Tier mit piepsender Stimme. Die wohlgenährte langhaarige Katze rollte sich auf dem Teppich. Die Beine sahen aus wie kleine abgeschnittene Stümpfe, die aus dem dicken, wabbernden Bauch hervorschauten.

»Missy, Missy. Kleine Missy, komm …«

Es wurde ein immer schrillerer und unerträglicher Gesang, der sich in die Klavierklänge mischte. Es schmerzte in Mark und Bein. Hans war gezwungen aufzuhören.

Christine glotzte ihn dumm an.

»Warum spielen Sie nicht weiter, Herr Rott? Sie können doch nicht einfach aufhören?«

Er antwortete nicht. Stattdessen folgte er resigniert den rollenden Bewegungen der Katze auf dem Fußboden.

»Kleine Missy, kleine Missy. Findest du nicht auch, dass Herr Rott dumm ist? Natürlich ist Herr Rott dumm! Und wie blank seine Hosen sind. Sie haben blanke Hosen, Herr Rott. Sind Sie arm?«

Das Mädchen warf den Kopf ruckartig in den Nacken.

»Ich mag arme Menschen nicht. Sie haben keinen Geschmack und kleiden sich hässlich. Ich …«

Plötzlich sprang die Katze auf seinen Schoß. Er zuckte zurück, war aber unfähig, darauf zu reagieren.

Mitten in die Stille, die nun eine Weile gedauert hatte, trat die Mutter des Mädchens ein. Gleichzeitig trat ein herausforderndes Grinsen wie eine bösartige Grimasse ins Gesicht ihrer Tochter, die Rott ansah. Wieder eine Missbilligung.

»Ich höre kein Klavierspiel.«

Die grelle Stimme schnitt wie ein Blitz durch das Zimmer, und ein Zug steinerner Verachtung umspielte die Lippen der Mutter.

Diesmal war es eine elende Katze, die die Missbilligung auslöste. Sonst waren es seine Verspätungen oder das unerwartete Ausbleiben von Fortschritten des Mädchens.

Das verwöhnte Tier schnurrte laut auf Hans Rotts Schoß. Als die scharfen Krallen durch seine Hosenbeine stachen, stand er hastig vom Klavierhocker auf. Die Katze rutschte mit heiserem Miau auf die Klaviatur, und das Klavier gab einen gequälten und anhaltenden Krach von sich. Christine erschrak und sah den Klavierlehrer an. Aber der war schon an der schweren Tür des Salons und eilte durch die Diele zur Haustür.

»Wo wollen Sie denn hin, Herr Rott? Sie können doch meine Tochter nicht einfach verlassen. Mitten in der Klavierstunde!«

Hans blieb in der Diele stehen. Er drehte sich zur Mutter des Mädchens um, die mit offenem Mund in der Tür stand.

»Ich kann Ihnen versichern, Frau Schulz, dass Ihre Tochter nie auch nur einen einzigen reinen Ton auf dem Klavier hervorbringen wird.«

»Das ist wohl das Unverschämteste …«

Aber er hörte nicht mehr zu, war bereits halbwegs die Treppen hinuntergelaufen und mochte nicht um die verlorenen Gulden trauern. Nie wieder würde er diese Treppen hinaufgehen.

Es war unausweichlich. Treppen wie diese wurden für ihn immer seltener.

Die Fotografie lag noch auf dem großen Schreibtisch des Erzherzogs. Die abgegriffenen gerundeten Ecken starrten rissig zur goldenen Decke.

Als die Schritte des jungen Mannes auf den Treppen verhallten und sich wieder die Stille über sein Arbeitszimmer legte, setzte sich der Erzherzog an den Schreibtisch zurück. Aber der Schreibtisch begann zu schaukeln wie ein verirrtes Schiff auf verschwundenem Meer. Er schaute in seine Hände und versank zwanzig Jahre zurück in die Vergangenheit. Da war sie, die betörende Zeit. Wie ein heißer Sommerwind.

Der Adjutant trat über die Schwelle. Er sprach den Erzherzog an. Der aber antwortete nicht. Der Adjutant ging wieder hinaus und schloss leise die Tür. Das große Zimmer schien noch größer, und der schmächtige Mann am Schreibtisch wurde immer kleiner. Er verschwand wie ein Seefahrer, der in einem vergessenen Hafen geblieben war.

All die alten Gedanken, die hohen Ideen, die überspannten Tugenden schienen für einen schwindelnden Augenblick sacht unter einem sterbenden Horizont begraben zu werden.

Aber dieser Zustand dauerte nicht lange. Er nahm die alte Fotografie rasch an sich, schaute sie noch einmal einige Sekunden lang an. Dann zerriss er sie in klitzekleine Teile. Er hielt eine hohle Hand gegen die Tischplatte und schaufelte die Schnipsel mit der anderen in die Handfläche. Darauf steckte er alles in eine Papiertüte, faltete sie sorgfältig zu und warf sie in den Papierkorb. Er erhob sich und öffnete die große Doppeltür einen Spalt weit.

»Adjutant! Würden Sie bitte den Papierkorb leeren!«

Karl Rott war die Treppen hinuntergeeilt, aus dem Palast gelaufen und hätte dabei am Ausgang fast den Wächter umgestoßen. Jetzt saß er in der Bierhalle. Er wollte sich betrinken. Aber die Gedanken und Bilder ließen ihn nicht los. Sie kreisten im Kopf und kehrten immer wieder.

Die ganze Zeit über war er gezwungen gewesen, an Erzherzog Wilhelm zu denken, seit er das kaiserliche Kreuz in den Kanal geworfen hatte. Wer war der Mann, der einst so unerwartet im Leben seiner Mutter aufgetaucht war, um dann ebenso unerwartet wieder zu verschwinden? Darüber hatte Karl viel gegrübelt. Der Erzherzog war hoher Militär, Hoch- und Deutschmeister, und wohnte in einem prachtvollen Palais in Wien. Aber wie sah er aus? Glichen sie einander? Wie war er? Karl musste ihn zumindest sehen. Zwar fühlte er sich jedes Mal leer, wenn er an ihn dachte, er hatte aber dennoch begonnen darüber nachzudenken, wie er ihn treffen könnte.

Sollte er einfach durch die Pforte des Palais gehen und um Audienz bitten? Nein, das würde nicht gehen. Sollte er sich irgendwie verkleiden? Als Handwerker? Nein, das würde keinesfalls funktionieren. Dass er Karl Rott war, wollte er unter keinen Umständen sagen. Nein, nein!

Dann kam er auf die recht verrückte Idee, als Agent eines Gestüts aufzutreten. Er wollte den Kauf einer neu gezüchteten Pferderasse vorschlagen. Da der Erzherzog einen hohen Posten bei der Artillerie bekleidete, könnte er sich interessiert zeigen. Die verrückte Idee ging ihm nicht aus dem Kopf, und Karl beschloss, sie auszuprobieren. Er hatte erfahren, dass der Erzherzog eine nahezu fanatische Leidenschaft für Pferde und ländliche Ausritte hatte. Vielleicht konnte Karl das Interesse des Erzherzogs für ein neues, starkes und ausdauerndes Pferd wecken, das sein Gestüt gezüchtet hatte und das als Zugpferd für die Artillerie geeignet, aber auch ein ausgezeichnetes Reitpferd wäre. Die Armee war ja immer auf die tüchtigsten Pferde erpicht. Karl glaubte, dass der Erzherzog dafür offen sein könnte, mit … Carl Bauer über Geschäfte zu diskutieren. Ja, er würde sich Carl Bauer nennen!

Er wiederholte es mehrfach für sich selbst und versuchte, sich daran zu gewöhnen: Carl Bauer.

Diese Woche war er zu Hause in Wien. Erst in der kommenden Woche hatte er wieder am Theater zu tun. Als sein Bruder die Wohnung verlassen hatte, machte Karl sich zurecht. Alles musste ordentlich aussehen. Musste zusammenpassen. Haar, Hemdkragen, Rock, Weste. Er bürstete und putzte. An den Ellbogen war der Rock abgenutzt. Er musste sie nah am Körper halten oder auf andere Weise verstecken. Die Weste verbarg einige kleinere Flecken auf dem Hemd. Aber die Schuhe glänzten, und die Krawatte war wohlgebunden. Er rückte sie ein letztes Mal zurecht.

Ehe er sich auf den Weg machte, steckte er das Foto in die Tasche. Das Foto der jungen Frau mit dem Kleid, das einer Kirchenglocke glich, die sich über den Teppich kräuselte.

Jetzt gab es kein Zurück. Carl Bauer würde den Erzherzog treffen. Er versuchte, Ruhe zu bewahren.

Er musste sich sammeln.

Es war Spätnachmittag, als er sich der Treppe zum Palais des Erzherzogs näherte. Er, Carl Bauer, vertrat ein bedeutendes Gestüt. »Wir züchten die besten Pferde. Sie sind mit den Ardennern verwandt.« Er übte das mit den Ardennern. Das klang gut. Der Erzherzog hatte bestimmt davon gehört, dass dieses Pferd das einzige war, das Napoleons entsetzlichen Rückzug aus dem russischen Winter bewältigt hatte.

Jetzt saß es. Er fühlte sich sicher. Ein letztes Mal richtete er die Krawatte. Sie saß nun auch. Er war sicher, dass sie gut saß.

Karl Rott ging durch das große Tor.

Zwischen den hohen, vergoldeten Säulen wurde er sofort von einem Wächter in protziger Uniform aufgehalten. Karl hatte noch nie eine Uniform gesehen, die derart von Knöpfen und Biesen aus leuchtendem Gold besetzt war. Mit misstrauischem Blick musterte ihn der Wächter von oben bis unten. Die kleinen dunklen Augen schnitten wie Rasiermesser. Karl Rott spürte, wie sich sein Rücken versteifte und seine Knie weich wurden. Er verlagerte das Körpergewicht von einem Bein aufs andere. Stand er stabil? Ja.

»Nun, der Herr, womit kann ich dienen?«

»Mein Name ist Carl …«

Sein Hals war trocken. Seine Stimme versagte. Aber das würde sich geben. Wenn er nur ruhig blieb. Er sah dem vergoldeten Mann in die Augen, der ihn erneut ansprach.

»Verzeihung, wie war der werte Name?»

Die dicke Marmorplatte unter Carl Bauers wankenden Knien öffnete sich zu einem tiefen, bodenlosen Loch. Er stürzte kopfüber in einen eiskalten Luftzug hinunter. Wie aus entfernter Welt hörte er seine eigene Stimme, stotternd und belegt.

»Ich bin Karl … mein Name ist Karl Rott. Ich möchte den Herrn Erzherzog sprechen. Ich glaube, er wird mich empfangen wollen. Vielleicht …«

Der Wächter starrte ihn ungerührt an.

»Wenn Sie einen Augenblick warten möchten. Ich bin gleich wieder da.«

Karl taumelte zu einem Sofa und ließ sich fallen. Jetzt hatte er alles zerstört. Er fühlte sich nur leer. Sollte er nicht lieber gleich gehen? Ehe der Wächter zurückkam? Er versuchte aufzustehen, aber das schien nicht das Rechte zu sein. Er musste sich konzentrieren.

Ein neuer Wächter mit noch mehr Goldknöpfen tauchte

auf und deutete Karl, ihm zu folgen. Sie gingen eine Treppe hinauf, die mit einem dicken roten Teppich belegt war. Zu beiden Seiten des gewaltigen Gewölbes verliefen Galerien, wie die Ränge eines Theaters. Und hoch oben leuchtete der blaue Himmel durch riesige Fensterscheiben. Er folgte dem Wächter dicht auf den Fersen, durch goldglänzende Korridore mit Stuckdecken und verschnörkelten Holzschnitzereien. Bis eine mächtige Doppeltür geöffnet wurde und er über eine Schwelle stolperte. Benommen und unsicher.

Nun war er so weit unten, dass es nur noch aufwärts gehen konnte. Er redete sich ein, dass er auf dem Weg nach oben war.

Der Erzherzog saß an seinem Schreibtisch.

So also sah er aus.

Der schmächtige Herr hinter dem Tisch hatte helles graues und sorgfältig frisiertes Haar. Der Backenbart krümmte sich über die Wangen und traf auf einen wohlgepflegten Schnurrbart. Die Stirn war hoch und hell, die Augen lagen tief unter dem Stirnbein und lugten hervor wie unter einem schützenden Felsvorsprung. An der Uniform, die er trug, hingen Orden, mehrere in Form von goldenen Kreuzen. Wenn er sprach, pendelten sie vor und zurück. Wie ein klingendes Glockenspiel.

»Und was möchten Sie, junger Mann? Sie müssen wissen, dass mich Ihr Name interessiert. Rott. Deshalb hat man Sie überhaupt vorgelassen.«

Karl warf das Foto, das er in der Tasche hatte, auf den Tisch vor dem Erzherzog. Ohne ein Wort.

Der Erzherzog schaute es an und hielt augenblicklich inne.

»Aber das ist ja Maria Rosalia! Maria Lutz! Wie haben Sie …«

»Das ist meine Mutter.«

Es wurde still, bis sich der Erzherzog von seinem Stuhl erhob.

»Wie geht es …?«

»Sie lebt nicht mehr. Meine Mutter ist tot.«

Der Erzherzog sah für einen Moment erschüttert aus. Aber er fand schnell zu seiner Kühle zurück und setzte sich wieder an den Schreibtisch. Er deutete auf einen Stuhl, aber Karl blieb stehen.

»Sie sind ein junger Mann. Und junge Männer haben eine Schwäche für Romantik. Und für übereifrigen Idealismus. Glauben Sie mir! Da wächst man heraus. Man geht seinen Weg. Man härtet sich ab. Man bekommt einen Harnisch um die Seele, der schützt und stärkt. Ich selbst wurde in der Armee abgehärtet. Und die Armee wurde mein Zuhause.«

Der Erzherzog schaute auf den Schreibtisch und nahm die Fotografie in die Hand.

»Das mit Maria, mit Rosalia, das war damals, als man ins Theater an der Wien ging. Das ist lange her. Wie alt sind Sie heute?«

»Zwanzig.«

»Ja, es ist bestimmt mehr als zwanzig Jahre her. Sie arbeitete an diesem Theater, und sie blendete mich. Übrigens blendete sie alle.«

Der Erzherzog schwieg einen Augenblick.

»Sie wissen selbstverständlich, wo Sie sich befinden und welcher Familie ich angehöre. Ich möchte mich jetzt ganz vorsichtig ausdrücken. Aber Sie werden allmählich einsehen, wie die Welt geschaffen ist. Gott hat uns unterschiedliche Aufgaben erteilt. Einige Menschen haben die mühsame Berufung, die Geschicke des Landes zu führen. Andere haben die Aufgabe, ihre staatsbürgerlichen Pflichten zu tun. Und Gott lässt es nicht zu, dass die von ihm Ausersehenen beliebige Bänder zu den Staatsbürgern knüpfen. Das würde Chaos schaffen und die Ordnung bedrohen. Ich bin überzeugt, dass Sie verstehen, was ich meine, und dass ich das Thema nicht weiter erörtern muss.«

Wieder machte der Erzherzog eine kurze Pause.

Langsam machte sich in Karl Rott eine eisige Leere breit. Der Erzherzog erhob sich und schaute ihn an, ohne zu sehen. Seine Augen blickten lediglich tot geradeaus. Wie Porzellanaugen. Eine frostkalte und drängende Gleichgültigkeit durchströmte Karl. Plötzlich fiel ihm etwas ein.

»Darf ich etwas fragen? Darf ich eine kurze Frage stellen?«

Der Erzherzog nickte.

»Mein Vater bekam einmal die höchste Auszeichnung. Mein Stiefvater. Carl Mathias Rott. Er bekam den höchsten Orden seiner Majestät. Aber er trug ihn nie. Er meinte, dass Sie ihn veranlasst hatten. Dass Sie in gewisser Weise ...«

Der Erzherzog hörte aufmerksam zu. Sein Gesicht drückte tiefes Erstaunen aus.

»Davon weiß ich nichts. Soweit ich mich erinnere, war Carl Mathias Rott der genialste Schauspieler. Meine Bewunderung für ihn war echt. Und zum Orden Seiner Majestät kann man ihn nur beglückwünschen.«

Karl Rott spürte, wie es wieder zu wanken begann. Und dass der Boden sich öffnen wollte.

Er schaute Erzherzog Wilhelm an. Seinen Vater. Und er sah nun, dass er gewisse Züge an ihm als seine eigenen erkannte. Dennoch senkte sich ein langer schwarzer Schleier vor das Gesicht des Vaters.

Der Erzherzog blickte ihm geradewegs in die Augen.

»Maria und ich hatten ein warmes Verhältnis. Und nebenbei gesagt möchte ich hinzufügen, dass mir als Hochmeister des Deutschen Ordens die Ehe verboten ist. Ein heiliges Gelöbnis, das man als höchster Ritter dieser geschichtsträchtigen Schar von Streitern Christi ablegen muss. Aber, junger Mann, ich möchte Sie gern auf gewisse Weise entschädigen. Was halten Sie von zweitausend Gulden? Ist das ...?«

Der Erzherzog nahm ein Papier aus der Schublade.

»Ich stelle Ihnen sofort einen Wechsel für die Nationalbank aus. Wie ist Ihre Adresse, Herr Rott?«

»Rotenturmstraße …«

Karl antwortete mechanisch, und der Erzherzog schrieb taktisch langsam etwas auf das Papier, das er vor sich hatte. Als er fertig war, spießte er es auf eine spitze Nadel, die von einer schweren, glänzenden Messingplatte getragen wurde. Sie war bereits halb voll mit Überweisungen.

»Nun …«

Der Erzherzog zögerte ein wenig. Er machte einen Ansatz, sich zu erheben. Karl war klar, dass die Audienz beendet war. Aber er wartete nicht, bis sich ihm vielleicht eine Hand entgegenstrecken könnte, sondern er drehte sich mit einem raschen Kopfnicken um und eilte aus dem Zimmer, die Treppen hinunter.

»Carl Mathias Rott hatte das goldene Kreuz Seiner Majestät erhalten!«

Er hörte seine eigene Stimme.

Spät am Abend stürzte er ins Zimmer. Torkelnd. Er schwankte zu Hans hinüber, und ein Gestank von Bier füllte augenblicklich das Zimmer.

»Karl! Wo warst du?«

»Ich habe den Teufel getroffen!«

»Wie bitte?«

»Ich habe den Teufel getroffen, sag ich.«

»Aber Karl, setz dich. Wovon sprichst du?«

»Ich habe ihn in diesem verdammten Palais besucht.«

Karl ließ sich auf einen Stuhl fallen.

»Hans, du hättest all das Gold sehen sollen. Dieser Teufel hatte Ritterrüstungen hinter seinem Schreibtisch … Und wer weiß, ob er nicht selbst aus Blech war …«

»Sprichst du von Wilhelm? Wilhelm, dem Erzherzog?«

Karl sah ihm geradewegs in die Augen.

»Er bot mir zweitausend Gulden an und hat einen Bankwechsel ausgestellt. Hans, verdammt, jetzt haben wir genug. Jetzt haben wir mehr als genug.«

Hans wollte etwas sagen, aber die Worte wurden erstickt, ehe sie über seine Lippen kamen. Wurden von einem Zugwind erstickt, der seine Wange mit scharfen Peitschenschlägen verbrannte. Ein Luftstrom wie von großen schwarzen Flügeln, die durch den Raum schwebten.

»Ich kann dieses Geld nicht mit dir teilen. Es ist Blutgeld! Mutter kann man damit nicht kaufen, verstehst du? Wenn du den Wechsel einlöst, ist das deine Sache. Halt mich da raus. Karl, halt mich da raus!«

Karl stand wankend auf. Er torkelte zu seinem Bruder.

»Gut, gut. Hab ich mir doch gedacht, dass das nichts für dich ist. Du bist immer so furchtbar redlich. So grauenvoll redlich! Aber ich muss. Ich habe verdammt noch mal keine Wahl. Ich muss diesen verfluchten Wechsel einlösen.«

Karl ging zur Tür und blieb an der Schwelle stehen.

»Übrigens, das dürfte dich interessieren. Ich fragte ihn nach dem Kaiserkreuz. Er hatte keine Ahnung davon. Es war Vaters Kreuz. Es war wirklich Vaters Kreuz …«

Hans hörte noch, wie Karl von Vaters Kreuz sang, als er die Treppen hinunterging. Er selbst konnte nicht mehr einschlafen.

Er stand auf und stellte sich ans Fenster. Unten auf der Straße leuchteten die Gaslaternen zwischen den Bäumen. Die Äste veranstalteten flatternde Schattenspiele, die auf Stein und Gras lebten.

Lange stand er so. Die tiefen Schatten wollten ihre schnappenden und gespenstischen Griffe nicht sein lassen.

Er begann zu frieren.

Der lange Winter hatte sich zum Frühling gewandelt. Zu einem kurzen Frühling, denn es war bereits Sommer.

Er hatte Gesellschaft in der Wohnung. Ein kleiner Hund. Nun, da Karl immer häufiger fort war, war er oft allein. Seine Freunde meinten, ein Hund wäre eine nette Gesellschaft, und vielleicht hatte er so etwas in einem Brief an Seemüller erwähnt. Auch gegenüber Friedrich Löhr hatte er etwas davon gesagt. Hatte er nicht sogar den Wunsch nach Gesellschaft geäußert? Etwas, das die Einsamkeit abtöten könnte? Friedrich und Joseph hatten ihm den Hund gekauft.

Jetzt nahm er das kleine Tier überallhin mit, und es trippelte treu an seiner Seite, wohin er auch ging. Wenn er zum Markt ging, ein Kaffeehaus besuchte oder draußen war, um den Sommer einzuatmen und die Lunge mit allen Düften zu füllen. Und es schien, als ob es leichter wäre, in den Cafés anschreiben zu lassen, wenn er nicht allein kam. Und wenn er zu Hause am Klavier saß und seine Noten schrieb, wenn er an der mühsamen Orchestrierung seiner Symphonie arbeitete, konnte das Tierchen zu seinen Füßen liegen und schlafen. Er fühlte, wie die Wärme des kleinen Körpers zu ihm herüberströmte. Das gab ihm ein Gefühl von Geborgenheit. Von Leben. Von Zugehörigkeit zum großen Leben, zum gewaltigen Geist, der allem Lebendigen innewohnte.

Es war Spätnachmittag, und die einfallenden Sonnenstrahlen ließen die Hitze schwer in der Wohnung stehen. Hans Rott saß wie betäubt. Er war müde und hungrig. Seit dem frühen

Morgen hatte er nichts gegessen. Er wollte gerade aufstehen, um zu sehen, ob er nicht irgendwo einen läppischen Gulden auftreiben konnte, als er den Hund in der Küche fürchterlich bellen hörte. Er stürzte los. Ein kleiner Vogel war durch das offene Fenster hereingeflogen und gegen die Wand geprallt. Nun hüpfte er verzweifelt über den Fußboden und flog in hilflosen Versuchen auf, um dem jagenden Hund zu entkommen. Hans Rott trieb das knurrende Tier ins Zimmer und schloss schnell die Tür. Der kleine Vogel lag jetzt ganz still auf dem Boden. Er nahm ihn in die Hand, strich ihm sanft und behutsam über den Nacken. Er spürte die zitternde Wärme. Der Strom des Lebens brauste auch durch dieses kleine Wesen. Dann lebte der Vogel auf. Die kleinen Augen wurden lebendig und blinzelten ihn an. Er ging ein paar Schritte zum Fenster, zur Sonne und ließ ihn frei. Er sah, wie der Vogel auf die Straße hinuntersegelte, in schrägen, ausladenden Bögen, etwas steif mit den Flügeln schlagend. Da, ein Fiaker! Mit schrecklichem Tempo kam er angefahren. Die wild rotierenden Speichenräder und dann einige kaum merkbare helle Federn, die im rasenden Geklapper der entfliehenden Hufeisen sacht auf das heiße Straßenpflaster rieselten.

Hans Rott stand noch lange in der Sonne. Er fragte sich nach dem Sinn, das musste er doch!

Erst als er am Abend mit dem Hund auf dem Schoß vor dem Klavier saß, ließ er von der Frage ab.

Eines Tages, in der Woche darauf, war Fides verschwunden. Er hatte der Hündin den Namen der Göttin der Treue gegeben, der schönen Jungfrau aus der griechischen Sagenwelt. Jetzt aber hatte er sie vor einem Laden angebunden, und die Treuegöttin hatte ihn im Stich gelassen. Als ob es sie nicht mehr gäbe, und als er herauskam, war Fides verschwunden.

An der Mauer hing noch die lose Leine. Die Göttin hatte ihn verlassen!

Er rannte durch Straßen und über Plätze. Er suchte überall. Fragte alle Menschen. Überall. Er suchte sie eine ganze Woche lang, doch das kleine Geschöpf schien unwiderruflich fort. Er empfand Leere. Und er schämte sich. Er fühlte sich schuldig. Als hätte er sich am Leben selbst vergangen. Er begriff, wie zerbrechlich es war. Wie zerbrechlich alles war.

Ein stechender Schmerz brannte in der Schulter, dann wurde ihm schwarz vor Augen, als er fiel. Seine eigene Waffe ging blind los, und der Schuss traf ins Gras. Ein Rasenstück wurde aufgerissen und hoch in die Luft gewirbelt. Das Letzte, woran er sich erinnern konnte, ehe er ins Lazarett in Waidhofen gebracht wurde, war der Geschmack von schwarzer Erde im Mund.

Es war sehr laut geworden. Geschrei und Gejohle. Er hatte sich geweigert zu zahlen. In Tabaksqualm und Bierschwaden hatte es Fäuste und Obszönitäten gehagelt. Aber einige Tage später, ein Stück außerhalb von Krems, waren die Nebel gelichtet. Es war eisig klar, und eine graue Gestalt hatte ihre Waffe auf ihn gerichtet.

Karl Rott versuchte, sich im Bett aufzurichten. Aber die Schulter spannte zu sehr und schmerzte. Er würde eine Weile hier bleiben müssen, und es würde ihn einen Teil der zweitausend Gulden kosten, die er auf der Nationalbank eingelöst hatte. Dabei hätte er wirklich bessere Verwendung für das Geld gehabt. Am Nachmittag würde sein älterer Bruder hier auftauchen. Karl Rott schlug mit der Faust auf die Bettdecke. Wieder stach der Schmerz zu.

Hans Rott hatte ein Telegramm aus Waidhofen erhalten. Der Bruder sei verletzt, es habe sich um ein Duell gehandelt. Er warf einige Sachen in die Reisetasche, lief auf die Straße und winkte den erstbesten Fiaker heran.

Am Bahnhof konnte er die neueste Ausgabe des *Kremser Wochenblatts* kaufen. Er erstarrte, als er ein wenig darin geblättert hatte. Dort stand etwas von einem Duell, das insofern ungewöhnlich gewesen war, als die »Kontrahenten Pistolen gewählt« hatten statt des üblichen »Mensurfechtens« mit Hiebwaffen, das den Teilnehmern allerlei Schutzausrüstung gewährte. Dass der Beleidigte entschieden tödlichere Waffen gefordert hatte, hänge mit einer »bedeutenden und nicht beglichenen Ehrenschuld« zusammen. Hans Rott blieb wie angewurzelt auf dem Bahnsteig stehen, und erst als der Zug sich in Bewegung setzte, sprang er auf einen der Waggons auf. Er schleuderte die Zeitung von sich, und die großen Blätter flogen im Wind hinter dem letzten Waggon auf und schwebten wie eine angeschossene Taube auf den Bahndamm herab.

Sie hatten nicht viel gesprochen, und Karl sah müde aus, als Hans ihn endlich fragte.

»Was ist eigentlich geschehen?«

Karl schwieg. Hans fragte erneut.

»Was ist passiert?«

Karl wand sich im Bett und schüttelte den Kopf.

»Es waren zwei Mann, und sie hatten gezinkte Würfel.«

»Würfel?«

Karl nickte.

»Hast du gespielt?«

Wieder nickte Karl. Dann begann er zu lachen, hörte aber sofort wieder auf, als der Schmerz abermals aufbrannte.

»Aber Karl, was ist den los?«

»Es war keine Ehrenschuld. Überhaupt keine Ehre. Und weißt du, was ich gesagt habe?«

Karl kämpfte mit einem unterdrückten Lachen.

»Ich sagte, es wäre ehrenhafter, Genugtuung von seiner

Schwester zu fordern, für die Dienste, die sie mir angeboten hatte!«

In dem schummrigen Licht sah das Bett ganz dunkel aus, und wenn Karl sich bewegte, schaukelte die Bandage langsam auf und nieder. Wie große Flügel. Und da war wieder die Zeitung, die er vom Zug geworfen hatte. Er sah sie zu Boden gleiten wie einen fallenden Engel. Hans zuckte zusammen, als der schwarze Engel neben Karl im Bett Platz nahm und ihn angrinste.

»Hans, nicht die geringste Ehre …«

Karl hatte noch einmal genickt und war eingeschlafen.

Zwei Tage blieb Hans bei seinem Bruder, ehe er nach Wien zurückkehrte. Die Verletzung war nicht schlimm, sodass Karl das Lazarett in ein paar Wochen würde verlassen können.

Gut hundert Kilometer Zugreise sowie die Kutsche hin und zurück in Waidhofen, dazu einige Tage Aufenthalt – das hatte stark an der Kasse gezehrt. Ganz zu schweigen von den Löchern, die durch die abgesagten Klavierstunden gerissen wurden.

Vielleicht musste er Joseph Seemüller aufsuchen, wenn er nach Hause kam. Falls er keine Arbeit in der Michaelerkirche und auch auf sonst keine Bewerbung Antwort bekommen hatte. Dann würde er sich wieder an Seemüller wenden müssen.

Eines Abends kam es über ihn. Er brachte einfach keine Noten aufs Papier. Alles war ausgetrocknet und zerbrochen. Fides, die Göttin, hatte ihn im Stich gelassen! Wie war das möglich? Der unglückselige Vogel. Und Karl. Der schwarze Engel führte ihn mit jedem Tag weiter fort. Über alles legten sich Finsternis und Kälte. In dem Moment stieg das schwarze Wesen mit kratzenden, schleifenden Lauten ins Zimmer. Alles Licht wurde verschluckt, das Wesen wollte ihn ergreifen und in die bodenlose Tiefe ziehen, wo nur Tod und Vergänglichkeit grinsten. Das Muster der Tapete war zu Gesichtern mit offenen Mündern geworden. Sie bewegten sich und stießen lang gezogene Schreie aus. Er schwebte hinaus unter den Himmel, und seine weißen Wangen flackerten tot wie kalte Fackeln. Sie zeichneten lange verschwindende Streifen unter dem Firmament. Er sah, wie der Arzt mit gesenktem Kopf das Zimmer verließ. Er verließ sie, die um das Bett herum standen. Verließ ihn, der mit Fäusten auf die Bettdecke neben der unbeweglichen Gestalt schlug. Und den Vater, den zusammengesunkenen Körper, der schief im Rollstuhl hing. Die Krankenschwestern riefen: Tod! Tod!

Er versuchte alles wegzuwischen. Versuchte, die Augen loszuwerden, die die Wände anstarren. Schlug die Stirn gegen die Tapete. Aber es ging nicht. Wenn er doch verschwinden würde! Wenn zu existieren aufhörte. Hatte Gott vielleicht einen verborgenen Plan? Für ihn? Einen verborgenen Plan, damit er und seine Welt aufgelöst, beiseite geblasen würden? Wie Asche im Wind. Wieder waren da die Krankenschwestern, die durch das frostige Gras liefen – Tod, Tod. Überall gab es so viel Tod, niemand war davor sicher. Hans Rott war gezwungen, in die Küche hinauszugehen, und nahm Feder und Tinte mit.

Er setzte sich an den Küchentisch und stellte die Öllampe gleich neben ein großes Blatt weißen Papiers. Er musste es schreiben. Musste es zu Papier bringen. Vielleicht hatte Gott einen verborgenen Plan. Vielleicht. Dann war es höchste Zeit. Er begann zaghaft:

Alles ist ein Traum. Eine Illusion. Nur Sehnsucht ist dein Leben. So kurz die Zeit, ehe der Tod meine Stirn küsst.

Dies ist mein Testament und mein letzter Wille. Mit meinem bisherigen Eigentum soll wie folgt verfahren werden:

Das Bild, von Canon in Öl gemalt und meine Mutter darstellend, soll meiner Louise zufallen. Dasselbe gilt für meine Standuhr und meine sechs grünen Weingläser mit den beiden zugehörigen Flaschen.

Meine grünen Becher sowie meine japanische Schatulle mit dem Silberbesteck an meinen Friedrich Löhr.

Meine Bücher und meine Bronzelampe sowie Wasserflasche, Glas und Bücherregal an meinen John Löhr.

Das Goethe-Bild an Karl.

Das Wagner-Bild an Joseph Seemüller.

Meine Beethoven-Fotografie an Bertha Löhr.

Die Aschenbecher aus Eisen an …

Die Öllampe begann zu flackern, es wurde gleich dunkler. Aber er wollte fertig werden. Endlich fehlte nur noch die Unterschrift, und er konnte das große weiße Blatt auf dem Küchentisch liegen lassen:

Hans Carl Maria Rott
am 30. Juni 1880

Die Öllampe war ausgebrannt.

Am nächsten Tag fand er die Tür zu seiner Wohnung verschlossen und verriegelt. Ein Zettel der Vermieterin sprach von all den unbezahlten Mieten. Spätestens am Samstag sollten vierzig Gulden entrichtet werden. Sonst würde er seine Wohnung verlieren.

Viele Male hatte er sich vor der Vermieterin versteckt. Hatte sie rechtzeitig vor der Wohnungstür gesehen, als er auf dem Weg nach oben war. Und hatte sich davongeschlichen, zur Hinterseite des Hauses. Dort konnte man sich verstecken. Wie oft hatte er dort gestanden! Aber nun ging das nicht mehr. Er musste an Seemüller schreiben. Es eilte, und er musste sich kurz fassen.

Mein lieber Joseph
Eben nach Hause gekommen, ist meine Wohnung versiegelt. Durch die Vermieterin, wie ich befürchtet hatte. Und spätestens Samstag muss ich vierzig Gulden für die ausstehende Miete herangeschafft haben. Etwas kann ich aufbringen, indem ich eine Uhr und einige Bücher verkaufe. Dennoch ruht meine Hoffnung auf Dir, lieber Joseph. Ich leide unsagbar darunter und möchte noch einen weiteren Monat durchhalten …
Dein ergebener und stets treuer
Hans

Hier konnte ihn keine Vermieterin erreichen. Die Miete war bezahlt, und er brauchte nicht in seinen Büchern von der Handelsschule nachzuschlagen, um zu begreifen, wie viel er Seemüller schuldig war. Er würde den Spätsommer bei ihm in Glashütte verbringen. Frühstück und Mittag. Kein fruchtloses Graben in Grüns Blechdose, um eine armselige Münze zu finden, die er durch eine Klavierstunde eingenommen hatte. Er war Gast des Hauses und konnte die Orchestrierung der Symphonie beenden.

Nun aber hatte er es kolossal eilig. Fort war jede Ruhe. Wie im Fieber arrangierte er seine Töne und verteilte sie auf die Instrumente – und jedes Stück musste von einem Kopisten ins Reine geschrieben werden. Der Kopist hieß Geyer. Und er forderte Geld, Lohn für die Stunden, die er an der Reinschrift arbeitete. Seemüller unterstützte Hans mit den notwendigen Gulden, bald würde die Symphonie orchestriert sein. Und reingeschrieben. Stück für Stück, Satz für Satz, Gulden für Gulden. Es musste schnell gehen. Eigentlich wusste er nicht weshalb. Die Beiträge für den Wettbewerb um das Staatsstipendium und den Beethoven-Preis mussten erst im September eingereicht werden. Noch war Anfang August. Aber etwas trieb ihn. Eine nagende, bohrende Kraft. Er musste fertig werden, bevor … aber es gab ja kein Bevor! Er musste einfach fertig werden, und so schrieb er an den Freund Friedrich Löhr.

Lieber Friedrich
Ich kann bestätigen, dass das Scherzo an einem der kommenden Abende an Geyer geliefert werden kann. Ist das Finale fertig? Ist der erste Satz fertig? Ja, spätestens Freitagnachmittag muss der Kopist alles fertig haben. Ich werde ihm auch andere fertige Stücke schicken, aber das Wichtigste ist nun die Symphonie.
Dein Hans

Wie in Trance übersandte er die fertigen Stücke an Geyer. Gleichzeitig komponierte er neue. Er schrieb an seinem Streichsextett und spürte, wie es brannte. Wie die Flamme so groß wurde, dass er nicht mehr wusste, ob er sie beherrschen konnte.

Liebe Louise
Ich weiß kaum, was ich tue. Ein Sextett muss sechs Stimmen haben. Sechs verschiedene Klangfarben. Sechs Sprechweisen. Aber ich kann es nicht zustande bringen. Ich grüble, studiere, versinke in den tiefsten Mysterien der Musik. Ich habe das Gefühl, ganz von vorn anzufangen. Ich lache über mich selbst.
Dein Hans

Alles kam ihm bekannt vor. Der Stachel der Prüfung saß noch tief. Die scharfen Widerhaken stachen und nagten. Diesmal aber wollte er das Ministerium aufsuchen, das Bildungsministerium, um seine Werke persönlich abzugeben. Er wollte sich der Jury vorstellen, sich präsentieren!

Hans Rott betrat die große Halle. Er richtete sich auf und sammelte sich. Er erzählte dem Wächter von seinem Anliegen und bat, die Jury treffen zu dürfen. Er hörte, dass seine Stimme nicht richtig trug.

»Herr Schlegel empfängt Sie in seinem Zimmer.«

Hans Rott ging ein Stück den Korridor entlang. Schlegel? Sitzt ein Schlegel in der Jury? Eine Tür stand einen Spalt weit offen. Er klopfte an.

»Herr Schlegel?«

»Ja, kommen Sie bitte herein.«

Schlegel bot ihm einen Stuhl an.

»Was kann ich für Sie tun, junger Mann?«

Hans Rott erklärte sein Anliegen und reichte ihm die Partitur. Gleichzeitig erwähnte er, dass er sich gern der Jury vorstellen wolle. Oder einem ihrer Mitglieder.

Schlegel warf einen Blick auf das Titelblatt.

»Eine Symphonie? Die meisten Beiträge sind in der Regel bedeutend geringer. Ich meine natürlich an Umfang. Eine Symphonie! Sie dürften die besten Voraussetzungen für einen Erfolg haben. Der Staat möchte seine Talente und Hoffnungsträger gern unterstützen und ermuntern.«

Schlegel blätterte flüchtig in den Papieren. Er sah gleichzeitig interessiert und erstaunt aus.

»Herr Rott, ich werde dies hier am Nachmittag mit Freude an Herrn Goldmark weiterreichen.«

»Karl Goldmark? Sitzt er in der Jury?«

»Ja, zusammen mit Johannes Brahms und Eduard Hanslick.«

»Gibt es keine Möglichkeit, Herrn Goldmark zu treffen? Ich würde, wie gesagt, die Partitur gern persönlich übergeben.«

»Leider ist er gerade nicht hier. Aber er wird selbstverständlich dafür sorgen, dass die gesamte Jury die Möglichkeit erhält, Ihre Noten rechtzeitig vor der Sitzung zu lesen. Eine Symphonie! Wahrlich beachtlich!«

Schlegel erhob sich und reichte ihm die Hand.

Hans Rott verließ das Ministerium. Er musste an Louise schreiben. Bald würden sie einander sehen können.

Liebe Louise
Ich möchte nicht behaupten, dass ich meine letzten Kräfte auf meine Arbeit verwende, aber es liegt etwas Überspanntes und Fieberhaftes über meinem täglichen Leben. Etwas, das einen entscheidenden Vorsatz erforderlich macht. Zum ersten Mal weiß ich nicht, woher dieses Gefühl kommt. Aber eins weiß ich, es gibt Augenblicke, in denen ich diese Welt in den Arm nehmen und sagen will: geh weg, verschwinde! Und dann verkehren sich alle Ruhe und alles Glück in Elend und Trauer, und das Leben ist mir nur noch Zwang und bitterer Kampf.
Innigliche Grüße, Dein Hans

Louise sah von ihrem Teller auf. Mit der linken Hand schlug sie versehentlich die Gabel laut gegen das weiße Porzellan.

Friedrich sah seine Schwester rasch an. Als wüsste er ganz genau, was kommen würde. Und es kam, ehe auch nur das Echo des Tellers verklungen war.

»Vater, ich habe Hans getroffen …«

»Aber Louise, das tust du doch jede Woche …«

Der Vater stellte sein Weinglas nieder und wandte sich ihr zu. Halb lächelnd.

»Ja, aber … Vater, wir sind ein Paar.«

Die Luft im Zimmer zog sich zusammen und schrumpfte zu einem Nichts. Der Vater fuhr auf, das Glas schwappte über und ein Teil seines Inhalts ergoss sich über die weiße Tischdecke. Ein großer roter Ring wurde größer und größer. Die Haushälterin stürzte heran.

»Du liebe Güte! Soll ich das Tischtuch wechseln?«

»Nein, lassen Sie es liegen.«

Die Haushälterin zog sich rasch zurück. Der Vater blieb stehen.

»Vater, wir möchten uns verloben.«

»Verloben! Ein abgebrannter Musiker ohne Einkommen? Der höchstens einige private Klavierstunden gibt, für ein paar armselige Gulden im Monat. Das ist undenkbar, Louise, vollkommen undenkbar! Ich kann doch meine Tochter nicht an einen Habenichts ohne Zukunft verschleudern. Oder was wissen wir über seine Zukunft? Großer Gott! Das musst du doch verstehen!«

Der Bruder schaute auf den Tisch. Er schwieg und trommelte mit dem Mittelfinger an sein halb leeres Weinglas. Es entstand ein rhythmisches und singendes Tönen, das lauter wurde.

»Zum Teufel, Friedrich! Hör auf damit!«

Der Bruder zuckte zusammen, führte aber rasch das Glas zum Mund und leerte es in einem Zug. Er griff nach der Flasche und füllte das Glas bis zum Rand.

Der Vater klang nun etwas ruhiger.

»Louise. Du weißt, dass ich Hans als Freund der Familie respektiere. Habe ich ihm nicht auch schon gelegentlich geholfen, genauso wie Friedrich und Joseph Seemüller? Aber du enttäuschst mich. Ich hatte andere Pläne, das muss ich gestehen. Und ich muss auch zugeben, dass ich altmodisch bin. Ich sähe es gern, wenn unsere Familie sich mit den Kluges durch ein starkes Band vereinte. Ich hatte gehofft, du würdest Tomas Kluge wählen. Eine sichere Zukunft würde uns allen nützen. Du brauchst dich jetzt nicht zu entscheiden. Du bist noch jung. Ja, ich hatte eine gewisse Vorstellung. Aber ich kann dich natürlich nicht zwingen. Ich kann dich nur bitten, inständig bitten, Louise.«

»Vater, ich kann nicht …«

»Louise, ich muss dir verbieten, dich mit Hans zu verloben. Wenn er einmal ein festes Einkommen und eine Position hat, können wir weiter darüber sprechen.«

»Vater, hör mir bitte zu! Hans arbeitet an einer großen Symphonie. Wenn sie aufgeführt wird, erhält er Einkünfte. Ich weiß, dass es ihm gelingen wird. Die Symphonie wird hier in Wien und an anderen Orten gespielt werden. Und er hat auch andere Werke geschrieben. Vater, er wird Erfolg haben. Und ich habe meine Arbeit. Du weißt, dass ich Porträts malen kann. Ich werde ein eigenes Atelier und eigenes Einkommen haben. Wir können es schaffen!«

Friedrich sah vom Tischtuch auf. Er hielt das Glas fest und verkrampft vor sich.

»Vater, du weißt, dass Hans mir nahesteht. Er hat ein großes Herz und eine große Begabung. Er wird Erfolg haben, und seine Symphonie wird die Welt verändern. Sie wird die Musik in neue Bahnen lenken. Vater, du musst mir vertrauen. Ich weiß es, ich weiß es einfach. Die Symphonie ist fertig. Es fehlt nur noch die Reinschrift.«

Eine blaue Ader trat auf die Stirn des Vaters, gleich oberhalb des rechten Auges. Jetzt schien sie dunkel anzuschwellen und zu zerspringen.

»Louise, du hörst, was ich sage. Du musst warten. Ich verbiete dir, dich jetzt zu verloben. Ich verbiete es!«

Louise sprang auf und rannte aus dem Zimmer.

Der Vater trat hin und her, von einem Bein auf das andere. Auch er ließ die Hälfte des Essens zurück. Die kräftige Doppeltür aus Eiche, die aus dem Speisezimmer führte, fiel schwer ins Schloss, als er sie hinter sich zuschlug.

Nur Friedrich saß noch am Tisch. Er hielt die Stirn in beiden Händen und stützte die Ellbogen auf den Tisch. Als die Haushälterin mit einer neuen Weinflasche kam, hob er abwehrend die Hände und schüttelte den Kopf.

Stattdessen räumte sie das Geschirr ab, geschickter als je zuvor. Man hörte nicht das geringste Klirren. Als sie zu Friedrichs Teller kam, hielt sie inne.

»Ist der Herr fertig?«

Der Herr war fertig.

Kaum von der Großmutter nach Hause gekommen, hatte Frau Löhr in der frühen Abenddämmerung die Haustür geschlossen und die tobenden kleinen Geschwister in die Diele befördert. Dann hatte sie mit Friedrich gesprochen, der noch am Esstisch saß und mit einem leeren Weinglas herumspielte. Gleich darauf fand sie Louise in deren Zimmer mit einer Zeichnung in der Hand, die sie ganz schnell weglegte, als die Mutter hereinkam. Nachdem sie eine Weile miteinander gesprochen hatten, unterbrach sich Frau Löhr und ging zum Fenster, um es zu öffnen. Als der kühle Abend das Zimmer zu füllen begann, wandte sie sich wieder an die Tochter.

»Aber Louise, was soll ich sagen … du musst verstehen. Du bist so jung. Vater will dein Bestes. Er möchte, dass du eine geborgene und schöne Zukunft hast. In ein paar Jahren wirst du das verstehen. Louise, du bist doch erst siebzehn. Dich erwartet noch so viel. Und du brauchst dich jetzt nicht zu entscheiden.«

»Aber Mutter, was Hans und mich verbindet, gibt es sonst nirgends. Wir wollen uns verloben.«

»Louise, sieh mir in die Augen! Im Leben geht es nicht nur um Leidenschaft. Es geht auch um das tägliche Brot. Die Miete will jeden Monat bezahlt sein. Man muss Kleider kaufen und jeden Tag den Esstisch decken können. Man …«

Louise nahm einen Pinsel in die Hand und drehte ihn zwischen den Fingern.

»Ja, ja, ich verstehe. Aber Hans wird bald regelmäßige Einkünfte haben. Hans ist brillant. Er hat so viele Ideen. Und meine Bilder verschaffen mir eigenes Geld.«

»Das wissen wir noch nicht, Louise. Noch wissen wir es nicht. Hans verdient gerade gar nichts, und ohne die Hilfe seiner Freunde würde er untergehen. Genau wie Vater sagt. Gott weiß, wann es so weit ist, dass er einen einzigen Gulden übrig hat, nachdem das Notwendigste bezahlt ist. Versuche doch, die Dinge zu sehen, wie sie sind. Es ist überhaupt nicht gewiss, dass er dir irgendwann die Sicherheit geben kann, die du benötigst.«

Louise bog und spannte den dünnen Pinsel. Er zerbrach zwischen ihren weißen Fingern.

»Mama, hast du Papa wegen der Sicherheit oder aus Liebe geheiratet?«

»So einfach ist das nicht. Es gibt kein Entweder-oder.«

Louise hörte nicht länger zu.

Er drehte und wendete den Brief. Er musste schreiben, dass er interessiert sei. Aber er war nicht interessiert.

In Mülhausen war eine Stelle frei. Als Kapellmeister. Oder Chorleiter. Mülhausen! Weit weg auf der französischen Seite. Seemüller, der in der französischen Sprache bewandert war, hatte ihm bei der Bewerbung geholfen. Und nun hatte er eine Antwort bekommen. Seine Dienste seien willkommen, und die Arbeit mit dem Chor sollte Anfang November beginnen. Aber Mülhausen! Neunhundert Kilometer und mehr von dem Ort, den er über alles liebte. Weg von den Freunden. Weg von Louise. Weg von den Straßen und Kaffeehäusern und Vierteln, die die seinen waren. Weg von allen Möglichkeiten für seine Musik, von den Möglichkeiten, vor großem Publikum gespielt zu werden.

Warum zog er dieses klägliche Papier hervor? Könnte er es nicht einfach liegen lassen? Und warum erhielt er keine Antwort von einer der Kirchen in Wien? Nichts von Sankt Florian. Nichts aus Klosterneuburg. Dabei hatte Bruckner alles für ihn unternommen. Die warmen Zeilen, die er mit jeder Bewerbung geschickt hatte.

»Mülhausen. November!«

Er spuckte die Worte aus, knüllte das Blatt zusammen und schleuderte es mit aller Kraft gegen die Wand.

»Mülhausen!«

Am nächsten Tag hatte er sich besonnen. Wenn er nur etwas wartete, würde er wohl von den Wiener Kirchen hören. Hier ging es um Geduld. Aber er musste an Herrn Juillard-Weiss schreiben, den Direktor der Chorgesellschaft in Mülhausen, für das Angebot danken und erklären, dass er sich später melden würde. Er zwang sich sogar zu schreiben, dass er sich später gern melden würde. Seemüller würde dafür sorgen, dass der Brief übersetzt und abgeschickt wurde.

Als der letzte Schatten der Nachmittagssonne seinen linken Ellbogen erreichte, schien es, als würde der Schatten beginnen, Hans langsam auszufüllen. Er ließ sein Kinn auf die Hände sinken.

Erst später am Abend kehrte das Licht zurück. Hoch oben am Himmel rasten grauschwarze Wolken dahin. Doch so sehr sie sich auch bemühten, alle Öffnungen zu verstopfen, es brachen dennoch einige Lichtstrahlen hervor.

Als der Mond sich sacht zu den dunkeln Gipfeln des Gebirges hinwiegte, verließ sein Herz die Brust. Es zerbrach in tausend Worte. Sie wimmelten über sein Schreibpapier, und er musste sich beeilen, sie einzufangen und zu ordnen. Und plötzlich erschien sie ihm in glühenden Versen. Rein und strahlend, und die Worte umschlossen sie. Sie glitten über ihre Augen, ihre Nase, ihre Brust. Sie wärmten und glitzerten wie Lichtkegel auf ihren Wangen.

Er wollte all seine gewichtigen Verse an sich nehmen und sich vor ihre Füße werfen. Er würde die Verse hervorzerren und lesen, alle zitternden Worte hinausschleudern. Sie würden sich bei ihr einnisten.

Weitere Verse strömten hervor. Es wurde heiß und pochte an den Schläfen, und tief in der Nacht füllte sich das Blatt mit Anbetung. Nun formten sich die schönsten Töne, die er zu den Worten zu finden vermochte. Eine seltsame Partitur. Er sah, wie sie ihn empfing. Wie sie seine ausgestreckte Hand nahm. Natürlich würde er um ihre Hand anhalten. Sie würde ihn empfangen. Hatte sie es nicht bereits getan? Zwischen all den Blumen und in Cafés. Unter den Bäumen in den Parks. An den Ufern der Donau. Oder unter all den Sonnenschirmen, unter denen sie sich im Sommer versteckten.

Ein wirbelndes Trommelsolo drang heran und verjagte das eigenartige Lied. Das gehörte hier nicht hin!

Als er durch die Scheiben blickte, sah er die großen Wassertropfen. Er hörte den heftigen Regen.

Schon nach den allerersten stockenden und zarten Augenblicken streckte sie ihre Hände aus und rüttelte an seinen Schultern.

»Aber es ist unmöglich. Unmöglich, bitte, Hans!«

Doch er stotterte weiter seine Verse hervor, ohne ihre immer schmerzhafteren Rufe zu hören.

Sie hatten sich eine Stunde oben auf dem Hügel stehlen können. Der sonnenerwärmte Boden duftete noch stark. Es war windstill, und die Zweige der Bäume hingen schwer und dösend herab.

Louise saß neben ihm auf der Bank. Sie hatte geschwiegen, aber ihr Blick war dem seinen ein paar Mal flüchtig begegnet. Ihre Augen hatten ihn umarmt. Seine Hand zitterte und wollte die ihre ergreifen. Mit der anderen Hand wollte er die wertvollsten Noten in das Gras zu ihren Füßen schreiben.

Aber er musste seine flammenden Verse vorlesen. Er hatte sie an seiner Brust, unter dem Hemd. Jetzt wollte er sie hervorholen. Sie brannten, und er hatte sich erhoben.

»Louise, du musst zuhören. Es ist für dich. Über uns.«

»Aber Hans!«

Louise schaute ins Gras, ohne seinem Blick zu begegnen. Er aber bemerkte es nicht, sondern fing an, seine Verse vorzulesen. Er glitt auf die Knie nieder. Louise griff gleich nach seinem Kopf und versuchte, ihn hochzuziehen.

»Es geht nicht. Es ist unmöglich.«

Als endlich ihre halb erstickten Ausrufe zu ihm durchdrangen, schwieg er. Er erhob sich und stand auf wackligen Beinen.

»Ich hab dich gern. Aber Vater verbietet mir, mich zu verloben. Ich sei zu jung und du hast kein Einkommen. Ja, so sagt er. Und ich verdiene nur ein wenig durch meine Bilder. Wir müssen warten!«

»Ist es das Bild, das du gemalt hast? Dieser andere, der Salzhändler? Zwingt dein Vater dich, ihn zu heiraten? Ist es so? Um Gottes willen, du musst mir sagen, wie es ist!«

»Nein, nein. Vater möchte mich nicht auf altmodische Weise verheiraten, um die Interessen unserer Familien zu vereinen und all das. Nein, so ist es nicht. Übrigens habe ich gesagt, dass ich dieses Bild nicht fertig machen kann. Er zwingt mich gar nicht. Er meint nur, dass man ohne Grund unter den Füßen einander kein Versprechen geben könne. Es müsse ein festes Einkommen geben. Sicherheit. Das sagt er. Verstehst du nicht?«

»Dir scheint es viel leichter zu fallen als mir, das alles zu verstehen, Louise. Viel leichter. Das muss ich schon sagen.«

»Hans!«

»Du glaubst nicht an uns. Du glaubst nicht an mich. Du glaubst nicht an meine Symphonie. Warum nicht? Warum musst du auf alles Geschwätz über Gulden hören? Ich wusste nicht, dass sich deine Liebe in Gulden messen lässt. Ich wusste nicht, dass du käuflich bist!«

»Aber Hans!«

Louise schleuderte den Arm nach vorn und versetzte ihm eine Ohrfeige mit der Rückseite ihrer Hand. Er griff sofort ihr Handgelenk, ließ es aber gleich wieder los. Louise drehte sich um und lief davon. Aber er holte sie ein.

»Verzeih, verzeih! Ich wollte nicht … ich kann nur nicht klar denken. Ich weiß nicht, was ich sage …«

Einige Augenblicke Stille. Hans schaute auf die Zeilen, die er in der Hand hielt. Dann ließ er die Hand so kraftlos gegen das Hosenbein fallen, dass die Blätter zerknittert und zerdrückt wurden.

»Louise, hör zu! Ich habe meine Symphonie beim Bildungsministerium eingereicht. Ich will mich um das große Staatsstipendium bewerben. Das bringt ein jährliches Einkommen, und ich könnte mich ganz dem Komponieren widmen. Ich will auch am Beethoven-Wettbewerb teilnehmen. Alles entscheidet sich im September. Ich habe große Erwartungen wegen meiner Symphonie. Ich glaube, niemand sonst hat eine ganze Symphonie eingereicht. Eine ganze Symphonie! In vier Sätzen. Ich werde gewinnen. Und beim Beethoven-Wettbewerb werde ich mein Streichsextett einreichen. Das muss gelingen!«

»Es geht trotzdem nicht, Hans. Wir müssen warten. Es geht nicht. Ich muss jetzt gehen.«

Louise drehte sich um und verschwand mit raschen Schritten in den Abend. Hans blieb stehen, und bald verschwand ihre Gestalt im Dämmerungsschleier.

Erst als er sah, wie sie sich im Abendnebel auflöste, faltete er seine Verse zusammen. Er wollte sie erst wieder unter sein Hemd stecken, überlegte es sich dann aber anders. Er drückte die Blätter in seine Tasche. Der Abend hatte sie kalt werden lassen.

Zu Hause sagte er immer wieder einen Namen laut vor sich her: Hans Richter. Hans Richter! Der großartige Dirigent der Wiener Philharmoniker. Dass er ihm nicht schon früher eingefallen war! Unbegreiflich, ja, lächerlich.

Hans Rott wollte sofort an Hans Richter schreiben. Er wollte nicht nur um die großen Preise konkurrieren, sondern Richter sollte außerdem seine Symphonie aufführen. Er war sicher, dass Richter Interesse zeigen würde. Wenn er die Symphonie nur hören würde. Er musste ihn treffen und ihm sein Werk vorspielen.

Wenn er einen der Preise bekäme – ein einziger würde schon reichen – und wenn Richter seine Symphonie aufführen würde, dann brauchte er nicht nach Mülhausen zu fahren. Das wusste er genau. Mit Gewissheit. Richter wäre die Rettung. Nicht nur für ihn – sondern auch für Louise. Für sie beide. Er wollte ihr die Symphonie widmen. Nun hatte er sich entschieden. Ihr Name sollte auf dem Titelblatt stehen. Es würde ihre Symphonie werden.

Er beeilte sich, einen Brief an Richter aufzusetzen, denn nun war es wirklich an der Zeit. In drei Wochen würde der Wettbewerb entschieden werden, und es war noch viel zu tun. Jetzt galt es!

Er fühlte das Fieber auf der Stirn, fühlte die hetzenden, unregelmäßigen Pulsschläge. Die Pulsschläge, die keine Arznei heilen konnte, obwohl ein freundlicher Arzt ihm Medizin verschrieben hatte. Trotzdem musste er sich jetzt ins Fegefeuer begeben. Allein. Aber Gott musste ihm helfen. Was immer er tat, so musste ihn Gott zumindest sehen. Ihn zumindest bemerken. Vielleicht aber hatte Gott seine Tage bereits gezählt. Zu knapp bemessen? Wo er doch alle Zeit der Welt brauchte! Wie viele Tage mochten ihm noch bleiben? Wenn Gott sie ihm nun zu knapp bemessen hatte?

Er musste sich beeilen.

Als die Leere über dem Bett wuchs und noch öder wurde, als das Schlafzimmer in gefrorenem Schweigen den Atem anhielt, da entdeckte er den schwarzen Engel auf seinem Bett. Grinsend sandte er ihm Strahlen von Finsternis, deren Kälte ihn blendete, sodass er zitterte. Der Frost glitzerte in den Eisblumen an der Wand. Ein einsamer, halb herausgezogener Nagel saß nackt zwischen ein paar Blumen des dunklen Tapetenmusters.

Das Porträt der Mutter war weg!

Der Tonfall war bereits unerträglich schrill, als Karl das dicke Bündel Guldenscheine auf den Tisch knallte. Hans war aschgrau im Gesicht. Seine Lippen zitterten.

»Das ist doch wohl nicht so schlimm. Die Bilder von Canon bringen einiges ein. Die Hälfte gehört dir. Und das Bild ist ja nicht aus der Welt.«

Hans stand auf. Griff nach den Scheinen und warf sie in die Luft. Grau wie tote Vögel flatterten sie auf die Bodenbretter nieder.

»Behalte dein Geld. Du hast Mutter verkauft. Genau wie beim Erzherzog. Nimm dein Geld und verschwinde. Geh!«

Karl stand auf, machte aber keine Anstalten, zur Tür zu gehen. Stattdessen raffte er die Scheine zusammen.

»Du selbst hast doch Mutters Silberkreuz verkauft, oder? Du selbst hast doch Mutter verkauft!«

Karl schrie die Worte hinaus, aber Hans sah fiebernd und starr an ihm vorbei. Karl beruhigte sich etwas und schaute auf den Boden.

»Diesmal haben sie mich um meine Gage betrogen. Und ich brauche das Geld. Manchmal kann ich als Kapellmeister einspringen, aber das reicht ja nicht. Ich kann das Bild zurückkaufen, sobald ich mein Geld für die Rolle bekomme.«

Hans schüttelte langsam den Kopf. Karl hob die Arme und ließ sie wieder fallen.

»Sie haben mir eine größere Rolle versprochen. Sie sagen, ich hätte Talent. Vielleicht wird nächsten Monat etwas draus. Ja, bestimmt … oder ich kann noch mehr aus Wilhelm herausquetschen. Ich kann ihn sicher zum Zahlen bringen.«

Hans hob seinen Zeigefinger gegen Karl.

»Das ist Verrat. Du hast unseren Namen verraten. Du hast uns verraten!«

»Du bist doch selbst mit Mutters Kreuz ins Dorotheum gegangen. Du willst mir einfach nicht zuhören!«

Hans ging einige Schritte zurück und hielt sich die Hände vor das Gesicht. Wieder erschien ihm der schwarze Engel. Es war derselbe Engel, der an Karls Krankenbett im Lazarett gesessen hatte. Er erkannte die schaurige Gestalt wieder.

»Du hast dich mit dem schwarzen Engel eingelassen. Du musst dich von mir fernhalten. Du darfst dich nicht mehr bei mir blicken lassen, Karl.«

»Schwarzer Engel? Was faselst du da? Du bist wohl nicht ganz bei Sinnen!«

»Du musst dich von mir fernhalten. Geh! Ich bitte dich.«

Hans sah, wie die finstere Erscheinung ein weiß glühendes Schwert nahm und es zischend auf Karls Stirn drückte. Die knisternde Hitze erzeugte große, schwelende Blasen, die schnell aufplatzten. Karls Gesicht löste sich in sprühendem Qualm auf und seine Gestalt verschwand. Hans stürzte sich vor und jagte den schwarzen Engel erzürnt die Treppen hinunter, pausenlos schreiend und mit den Armen fuchtelnd. Er hörte, wie die großen, schweren Flügel dumpf auf die Stufen schlugen.

Als Friedrich und Joseph einige Tage später mit ihm ins Dorotheum gingen, erzählte Hans, dass Karl nicht mehr in der Rotenturmstraße wohnte, sondern mit seinen Sachen nach Krems gezogen war.

Wieder machte das Herz Schwierigkeiten. Der Puls raste. Er bekam Medizin, fühlte sich aber entschieden unwohl. Als wollte das Herz den Körper verlassen und sich selbständig machen. Um die Schläfen ein brennendes Fieber. Es war so viel zu tun. Richter hatte auf seinen Brief nicht geantwortet. Und der September war bereits einige Tage alt. Er suchte Richter auf. Wartete im Nieselregen vor der Hofoper, bis er auftauchte. Richter bat um Entschuldigung, weil er den Brief nicht beantwortet hatte. Er habe zu viel zu tun, versprach aber, sich die Partitur anzuschauen – äußerst sorgfältig. Und er wollte es zusammen mit Rott tun.

Hans schrieb an Geyer, den Kopisten. Er brauchte die Partitur sofort, Geyer sollte sie beim Ministerium abholen. Hans musste die Partitur beim Treffen mit Richter haben.

Und Louises Geburtstag! Er verfluchte sich selbst, weil er ihn fast vergessen hätte. Er wollte ihr gern etwas Besonderes kaufen. Etwas, von dem er wusste, dass sie es schätzen würde. Eine Schatulle. Er wollte ihr ein hübsches Kästchen kaufen, in dem man kleine Dinge wie Schmuck oder Ähnliches aufbewahren konnte. Es sollte zierlich und schön sein. Aus leuchtendem Metall. Aber er hatte kein Geld. Geyer, der Kopist, hatte seine letzten Gulden bekommen, und Hans musste an Seemüller schreiben. Aber das war so peinlich, dass er sich wieder einmal schämte. Was sollte er tun? Könnte er nicht Friedrich fragen? Nein, das ging nicht. Er konnte doch Louises Bruder nicht darum bitten. Blieb nur Seemüller. Er musste ihm erklären, dass Geyer die letzten Gulden gekostet hatte. Und dass Richter sich sehr für die Symphonie interessierte. Wenn er nur noch einmal um einige Gulden bitten dürfte! Sie würden ganz bestimmt vielfältig zurückkommen, wenn seine Symphonie erst gespielt würde. Alles war nun nur noch eine Frage der Zeit.

Er wollte auch Pichler treffen, seinen alten Klassenkameraden. Er zählte auf Pichler. Er wollte ihm die Symphonie vorspielen, er würde ihm helfen, einiges zu korrigieren, das Ganze noch zu verbessern.

Er holte Pichler vom Südbahnhof ab und sie gingen zu Hans nach Hause. Hans spielte ihm die Symphonie auf dem Klavier vor. Pichler hatte die Partitur auf dem Schoß und las fasziniert mit. Er war ergriffen.

»Hans, das ist ja gut. Ausgezeichnet. Es ist einfach verdammt gut, Hans!«

In ein paar Tagen würde er Richter treffen. Er schrieb an Friedrich.

Lieber Friedrich
Vergangenen Mittwoch war ich am Südbahnhof, um auf Pichler zu warten. Er schien ausgesprochen froh darüber zu sein, mich wiederzusehen, und wir gingen zu mir nach Haus. Ich durfte ihm die ganze Symphonie vorspielen, während er in der Partitur mitlas. Er sagte viele schöne Dinge über die Symphonie. Und ich war gerührt, weil ich weiß, dass es bei ihm von Herzen kommt. Er gab mir auch einige wertvolle Ratschläge in Bezug auf die Instrumentation.
Dein Hans

Es kam der Tag, für den die Begegnung mit Richter verabredet war. Hans stand ungewöhnlich früh auf und ging mit klopfendem Herzen in der Wohnung auf und ab. Als er die unbehaglichen Extraschläge spürte, nahm er die Medizin, die der Arzt ihm verordnet hatte.

Es würde bestimmt gut gehen. Er hatte sogar einen Klavierstimmer kommen lassen, damit alles bestens vorbereitet war. Die Partitur stand auf dem Notenständer und wartete.

Aber Richter kam nicht. Hans wartete lange. Richter musste das Treffen vergessen haben. Hans schrieb an Seemüller.

Richter hat unsere Verabredung vergessen und kam nicht! Er hätte mir doch wenigstens mitteilen können, dass er verhindert war, und er hätte mich bitten können, das Treffen auf einen anderen Tag zu verschieben. Ich muss sagen, dass ich lieber zur Tür hinausgeworfen sein wollte, als mich so behandeln zu lassen.

War es vielleicht so, dass Richter nicht wagte, ein neues, unbekanntes Werk aufzuführen? Das konnte doch wohl nicht sein! Immerhin hatte Richter das Werk des unbekannten Russen Tschaikowski dirigiert. Ohne es überhaupt vorher geprobt zu haben. Nein, er würde sicher von sich hören lassen. Er hatte das Treffen wohl einfach vergessen.

Wieder schrieb Hans Rott an Richter. Sie verabredeten ein neues Treffen – am Tag vor dem Termin mit der Jury im Ministerium.

Aber auch diesmal tauchte Richter nicht auf. Hans fehlte die Kraft, etwas zu unternehmen. All seine Gedanken kreisten bereits hitzig um die Begegnung mit der Jury. Richter hatte jedoch vorgeschlagen, dass sie einander am 13. Oktober treffen sollten, und Hans schrieb das neue Datum halb abwesend auf. Damit konnte er die Sache zunächst auf sich beruhen lassen.

In den letzten Tagen hatte er Ibsen gelesen, und das hatte ihn unbeschreiblich beglückt. Stundenlang hatte er im Café Pfob gesessen und das wunderbare Stück *Nora* gelesen. Er war hingerissen. Er hatte an Friedrich geschrieben und ihm davon erzählt. Diese nordischen Schriftsteller – Ibsen, Bjørnson –, sie waren einfach gottgesandt!

An einem feuchten Nachmittag traf er Louise im Park.

»Hans, wir müssen uns beeilen. Ich kann nicht lange wegbleiben.«

»Weißt du, was ich gelesen habe? Gestern? Ich saß stundenlang im Puppenhaus. Es war wie eine Offenbarung. Ibsen! Er erzählt von einer Frau, die eingesperrt ist. Eingesperrt wie eine Puppe in ihrem Zuhause. Aber sie bricht aus. Und sie will alles auf den Kopf stellen. Das musst du lesen!«

Hans reichte ihr das Buch.

»Nimm es. Du kannst es mitnehmen. Zeig es auch Friedrich.«

»Hans, ich habe meine Malerei. Wie könnte man mich einsperren? Ich bin selbständig.«

»Ich werde meine Symphonien schreiben. Ich bin sicher, dass ich von meinen Ideen werde leben können. Von meinen Tonschöpfungen. Im nächsten Jahr spielen die Wiener Philharmoniker meine Symphonie. Das weiß ich. Gott will, dass du und ich den Weg weisen. Gott hat uns auserwählt.«

Er schwieg einen Augenblick, und ein hastiger Schatten fuhr über sein Gesicht. Gleich aber wurde es wieder heller.

»Morgen werde ich mein Werk vor der Jury im Ministerium spielen. Die Zukunft ist auf meiner Seite. Und Hans Richter. Er wird meine Symphonie mit den Philharmonikern aufführen. Ich werde ihn nächsten Monat treffen.«

Wieder betrat er die große Vorhalle des Ministeriums. Der Wächter erkannte ihn und zeigte ihm den Weg zu Schlegels Zimmer.

»Oh, Herr Rott. Ich erinnere mich sehr gut an Sie. Sie haben diese Symphonie eingereicht. Und ich weiß, dass Herr Goldmark Ihr Werk gründlich studiert hat. Vielleicht auch die anderen. Aber was führt Sie jetzt hierher?«

»Ich würde, wie ich bereits bei meinem ersten Besuch sagte, gern jemanden aus der Jury treffen und mich persönlich vorstellen.«

»Ich verstehe, Herr Rott. Aber so geht es dann doch nicht. Man reicht seinen Beitrag ein und die Jury prüft ihn und fällt ihre Entscheidung. Es sind ja viele Beiträge eingereicht worden. Ich bin sicher, dass Sie verstehen, Herr Rott. Die Jury hat keine Zeit, alle Bewerber zu treffen. Übrigens ist heute ohnehin kein Jurymitglied anwesend. Aber ich kann sagen …«

Schlegel dämpfte seine Stimme.

Aber Hans Rott unterbrach ihn.

»Ich habe ein weiteres Werk, das ich einreichen möchte.«

»Ein weiteres Werk? Wie meinen Sie das, Herr Rott?«

»Was den Beethoven-Preis angeht, möchte ich ein Streichsextett einreichen und wollte sicher gehen, dass es rechtzeitig ankommt.«

Hans Rott übergab dem Beamten seine neuesten Blätter.

»Sie nehmen also auch am jährlichen Beethoven-Wettbewerb teil? Soweit ich weiß, ist der Preis schon seit mehreren Jahren nicht vergeben worden.«

»Ja, ich bewerbe mich um den Beethoven-Preis und das Staatsstipendium. Um beides.«

»Sie überraschen mich, Herr Rott. Meines Wissens hat nie jemand so viele Stücke eingereicht. Das ist vollkommen einzigartig. Ich werde dieses neue Stück hier der Jury übergeben. Ich bin sicher, dass man Ihre Werke sorgfältig studieren wird. Und, Herr Rott …«

Der Beamte neigte sich leise über den Schreibtisch.

»Wie ich eben bereits zu sagen im Begriff war …«

Schlegel flüsterte nun fast.

»Zufällig hörte ich einige Worte eines Gesprächs draußen im Korridor zwischen Goldmark und, ich glaube, Richter. Ja, es war Richter. Sie wissen sicher, dass er früher bei einigen Gelegenheiten mit im Komitee saß. Sie sprachen offensichtlich über die kommende Jurysitzung, und Goldmark äußerte etwas über die Kandidaten des Stipendiums. Nun, ich meinte zu hören, dass Ihr Name genannt wurde, Herr Rott. Ja, ich bin ganz sicher.«

Schlegel kehrte zum normalen Tonfall zurück.

»Sie brauchen sich nicht zu beunruhigen, Herr Rott. Und was den Beethoven-Preis anbelangt, so ist noch genügend Zeit, um Ihr Werk zu studieren. Es ist noch lange hin bis zum Einsendeschluss.«

Wieder zu Hause, schrieb Hans Rott unmittelbar an Friedrich Löhr.

Alles verlief äußerst vielversprechend im Ministerium, und die Aussichten auf das Stipendium sind die allerbesten. Wie dem auch sei. Morgen werde ich Brahms und Hanslick kennenlernen …

Hans

Wie oft hatte er nicht an die Leute in Sankt Florian, Klosterneuburg und an anderen Orten geschrieben und Hans Rott als Organist empfohlen! Und wie oft hatte es nicht Absagen gegeben! Er wusste nur zu gut, dass Hans Rott eine solche Stelle benötigte. Dass er jeden armseligen Heller dringend brauchte, um sich versorgen zu können.

Er wusste auch durchaus, dass der Jüngling es als unwürdig empfand, von seinen Freunden ausgehalten zu werden. Ständig steckten sie ihm Geld und andere Dinge zu, damit er das Notwendigste hatte. Und hatte er nicht auch an einen jüngeren Bruder zu denken?

Anton Bruckner saß an seinem Arbeitstisch. Er widmete sich einer seiner Symphonien, aber er arbeitete nicht. Er saß in tiefes Gebet versunken. Er betete jeden Tag. Häufig pflegte er zu beten, wenn er sich an die Orgel setzte, an das Instrument Gottes. Er küsste sogar die Tasten, wenn er zu Ende gespielt hatte. Jedenfalls in den Kirchen. Er tat es, um Gott und den Engeln in der Höhe Ehrfurcht und Dankbarkeit zu zeigen.

Jetzt aber betete er für den jungen Mann. Für seinen besten Schüler: Hans Rott. Anton Bruckner betete, dass der Jüngling an diesem Nachmittag vor der Jury erfolgreich sein möge. Und er meinte wohl, dass der liebe Gott ihn erhören könnte. Immerhin hatte er ihm in so vielen Werken mit seinen allerschönsten Tönen Ehre erwiesen. Dafür könnte ihn der Herr doch erhören. Er könnte es wohl trotzdem tun.

Anton Bruckner tauchte die Feder in das Tintenfass und setzte sie auf das Notenpapier. Viele Töne kamen aber nicht heraus.

Eben hatte sich Hans Rott von Louise verabschiedet. Sie hatten einander ganz flüchtig gesehen, und nun erfasste ihn eine völlig unerwartete Ruhe. Er war mit allem rechtzeitig fertig geworden. Die Orchesterpartitur war längst eingereicht. Die Jury musste genügend Zeit gehabt haben, sie zu studieren. Und der Klavierauszug, den er geschrieben hatte, ruhte sicher auf dem Schreibtisch.

Es waren zwei Jahre fortgesetzter Mühen notwendig gewesen, um alles zu vollenden. Nun würde sich sein Leben wenden. Heute Nachmittag würde alles anders werden. Er musste nur etwas essen, sich ankleiden und sich auf den Weg machen.

Der Mann, der einen Komponisten töten sollte, öffnete die Tür und ging in den grautrüben Tag hinaus zur Sitzung. Bei der Sitzung würde es um einen jungen Mann gehen. Um die Zukunft eines sehr jungen Mannes. Drei Personen sollten an der Sitzung teilnehmen – abgesehen von dem jungen Mann natürlich.

Da war er selbst. Dann der kunstfertige Komponist und Kritiker Karl Goldmark. Ein geachteter Name im Musikleben der Stadt. Schließlich ein Mann mit noch spitzerer und brutalerer Feder: Eduard Hanslick, sein alter Freund und langjähriger Waffenbruder.

Die drei sollten sich zur Sitzung versammeln. Sie sollten Jury und Richter sein. Und Gericht. Selbstverständlich vollkommen unumschränkt.

Hans Rott! Der junge Mann war geschickt. Nun gut. Aber es war unerträglich, dass alle Themen, alle Klänge in dieser Symphonie von Wagner gestohlen waren. Und was noch schlimmer war: Er konnte es nicht ertragen, dass der Jüngling die Frechheit besessen hatte, auf Tonfolgen anzuspielen, die er nur zu gut kannte. Dass er ihn mit einem besonderen Motiv verhöhnte. Ja, er verhöhnte ihn, da gab es keinerlei Zweifel. Im zweiten Satz gab es ein Thema, das offensichtlich von dem großen Robert Schumann stammte. Er selbst hatte bereits daran gedacht, das Motiv aufzunehmen. Es war eine innigliche Huldigung an Clara Schumann, die einzige Frau, die er je geliebt hatte. In der Stadt waren böswillige Gerüchte über ihr Verhältnis im Umlauf. Und nun wagte es dieser freche Jüngling, ihn in den Schmutz zu ziehen. Nicht nur einmal. Nein, dieses leidige Thema erschien immer wieder. Dieser Mensch machte sich über ihn lustig! Dieser Grünschnabel verhöhnte ihn!

Johannes Brahms stampfte mit dem Fuß auf den Boden. Er rempelte einen entgegenkommenden Fußgänger, der fast das Gleichgewicht verloren hätte und in den Rinnstein taumelte. Brahms aber ging weiter, immer geradeaus.

Und das Finale! Das Schlussthema! Hier ging der junge Mann entschieden zu weit. Eindeutig gestohlen vom Schlussthema seiner eigenen ersten Symphonie. Außerdem in so lächerlicher Weise, dass nur Anton Bruckner dahinterstecken konnte.

Hans Rott machte sich über Johannes Brahms lustig! Das sollte dieser Hans Rott mal schön sein lassen! Vor allem sollte sich dieser Hans Rott nicht erdreisten, die Romanze mit Clara Schumann in den Schmutz zu ziehen!

Er fasste sich ein wenig. Gleich würde er da sein.

Ein staatliches Stipendium sollte verliehen werden. Das war der Traum jedes jungen und ringenden Komponisten. Es könnte den Unterschied bedeuten: entweder sein Notenpapier im Müll zu suchen oder seine Musik an einem anständigen Schreibtisch zu komponieren. Es könnte geradezu den Unterschied zwischen Leben und Tod bedeuten.

Als Brahms die erste Stufe zur vereinbarten Sitzung hinaufgehen wollte, lief ihm ein verwilderter Köter vor die Füße, sodass er fast gestolpert und gefallen wäre. Er trat nach dem Hund, der jaulend das Weite suchte.

Mitten auf der Treppe fiel ihm ein, dass bestimmte Teile von Rotts Symphonie bereits vor zwei Jahren fertig gewesen waren – 1878! Da war der Jüngling knapp zwanzig Jahre alt gewesen. Zwanzig Jahre!

Was hatte er selbst getan, als er zwanzig war? Was hatte Johannes Brahms getan, als er zwanzig Jahre alt war? Spielte er noch Klavier in Hamburger Kneipen? Wohnte er als Schüler und neuer Lehrling bei Familie Schumann? Er erinnerte sich nicht recht. Jedenfalls nicht jetzt.

Aber als er die letzte Stufe erreicht hatte, erinnerte er sich durchaus, dass er selbst schon vierzig gewesen war, da er endlich seine erste Symphonie vollendet hatte.

Ein Wächter verbeugte sich höflich, als er ihn erkannte. Er streckte sich, um zu öffnen. Aber Brahms schob ihn brüsk beiseite, zog die schwere Tür selbst auf und ging hinein.

Er musste anständig aussehen, einen guten Eindruck machen. Hatte er keinen hübscheren Kragen? Er kramte in einer Schublade und fand einen besser gebügelten. Sorgfältig knüpfte er die Krawatte und richtete dann den schneeweißen Kragen.

Hans lief die Treppen hinunter, hinaus auf die Straße. Die Füße schienen ihm ganz leicht. Er schwebte über die Pflastersteine. Er hielt einen Fiaker an und stieg ein. Was machte es schon aus, wenn er seine letzten Münzen vergeudete? Würde er sie nicht bald vervielfacht zurückbekommen? Ganz bestimmt.

Er schaute auf das Gewimmel auf der Straße und tastete mit der Hand über seine Brust. Dort war die Partitur, sicher in der Innentasche des Rockes.

Er ließ die Hand auf der Brust liegen, als der Fiaker vorwärtsschaukelte und von den Baumkronen enger, tiefer Alleen geschluckt wurde.

Der erste Kollege des Mannes, der einen Komponisten töten sollte, öffnete die Tür in den grautrüben Tag hinaus.

Karl Goldmark hatte in seinen Artikeln zuweilen Wagner und Bruckner verteidigt. Er war sogar Mitglied der Wagner-Gesellschaft. Aber er war auch mit Brahms befreundet.

Es ging ihm nicht aus dem Kopf, dass es mit diesem jungen Komponisten hier etwas Besonderes auf sich hatte. Er konnte nicht leugnen, dass er diese neuen, kühnen Klänge mochte, die vor allem von seinem Kollegen Hanslick so vehement verurteilt wurden. Es gab Menschen, die betrachteten diese »Neue Musik« als Bedrohung. Empört sprachen sie von Anarchie, Chaos, Revolution.

Aber Goldmark hatte ein gewisses Verständnis für Anarchismus und Revolution. Sein Bruder war an der Revolution von 1848 beteiligt gewesen, als die Gesellschaft in ihren Grundfesten erschüttert wurde. Er war mit anderen Revolutionären verhaftet worden, konnte aber fliehen und nach Amerika entkommen.

Und nun hatte Goldmark irgendwie das Gefühl, dass er im Begriff war, einen jungen Komponisten ins Exil zu treiben. Oder in eine Wüste ohne Rückkehr. Konnte er das übers Herz bringen?

Goldmark sah einen endlosen, sandigen Horizont vor sich. Eine tödliche Hitze, die sich über die unermesslichen Dünen wälzte.

Und er dachte an seine eigene erste Symphonie. Nie würde er vergessen, mit welch eiskalter Feindseligkeit man ihr damals begegnet war. Er musste ins Ausland fliehen, und es dauerte eine Weile, ehe er sich wieder zurückwagte.

Plötzlich hielt er inne. Rott? Rott? Er wiederholte den Namen. Natürlich, jetzt fiel es ihm ein. So hieß doch der unglückselige Schauspieler, der von der Bühne gestürzt war und sich verletzt hatte. Im Theater an der Wien. Carl Mathias Rott.

Großer Gott! Er war dort gewesen und hatte die Vorstellung gesehen. Und er hatte gesehen, wie man den armen Mann zur wartenden Ambulanzkutsche trug. Jetzt erinnerte er sich daran, an dieses tragische Ereignis, das eine grandiose Karriere so brutal beendet hatte.

War es ein Zufall, dass der junge Mann denselben Namen trug?

Weiter kam er nicht in seinen Überlegungen, denn er war angekommen. Er ging die Stufen hinauf, nickte Brahms zu und setzte sich auf das Podium.

Eine Pferdetramway blockierte die Straße. Schreie und Rufe, überall laufende Menschen. Ein Unfall. Ambulanzen. Eine Tramway war eine abschüssige Straße hinuntergerast. Pferde lagen auf dem Boden. Eins davon zappelte mit den Beinen, konnte aber nicht aufstehen. Man hörte Schüsse. Polizei. Trillerpfeifen. Einige Menschen waren eingeklemmt.

Hans Rott hörte die grauenvollen Schreie. Sie hallten zwischen den Häusern und wollten nicht verklingen. Der Fiaker war geradewegs in diese Hölle hineingeraten. Dunkle Abgründe taten sich auf. Es dröhnte im Kopf. Stand dort nicht der Teufel? Der Teufel selbst? Stand er nicht an der Pferdetramway und zerschlug Violinen auf den Pflastersteinen? Die Bedauernswerten, die vor Schmerzen schreien, die unter den schiefen und zerbrochenen Sitzen eingeklemmt waren – lachte er nicht über sie? Lachte er nicht über ihr Unglück? Und nun ging er auf das Klavier los, mit einer gewaltigen Axt! Hans sah deutlich, wie es unter der unheimlichen Axt in Stücke zersplitterte.

Dann schien es, als würde sich die entsetzliche Gestalt zu ihm wenden. Das schreckliche Grinsen brannte sich in seine Stirn.

Er musste weg von hier. Nur weg.

Er warf sich aus dem Fiaker und verschwand im Gewimmel. Der Kutscher fuchtelte mit den Armen und rief wild nach der Polizei. Das Fahrgeld! Haltet den Schwarzfahrer! Aber die Rufe ertranken im Lärm.

Hans rannte weiter. Er war spät dran. Er durfte das Vorspielen nicht verpassen. Er musste pünktlich sein.

Er drängte sich verzweifelt durch die Menschenmenge.

Der zweite Kollege des Mannes, der einen Komponisten töten sollte, öffnete die Tür in den grautrüben Tag hinaus.

Eduard Hanslick hatte einst Rechtswissenschaften studiert. Seine geschickte Feder offenbarte dem Gegner nie eine Blöße. Mit raffinierter Haarspalterei war er Wächter und Verteidiger des Vergangenen geworden.

Häufig schrieb und sagte man, er sei der unversöhnliche Feind der »Neuen Musik«. Unerbittlich, elegant und rücksichtslos.

Na und? Warum nicht?

Die Geschichte der Musik begann für ihn mit Mozart und endete mit Brahms. Und dazwischen selbstverständlich der Größte von allen: Beethoven.

Die »Zukunftsmusik«, wie sie auch genannt wurde, öffnete nichts als Abgründe. Wagner, der Anführer der neuen grölenden Horden – hatte er nicht einst an einem Aufruhr teilgenommen? An einer Revolte? Aber natürlich! 1849 hatte er sich in Dresden unter den rohen Haufen auf den Straßen gemischt. Und damit nicht genug – er war einer ihrer Rädelsführer gewesen. Bis man ihn ins Exil gezwungen hatte.

Die vulgären Rufe und schrillen Schreie des Pöbels. Der Gestank billigsten Branntweins. Die groben Stiefel, die alles Erhabene und Edle in den Staub traten. Ein menschlicher Abschaum, der durch stinkende Gassen taumelte. War denn niemand imstande, das zu hören? Kam es nicht in allen gellenden Hörnern und lärmenden Trompeten zum Ausdruck? Wild und unzivilisiert!

Nein, Wagner und seine Anhänger mussten bekämpft werden. Um jeden Preis. Hatte der schamlose Scharlatan ihn nicht auch persönlich verhöhnt? Ihn zum Gespött gemacht! In den *Meistersängern* hatte er einen lächerlichen kleinen Gecken, einen engstirnigen Besserwisser, zu jedermanns Belustigung herumlaufen lassen. Und keiner konnte daran zweifeln, um wen es sich dabei handelte. Pfui Teufel!

Hanslick war entrüstet.

Und nun dieser Rott, Hans Rott. War er nicht ein fanatisches Mitglied der Wagner-Gesellschaft? War er nicht eine der leidenschaftlichen Läuse in deren Pelz? Wimmelte es nicht von Wagner in der Symphonie des jungen Mannes? Von brüllenden Hörnern, schreiendem, verbeultem Blech, johlenden und krächzenden Tuben?

Hanslick hatte einen ekligen Geschmack auf der Zunge. Diese schäbige Musik durfte nicht ermutigt werden. Sie stank nach Abfall, ja sogar ihr Geruch war ekelhaft. Aber eigentlich hatte er dafür gar keine Zeit. Er war gerade intensiv damit beschäftigt, einen eiligen Artikel für die Zeitung zu schreiben. Es ging um ein fürchterliches Gastspiel eines fürchterlichen Orchesters, und die Zeit war knapp. Es eilte. Dies war einer der seltenen Momente, da Eduard Hanslick sich gedrängt fühlte. Sogar sehr.

Er richtete seine Krawatte und zwirbelte den Schnurrbart ein weiteres Mal, ehe er den Saal betrat, wo die anderen beiden warteten.

Die allmächtige Jury war nun bereit.

Hans stürzte die breiten Treppen hinauf. Nach oben, nach oben! Atemlos und heiß. Jetzt war er den Höhen nahe. Er drückte die Partitur fest an sein pochendes Herz.

Würde er das Staatsstipendium erhalten? Und kam er für den Beethoven-Preis infrage? Würde er es schaffen?

Er sah Louises Lächeln vor sich. Hatte er ihr den Preis nicht geradezu versprochen? Für sie hatte er die Symphonie geschrieben. Auf dem Titelblatt stand: *Für Louise*. Also war es klar. Er musste den Preis bekommen.

Das ungeduldige Schweigen auf dem Podium ließ den Mann mit den weichen Zügen und dem ungewöhnlich hohen Haaransatz das Wort ergreifen und sich an seine Kollegen wenden.

»Das Werk dieses Rott hat große Verdienste. Wir haben es zweifellos mit einem sehr begabten jungen Mann zu tun. Auch wenn die, nun, sagen wir: ketzerischen Klänge das Bild etwas trüben, meine ich wohl, dass die Partien, die so eigentümlich bezaubernd und schön ... Ja, ich meine wohl dennoch, dass eben diese Partien unserer Beurteilung zugrunde liegen sollten. Wir sollten aufgeschlossen sein und deutlich machen – nicht zuletzt uns selbst gegenüber –, dass es die Bruckner'schen und Wagner'schen Klänge sind, die stören. Aber würden wir nicht nachgerade ein Verbrechen begehen, wenn wir das Gesangliche, das Herz dieser Notenblätter nicht berücksichtigten? Und wie gesagt, trotz der jugendlichen Mängel erheben sich diese Klänge weit über das Mittelmaß, an das wir nur allzu gewöhnt sind. Meine Herren, ich bitte um Vergebung. Mir ist selbstverständlich bewusst, dass wir an diesem Punkt nicht ganz übereinstimmen.«

Karl Goldmark verstummte und begann, mit den Fingerspitzen auf dem Tisch zu trommeln.

Hanslick, der emsig und konzentriert damit beschäftigt war, an seinem Artikel zu schreiben, sah irritiert auf.

»Aber wir sind uns doch einig. Wir haben es ja schon häufig diskutiert und wollen nicht, dass unsere größten Begabungen diesen Wagner'schen Weg einschlagen. Wir sind uns doch einig darüber, dass die Musik Schaden nehmen würde. Seit Jahren arbeite ich beharrlich daran, dieses Unkraut, diese Geißel auszumerzen. Und ich habe selbstverständlich nicht die geringste Absicht, dieses Unterfangen aufzugeben.«

Hanslick blätterte eifrig in den Aufzeichnungen, die er vor sich hatte. Die dicht beschriebenen Zeilen glänzten in kohlenschwarzer Tinte, akkurat ausgerichtet mit versierter Feder. Wie das Urteil in einem Gerichtsprozess. Paragraf um Paragraf. Und gerade war er im Begriff, einen Dirigenten hinzurichten und ein Violinkonzert im gewetzten Maul einer Häckselmaschine zu zerstückeln. Die Feder kratzte: »Prügelt man sich mit den Violinen? Und warum die Hörner malträtieren? Lärm und Getöse wie bei einer Straßenschlacht und rohes Gegröle begegnen dem Publikum und ...«

Brahms hatte nicht die Absicht, viele Worte zu machen. Sein Standpunkt war bereits klar. Unerschütterlich.

»Ja, meine Herren, liebe Freunde. Wir können einfach die Ankunft des jungen Mannes abwarten. Er müsste gleich hier sein.«

Hanslick schärfte weiter seine Zeilen.

Goldmark hatte nicht aufgeschaut, als Brahms gesprochen hatte, sondern sah auf die Tischplatte und trommelte immer noch mit den Fingerspitzen.

Hans Rott trat rasch in den Saal und ging zum Podium vor. Gleich würde alles entschieden sein.

In der Ecke stand ein Klavier. Er verbeugte sich vor der Jury und ging einige schnelle Schritte auf die schwarz-weiße Tastenreihe zu, die sicher und einladend leuchtete.

Als er seine Partitur, den Klavierauszug, den er für seine feinfühligen Hände geschrieben hatte, auf das Notenpult legen wollte, erklang die schroffe, barsche Stimme. Sie hallte hohl zwischen den Wänden.

»Herr Rott, das ist nicht notwendig. Sie brauchen keineswegs für uns zu spielen. Wir alle können Noten lesen. Recht gut sogar, möchte ich behaupten.«

Brahms hatte den Blick auf Rott gerichtet, drehte aber nun den Kopf lächelnd seinen Beisitzern zu.

Hanslick kratzte gerade nieder: »... Unwohlsein ... der Dirigent kann nur darauf hoffen, dass das Publikum von Gedächtnisschwund heimgesucht wird ...«

Hans Rott erstarrte, wie von einem Vorschlaghammer getroffen. Nicht spielen? Nicht spielen? Während ihm die Worte durch den Kopf fuhren, glitt ihm die Partitur aus den Händen. Die losen Blätter segelten über den Fußboden. Beschämt und unschlüssig beugte er sich hinab, um sie aufzuheben. Aber er unterbrach sich abrupt. Die scharfe Stimme war wieder da.

»Herr Rott, lassen Sie die Blätter ruhig liegen. Wir haben Personal hier, das sich um so etwas kümmert. Darf ich Sie bitten herzukommen und zu hören, was ich zu sagen habe.«

Das war ein Befehl. Hans Rott richtete sich rasch auf, schwindlig und betäubt. Er begriff nicht. Vielleicht war es so eilig, weil die Beiträge so zahlreich waren. Man würde es sonst nicht schaffen. Die Partitur würde ihm wohl später zurückgegeben werden. Die Jury hatte keine Zeit, die Stücke zu hören.

So war es. Er durfte die Fassung nicht verlieren, jetzt, wo er so nah am Ziel war.

Es schien, als würde er erst jetzt bemerken, dass er der Jury Auge in Auge gegenüberstand.

Der Mann in der Mitte, der mit dem eleganten Schnurrbart. Nicht einen Moment hätte Eduard Hanslick den Blick von seinen wichtigen Aufzeichnungen gehoben, wenn nicht ein unerwarteter und plötzlicher Luftzug sie hinweggeweht hätte. Ein schlecht geschlossenes Fenster öffnete sich, und eines der Blätter wurde dorthin geweht. Goldmark stand auf, und es gelang ihm, das Papier im letzten Augenblick aufzufangen. Er legte es auf den Tisch vor Hanslick, der merkbar mitgenommen war, jedoch dankbar nickte. Das hätte schlimm ausgehen können. Das hätte wirklich schlimm ausgehen können. Die Arbeit eines ganzen Tages hätte zerstört und der Artikel sich verspäten können. Die Arbeit eines ganzen Tages! Hanslick schauderte bei dem Gedanken.

Jetzt erst sah er Hans Rott. Er legte beide Arme über die wertvollen Aufzeichnungen und durchbohrte den Jüngling mit seinem Blick.

»Haben wir uns nicht schon einmal irgendwo gesehen?«

Der große, gewachste Schnurrbart starrte Hans Rott an.

»Nein … ich glaube nicht.«

Hans Rott hörte sich selbst etwas stottern und richtete sich rasch auf.

Aber der große Schnurrbart ließ ihn nicht aus den Augen. Und Hans Rott sah das Kaffeehaus vor sich. Die brennende Operndiva. Die erregte Atmosphäre. Etwas drehte sich wie ein Messer in seinem Magen. Diesmal konnte er nicht zu seinem Bruder sagen: Komm, Karl. Komm, wir gehen …

Jetzt sah Brahms ihn scharf an. Man konnte die Lippen des Meisters nicht sehen. Sie versteckten sich in einem gewaltigen und wilden Bart. Aber einige Fältchen zogen sich an den Augen zusammen. Lächelte der Meister? Lächelte er?

Kraftlos taumelte Hans Rott nach vorn und stellte sich vor das Podium.

»Herr Rott, wir haben Ihre Partitur äußerst sorgfältig gelesen. Mehrfach. Ich möchte sagen: unzählige Male. Und …«

Brahms machte eine Pause. Er nahm einen Schluck Wasser aus dem Glas auf dem Tisch.

»Und …«

Er ließ den Blick über die Anwesenden gleiten.

»Es gibt viele hübsche Themen in Ihrem Werk. Partien großer, ja, übernatürlicher Schönheit. Das möchte ich betonen. Ganz klar. Aber es gibt auch eine Mannigfaltigkeit von Plunder. So viel erbärmlicher Unsinn, Floskeln, Schund, Schmutz, dass es …«

Brahms spie die Worte aus.

»Ja, ich bin überzeugt, dass Sie das nicht selbst geschrieben haben können. Das ist unmöglich. Das ist völlig ausgeschlossen! Und Sie haben sicher bereits eingesehen – gewiss ehe Sie herkamen –, dass das Ganze zweifellos in den Papierkorb gehört.«

Hanslick starrte Rott noch an, mit einem Blick, so scharf wie ein Rasiermesser.

»Zweifellos«, wiederholte er mit einem derartigen Nachdruck, dass er ausnahmsweise zu schreiben aufhörte.

Der Jüngling hörte mit offenem Mund zu. Jetzt hielt er sich am Tisch fest, als tastete er nach einer Unterstützung, die es nicht geben konnte. Er war seinem Richter so nah, dass er dessen Atem spüren konnte.

»Ich empfehle Ihnen, Herr Rott, umgehend über Ihre Zukunft nachzudenken. Glauben Sie mir, ich sage das, um Ihnen zu helfen, nicht um Ihnen zu schaden.«

Wieder warf Brahms einen raschen Blick auf seine Kollegen. Aber diesmal sah ihn keiner der beiden an. Man hörte nur das leise Kratzen von Hanslicks Feder, ein Geräusch, das an das dumpfe Surren der Flügel eines sterbenden Insekts erinnerte.

»Herr Rott, Sie sollten ernsthaft erwägen, in Zukunft einer ganz anderen Beschäftigung als der Musik nachzugehen.«

Hans Rott hörte Goldmarks immer lauteres Trommeln auf dem Tisch nicht. Er sah auch nicht, wie Hanslick sich mit seinem Blatt in der Hand zurücklehnte, während sein wohlgestutzter Schnurrbart zuckte, da er etwas zu entdecken schien. Tatsächlich! Er hatte einen fürchterlichen Fehler begangen. Er hatte Konzert in D-Dur geschrieben. Dabei war es F-Dur. F-Dur, zum Kuckuck! Wenn das in die Zeitung gekommen wäre! Hanslick spürte den kalten Schweiß auf der Stirn ausbrechen. Wenn das gedruckt worden wäre! Das hätte Gelächter hervorgerufen. Er hätte sich dem Gespött der Leute preisgegeben!

Hans Rott fühlte, wie etwas barst. Wie es zu zerbröckeln und zerspringen begann. Eine prasselnde Fackel fraß sich in ihn hinein, bis sie zischend erlosch. Es war die Finsternis. Die ihn verfolgt hatte, seit er mit der Zunge an dem Zaun hängen geblieben war. Vor langer Zeit, als er klein gewesen war.

Blind stürzte er vorwärts und stolperte zur Tür. Er wimmerte, als säße er noch immer fest an dem frostglänzenden Zaun, ohne sich losreißen zu können.

Als er das Tor erreichte und auf die Straße stürmen wollte, wurde er von Rufen auf der Treppe zurückgehalten. Ein Wächter war ihm nachgeeilt.

»Herr Rott! Herr Rott!«

Er blieb stehen und schaute den uniformierten Mann an, der mit Papieren in der Hand wedelte.

»Ihre Noten, Herr Rott. Ihre Noten.«

Aber Hans Rott lief weiter. Er lief, bis er nicht mehr konnte. Bis er nicht mehr wusste, wo er war.

Goldmark war allein auf dem Podium sitzen geblieben. Die anderen hatten sich eilends davongemacht. Hanslick war zuerst verschwunden. Er hatte es ja eilig. Und er war erleichtert darüber gewesen, dass er den peinlichen Fehler entdeckt hatte. Gerade er, der als unerbittlicher Perfektionist bekannt war. Konnte er die Tonarten nicht unterscheiden? Er wäre von einer Katastrophe heimgesucht worden, einer totalen Katastrophe.

Goldmark stand auf, und auch er verließ den Tisch. Aber er hatte es nicht so eilig wie seine Kollegen.

Im Erdgeschoss ging ein Wächter zu einem Papierkorb und warf einen Stapel Papiere hinein.

Anton Bruckner hatte den ganzen Nachmittag an seinem Arbeitstisch gesessen. Jetzt war es so dunkel geworden, dass er eine Talgkerze anzünden musste, um sein Notenblatt sehen zu können.

Er hatte so häufig zu seinem Herrn gebetet, dass er nicht mehr mitzählen konnte. Aber obwohl er den Herrn gelobt und gepriesen und unruhig für seinen jungen Freund gebetet hatte, kamen noch immer keine Töne aus der Feder.

Er hörte die hallenden Schritte auf der Treppe. Jemand hatte es sehr eilig. Es klopfte ohrenbetäubend an seine Tür.

Anton Bruckner ließ seine Notenblätter liegen und ging, um zu öffnen. Der Jüngling fiel zitternd in seine Arme. Bruckner musste ihn stützen, damit er nicht zusammensackte.

Sie standen lange in der Diele, dicht beieinander. Und keiner sagte ein Wort.

Als er die Schritte hinter sich hörte, drehte er sich rasch um. Es war niemand da. Aber auf den Pflastersteinen sah er deutliche Abdrücke fremder Schuhe. Das waren nicht seine eigenen. Und sie waren ganz frisch. Das war Brahms. Das musste Brahms gewesen sein. Oder Brahms' Agenten. Sie ließen ihn nicht in Ruhe, und er begann zu laufen. Immer wieder war er gezwungen zu laufen. Geradewegs über Beete und Blumen. Über Straßen und Rasenanlagen. Einmal versteckte er sich hinter einem großen Baum. Er merkte, wie sie vorbeirannten. Er hatte sie überlistet. Endlich stand er hinter der Tür seiner Wohnung. Er zitterte und bebte. Sie sollten ihn nicht zu fassen kriegen. Er war erschöpft. Sterbensmüde.

Etwas veranlasste ihn, eine der Schubladen im Sekretär zu öffnen. Er holte den großen Revolver heraus. Das Metall glänzte, als er die Waffe in der Hand hin und her schwenkte. Er richtete die Mündung an seine feuchte Stirn, senkte sie und starrte in das unbedeutende Loch, das die bodenlose Finsternis enthielt.

Nach einigen Minuten begann seine Hand zu zittern, und er steckte den Revolver schnell in seine größte Tasche. Er würde ihn nun ständig bei sich tragen. Falls sie hinter ihm her waren, musste er bereit sein und sich verteidigen können.

Er vertrieb sich die Tage wie in ständigem Nebel. Wie auf der Flucht. Planlos. Das Herz wollte ihm durchgehen, und das geschah nun häufiger als früher. Die Arznei war zu Ende, er musste Geld sparen. Zum Glück konnte er auf die treuen Freunde zählen. Ohne sie würde er untergehen.

Man hatte ihm aus Mülhausen geschrieben, mehrmals. Aber er hatte noch nicht geantwortet. Die letzten Briefe hatte er noch nicht einmal geöffnet. Seemüller hatte ihm natürlich bei der Übersetzung geholfen, aber Hans wollte nicht nach Mülhausen. Es wäre eine allzu schwere Bürde für seine Schultern gewesen. Er wollte in Wien bleiben.

Die Arbeit mit dem Chor in Mülhausen sollte in einem Monat beginnen, und man wollte jetzt Bescheid haben. Aber Hans Rott schob es hinaus. Noch gab es eine Chance, eine Chance, in Wien zu bleiben. Bei seinen Freunden und bei Louise. Die Chance war Richter.

Hans Richter war seine letzte Chance. Er würde seine Rettung sein.

Die Begegnung war für den 13. Oktober verabredet. Es waren noch ein paar Wochen bis dahin und er dachte daran, was sein Freund Pichler gesagt hatte. Konnte er noch etwas an der Symphonie verbessern? Immer wieder setzte er sich mit der Partitur hin. Aber es ging nicht – doch, die große Hornsektion im Finale konnte gestrichen werden. Das verlangsamte das Tempo. Und die Streicher traten kräftiger hervor, wenn er die Hörner wegnahm. Das war das Einzige. Die einzige Änderung, die ihm einfiel. Nichts sonst brauchte verändert zu werden. Nichts! Er hatte sein Werk mehrfach seinen Freunden vorgespielt, und sie waren alle entzückt gewesen. Einige fanden sogar, er habe etwas Großartiges zustande gebracht. Er merkte es. Er merkte, dass sie ihn mit neuen Augen betrachteten.

Es würde klappen! Richter würde die Symphonie aufführen, und Hans würde in Wien bleiben können. Nicht einmal Brahms würde ihn aufhalten können. Dieses Mal würde ihm Brahms nichts anhaben können.

Er hatte stundenlang gewartet. Aber kein Richter. Unruhig ging er im Zimmer auf und ab, rückte die Partitur auf dem Notenständer zurecht, immer und immer wieder. Er ging die Treppen hinunter und auf die Straße hinaus. Hielt nach allen Richtungen Ausschau und ging dabei den Gehsteig ein Stück entlang. Schaute wieder in alle Richtungen. Es war ja möglich, dass Richter sich hier nicht so gut auskannte.

Aber der Mann mit dem mageren Gesicht, dem großen Bart und der runden Brille war nirgends zu sehen, und Hans Rott ging in sein Zimmer zurück.

Es kam eine Nachricht, ein Brief von Richter. Er bat um Entschuldigung für seine Nachlässigkeit und bedauerte zutiefst, dass er die Verabredung vergessen hatte. Aber er versprach, am nächsten Tag zu kommen. Hans Rott lehnte sich schwer gegen den Türpfosten. Der Brief glitt aus seiner Hand und flatterte auf den Boden vor seine Füße. Er starrte hinab. Unablässig, bis die Dunkelheit so undurchdringlich wurde, dass er nichts mehr sehen konnte.

In dieser Nacht schlief er nicht. Seine Gedanken blitzten auf wie Sternschnuppen, und mehrmals stand er auf und stellte sich ans Fenster. Er starrte in das Dunkel hinaus, als erwartete er jemanden mitten in der Nacht. Aber um diese Zeit würde niemand kommen. Es war unmöglich. Das Einzige, was man draußen hörte, war das Klappern eines einsamen Fiakers, und es half nichts, dass er am Fenster stand. Richter würde dadurch nicht früher auftauchen.

Zurück ins Bett. Die Sternschnuppen blitzten weiter und quälten ihn. Es waren wohl die Kopfschmerzen. Dann wurde es Morgen und schließlich Nachmittag. Alles strömte nun hervor wie eine wilde Sturmflut, wie ein schwarzer Traum. Und er wurde mitgerissen. Wie eine willenlose Puppe wurde er in den Strudeln herumgeworfen – dort saß Richter! Er saß zufrieden am Ufer und lauschte Hans Rotts Tönen, während der verzweifelt damit kämpfte, seinen Kopf in der Strömung, die ihn in die Tiefe ziehen wollte, über der Oberfläche zu halten.

Er hatte das Stück gespielt und sein Äußerstes gegeben. Eine Weile war es vollkommen still. Nur die unregelmäßigen Herzschläge pochten im Nachmittagsdunkel stark hinter seiner müden Stirn. Eine Ewigkeit saß er erschöpft auf dem Klavierhocker und wagte es nicht, dem Blick des Mannes mit der kleinen runden Brille zu begegnen.

Richter würde die Symphonie nicht spielen!

Obwohl er seine Bewunderung und Wertschätzung für jeden Klang, jeden Ton, jede Harmonie zum Ausdruck zu bringen schien und obwohl er ihn mit Lob überhäufte, würde er dieses Erstlingswerk nicht spielen. Aber er war sicher, dass sich die Situation in ganz neuem Licht zeigen würde, wenn Hans Rott erst seine nächste Symphonie fertig hatte.

Dann war das magere Gesicht mit der runden Brille fort.

Am Abend saß Hans Rott am Küchentisch. Er vergrub den Kopf in seinen Händen. Als er die Augen schloss, sah er den Zug, den Dampf und die Waggons. Sie verschwanden in rasender Geschwindigkeit. Obwohl er sich streckte, um nach dem letzten Waggon zu greifen und ihn mit aller Kraft festzuhalten, gelang es ihm nicht, den Zug zu stoppen. Stand da nicht Richter auf dem letzten Waggon ganz hinten und winkte, bis sich das Scheppern der Räder in schwarzen, wirbelnden Rauchschleiern auflöste?

Dort stand eine Gruppe von Menschen mit offenen Mündern, und er versuchte, sie mit seinen Gesten zu dirigieren. Aber er hörte keine Stimmen. Der Chor war völlig still. Er fuchtelte immer mehr mit den Armen. Schließlich vollkommen wild. Aber es blieb still. Alle Blicke waren auf ihn gerichtet. Die, die in der ersten Reihe standen, zeigten auf ihn und alle blickten ihn anklagend an.

Hans Rott zuckte zusammen und öffnete hellwach die Augen. Er musste die Fahrkarten besorgen. Nächste Woche musste er den Zug nach Mülhausen nehmen. Es gab kein Zurück.

Er begann am ganzen Körper leicht zu zittern, als würde er frieren. Er nahm seine Feder. Er wollte an Louise schreiben oder einfach irgendetwas schreiben. Er begann mit holprigen Versen.

Oh Gott, zeig uns deinen Willen, damit wir ihm folgen.
Denn alles, was Menschen besitzen und vermögen,
Ist bereits bei dir; du hast es in aller Ewigkeit.
Der Mensch ist nur der Stift, mit dem du schreibst …

Jedes Mal, wenn der Name Mülhausen auftauchte und seine Gedanken verdunkelte, schrieb er einen neuen Vers darüber. Und erst als das Wort verdrängt und völlig weggeschrieben war, legte er die Feder von sich.

Als er einige Tage später im Fiaker saß und den Kutscher gebeten hatte, ihn zum Bahnhof zu fahren, zog er die Vorhänge vor und schloss die Augen. Er dachte an Richter und die Begegnung mit ihm. Er dachte an Brahms und war nun sicher, dass Brahms mit Richter gesprochen hatte. Ganz bestimmt.

Als er auf dem Bahnhof stand, sah er überall Brahms' Agenten. Auf Bänken, hinter Zeitungen, unter tiefen Hutkrempen, auf den Bahnsteigen, in der Schlange vor dem Fahrkartenschalter. Sie waren hier, um ihn zu überwachen. Brahms' Agenten wollten sicher sein, dass er Wien verließ. Dass er tatsächlich in den Zug nach Mülhausen stieg.

Seine Freunde kamen und umringten ihn. Das beruhigte ihn. Sie blieben auf dem Bahnsteig und winkten noch, als der Zug aus dem Bahnhof hinausrollte. Die lange Reise nach Mülhausen hatte begonnen.

Die erste Zwischenstation war Linz. Dort wollte er übernachten.

Das Zimmer war feucht und zugig. Zerschlissene Tapeten und abblätternde Farbe. Aber es kostete nicht viel. Und er wollte keinen unnötigen Gulden vergeuden. Schwerer Bratendunst schlug ihm entgegen, als er an einem Raum vorbeiging, der wie ein Speisesaal aussah. Aber er wollte nichts essen. Er wollte nur ein Dach über dem Kopf für die Nacht, ehe die Zugfahrt am nächsten Morgen weitergehen würde. Er war müde. Die Reise von Wien nach Linz war ihm dreimal so lang erschienen wie sie tatsächlich war, und die ganze Zeit über hatte er das Gefühl gehabt, überwacht zu werden. Als ob jemand ihn verfolgte und jeden Schritt beobachtete, den er tat. Um dieses unangenehme Gefühl loszuwerden, war er ständig zwischen den Waggons hin und her gegangen. Er war immer in Bewegung gewesen, hatte keine Minute gesessen. Die Müdigkeit schmerzte in seinen Beinen.

Er ging die Treppe hinauf, wo ihm die Wirtin sein Zimmer zeigte. Er warf sich sofort aufs Bett. Draußen hörte er Wind und Regen. Ein Baum direkt vor dem Fenster hatte lange Zweige, die an die Scheiben peitschten, sodass er nicht schlafen konnte. Aber es war nicht der Wind, nicht das Prasseln des Regens, das ihn wach hielt. Nein, es war das Klopfen. Nachts hörte er es deutlich, es wurde immer aufdringlicher. Es war Brahms, der an die Wände pochte. Überall. Herrgott, es war unerträglich!

Er lag hellwach, bis er aufstand. Er war spät dran. Keine Zeit für das Frühstück.

Im Zug auf der letzten Etappe seiner Reise nahm er in einem Abteil Platz, wo er allein war, bis sich der Zug in Bewegung setzte. Dann aber trat ein eleganter, gut gekleideter Herr ein und setzte sich auf den Platz ihm gegenüber. Immer wieder schloss Hans Rott die Augen. Er hätte so gern geschlafen, aber es ging nicht. Eine tiefe, dunkle Unruhe schwelte, loderte immer wieder auf. Sie ließ sich nicht löschen. Über den Ebenen draußen verdichtete sich der Nebel. Überall breitete er sich immer dicker aus und bettete die Landschaft in einen undurchdringlichen Schleier.

Wie ein schlingerndes Messer schnitt der Zug durch den Nebel. Doch der verschlang alles, sodass nur die flackernden Leuchten der schnaubenden Lokomotive wie Augen durch die dunklen, rollenden Schleier gafften.

Als das ratternde Geräusch der Schienen unerträglich wurde, das ohrenbetäubende Summen der Schmeißfliege an der Scheibe unerträglich wurde, die blitzende Leere und der Schmerz in seinem Kopf unerträglich wurden, der Herr gegenüber eine Zigarre anzündete und unerträglich wurde – da zog er den großen Revolver. Er fuchtelte damit vor dem Gesicht des erstarrten Mannes und zischte in dessen aufgesperrtes Ohr:

»Machen Sie die Zigarre aus! Brahms hat den Zug mit Dynamit gefüllt!«

Der Schaffner, der von ihm unbemerkt von hinten herangekommen war, schlug ihm den Revolver aus der Hand, und Rott warf sich vornüber auf die Sitzbank. Er zitterte und schluchzte. Die winselnden Laute, die über seine starren Lippen kamen, gruben sich in die schlenkernden Abteilwände. Er schürfte und kratzte, schabte mit seinen Fingernägeln im Sitz unter seiner stoßenden Stirn. Als ritzte er unerträgliche, unbegreifliche Noten in den aufgerauten und zerschlissenen Stoff.

Der Schaffner warf sich über seinen Rücken und hielt den Zappelnden in festem Griff.

»Brahms hat den Zug mit Dynamit vollgeladen!«

Er schrie immer und immer wieder, und seine Schreie mischten sich in das heisere Schnaufen der Lokomotive, die durch den Nebel raste.

Auf dem Grenzbahnhof in Simbach schleppten sie ihn aus dem Zug. Er versuchte sich loszureißen, aber sie hielten ihn fest. Sie waren in der Überzahl und stark und hatten grässliche Gesichter. Dann hinein in die Jacke. Diese entsetzliche Jacke. Kaum dass er noch atmen konnte. Die Arme waren festgeschnürt und unbeweglich. Er konnte nur weiter schreien, bis etwas ihm auch die Kiefer zusammenschnürte.

Und dann begann schon die Rückreise nach Wien.

Während zwei kräftige Pfleger Hans Rott in die Psychiatrische Klinik in Wien schleppten, kam ein Brief in seiner Wohnung in der Rotenturmstraße an. Er war von einem seiner Freunde, Egmont, dem Stiefbruder Joseph Seemüllers.

Ich habe mit Joseph gesprochen, er sagt, dass Du Dich in einem unruhigen und nervösen Zustand befindest. Und dass die Hauptursache dafür mit dem zu tun hat, was Deiner Symphonie zugestoßen ist. Ich hoffe, dass Du Dich bald besser fühlst und mir einen Brief schreiben kannst, der Freude und Zuversicht atmet. Wenn Feiertage wie Weihnachten bevorstehen, spürt man eine besondere Sehnsucht nach Freunden und Lieben, die weit entfernt sind. Hoffentlich ist es das letzte Jahr, in dem es auf diese Weise zugeht. Ich würde auch gern Deinen Bruder in Krems besuchen, aber da ich weder Geld noch Zeit habe, ist es derzeit nicht möglich. Ich würde ihn gern dort auf der Theaterbühne sehen!
Meine herzlichsten Grüße. Auch Familie Löhr grüßt selbstverständlich.
Wie geht es übrigens mit der Unterkunft in Mülhausen? Hat man Dir eine besorgt? Du musst schreiben und alles erzählen! Jetzt wünsche ich Dir, dass Du bald von jeder Unruhe und Sorge befreit sein mögest, die Dich bedrückt. Und ich sende Dir meine allerwärmsten Grüße.
Dein treuer
Egmont
Wien, am 22. Oktober 1880

Es war ein großer, offener Pavillon. Holztische ohne Tischdecken, mit schlichten Stühlen. Alles war kalt. Kahl. Der Arzt machte die Runde und stellte Fragen. Immer dieselben Fragen.

Warum sollte Hans Rott hier bleiben? Warum?

Immer wieder redete er sich ein, dass alles, was Menschen tun, wertlos sei. Was er tat, war wertlos. Als würde ihn das ständig verfolgen. Er hatte es so oft gesagt, zu allen, die zuhören wollten. Aber an den Tischen dieses Warteraums des Wahnsinns traf er meistens arme Verwirrte. Alles rastlose Schattenfiguren in einer anderen Welt. Er wollte weg von hier. Das Ganze war ein Missverständnis. Ein fürchterliches Missverständnis!

Er wollte doch heiraten! Er hatte gesagt, dass er heiraten wollte. Er hatte es mehrfach gesagt und es deutlich erklärt. Aber niemand hörte zu. Und er hatte gesagt, dass er eine große Karriere vor sich habe und einen großen Chor leiten würde. Dann würde er die bedeutendsten Symphonieorchester dirigieren! Wie oft hatte er das nicht gesagt!

Niemand hörte zu. Überall hier dieser entsetzliche Lärm. Gejohle und Geschrei und heiseres Stöhnen. Ohrenbetäubende Schreie. Husten. Hohles, tierisches Gelächter. Zermürbendes Geheul. Ein Gewimmel greller Stimmen, durchdringend, grauenvoll durchdringend. Widerlich! Alles drang schauderhaft in seinen Kopf. Keine Harmonien konnten so klingen. Es waren wohl die scheußlichen Klänge des Teufels selbst. Hans Rott wollte mit den teuflischen Klängen nichts zu tun haben. Sie waren so laut und brachen aus allen Korridoren hervor, hallten an allen Wänden wider. Der Teufel persönlich schleuderte seine unheimlichen schwarzen Töne auf ihn!

Hans Rott hielt sich fest die Ohren zu. Er sah Louise. Sie musste sich beeilen, hierherherzukommen und ihn zu retten. Sie musste ihn aus diesem widerlichen Haus herausholen. Es dauerte schon so viele Tage. Er hielt sich fast ständig krampfhaft die Ohren zu. Aber Louise kam nicht. Wirklich nicht? Doch, natürlich kam sie. Und ihr älterer Bruder Friedrich auch. Und Joseph Seemüller. Und Heinrich Krzyzanowski. Und Pichler. Einige seiner treuesten Freunde. Sie kamen alle, fast jeden Tag.

Es war Louise. Oder doch nicht? Natürlich war es Louise! Er war verwirrt. Alles war verwirrt. Aber es war so süß mit Louise, so wunderschön. Konnte sie ihn nicht mit sich nehmen, hinaus aus diesem fürchterlichen Haus? Diese Ärzte, diese grauenvollen Ärzte. Sie stellten Fragen, aber er wollte nicht antworten. Alles Männer, brutale, herzlose Männer. Ihnen fehlte Gott in ihren Herzen. Darüber hatte er so viele Male mit Louise gesprochen. Mit Vater Anselmus und Friedrich. Und nun sagte er immer wieder, dass er nur mit Frauen sprechen wollte. Nur denen, die Gott in ihrem Herzen trugen, wollte er zuhören. Er weigerte sich, etwas zu sagen, solange diese groben und rohen Gesellen ihn quälten.

Nein, erst wenn eine Frau mit ihm sprach. Dann würde er erzählen, wie unerhört demütigend alles war. Dass er sofort entlassen werden musste. Dass eine Frau auf ihn wartete und er heiraten werde. Dass ihn dort draußen ein geordnetes Leben erwarte. Dass er Kapellmeister sei. Ständig lief er umher und sagte es allen, die er traf. Sie mussten doch begreifen, dass er hier drinnen nicht heiraten konnte!

Aber es kam keine Frau, um mit ihm zu reden. Da verstummte er. Tagelang sagte er kein Wort. Der Arzt fragte ihn, ob er Gesichter an den Wänden sah. Mehrere Ärzte hatten ihn das immer wieder gefragt. Endlich antworte er ermattet: Ja, er habe Gesichter an den Wänden gesehen.

Obwohl er mehrfach bemerkt hatte, dass Patienten, die auf die Fragen der Ärzte nach den Gesichtern und Stimmen in der Nacht mit Ja geantwortet hatten, nicht zurückgekommen waren. Sie verschwanden.

Aber es stimmte: Er hatte ein Gesicht an der Wand gesehen. Er hatte Louises Gesicht gesehen. Sie hatte ihn gebeten, nach Wien zurückzukehren. Und nun erzählte er es den Ärzten, aber sie hörten nicht zu. Sie fuhren nur mit ihren Fragen fort.

»Haben Sie Stimmen gehört? Haben Sie Stimmen gehört?«

Das hatte er! Er musste antworten. Immer und immer wieder. Er hatte Louise gehört, die ihn nach Wien zurückzukehren bat. Deutlich hatte er ihre eindringliche Bitte gehört. Aber diese herzlosen Menschen hörten ihm nicht zu. Es kümmerte sie nicht. Dann ging es mit ihm durch. Er hatte ein Glas zu Boden geworfen, sich niedergekniet und mit den Fäusten blind auf die Scherben eingeschlagen, bis seine Hände zu bluten begannen.

Daraufhin hatten sie ihn in ein eigenes Zimmer gesperrt. Es war so schmal, dass er kaum am Bett vorbeikam, ohne sich an der Wand zu reiben. An den Wänden konnte er das Gekritzel unglücklicher Geschöpfe entziffern, die vor ihm hier eingesessen hatten. Da standen die abscheulichsten Dinge auf dem schmutzigen, abblätternden Putz. Nun war er ganz allein. In den unruhigen Nächten waren die Schatten an Wänden und Decke seine einzige Gesellschaft.

Jetzt war ihm klar, dass er festsaß. Hoffnungslos. Diese brutalen und grässlichen Menschen würden ihn nie mehr entlassen. Er wusste nicht, wie er es anstellen sollte, Louise jemals wiederzusehen. Er wusste nicht, wie es ihm gelingen sollte, die Frau zu heiraten, die Gott für ihn auserwählt hatte.

Aber eines begriff er: Wie in einer Offenbarung verstand er Gottes Willen: Sie würden in einer anderen Welt vereint. Dort würde er sie umarmen, er würde niederknien und ihr ewige Treue schwören können. Und sie würden eins werden. Ganz bestimmt. Nun verstand er Gottes Plan. Er verstand ihn so vollständig, dass er sich sofort darauf vorbereiten musste. Er musste sich unmittelbar auf diese wunderbare Reise begeben. Die Laken würden ihm dabei helfen. Sie waren die Brücke zu Louise, also band er sie sich um den Hals. Ganz fest. Das andere Ende knüpfte er an das Gitter der Oberlichte. Die Laken waren ganz neu und dufteten rein und frisch. Er stieg auf den Stuhl und warf sich in den Abgrund, zu Louise. Die weißen Laken bildeten eine wunderschöne Brücke zu dem bläulich schimmernden Geschöpf, das ihn auf der anderen Seite mit ausgestreckten Armen erwartete. Das Letzte, das er vernahm, war Gott, der ihm zulächelte. Ein göttliches Lächeln, das die Finsternis erwärmte, die sich um ihn schloss.

Hans Rott erwachte. Er hatte Schmerzen im Nacken und im Kopf. Ein Arzt kam herein und sagte, dass er verlegt werden sollte. Er sollte nicht mehr in der psychiatrischen Klinik bleiben, sondern woanders bessere Hilfe bekommen.

In der Kühle des frühen Morgens waren sie da: Louise und Friedrich. Sie hatten einige Sachen zusammengesucht und einen Koffer gepackt. Bald würde der Wagen kommen. Sie standen und warteten in der bleichen Morgensonne. Alle drei.

Louise schaute Hans lange an. Er sah blass und ausgemergelt aus. All die Binden und Bandagen um Hände und Unterarme! Die rotblauen Streifen am Hals. Der starre Blick. Der halb geöffnete Mund. Sie erkannte ihn nicht wieder. Er war so weit weg.

Hans spürte, wie der seltsame Nebel, der ihn schon lange plagte, ihn immer stärker ergriff. Er focht dagegen an und versuchte, ihn fortzuscheuchen. Aber Louises Gesicht tauchte darin auf. Genau vor ihm. Es drang durch den Schleier hervor. So nah. Jetzt sah er es ganz deutlich.

»Ich wünschte, du könntest Mutter benachrichtigen, Louise!«

Seine Stimme war dünn und kaum hörbar. Louise fühlte einen eisigen Wind in ihrer Brust erstarren.

»Mutter? Deine Mutter ...?«

»Vielleicht könntest du sie davon unterrichten. Aber es wird natürlich schwierig sein, sie zu erreichen. Ich werde ja auch nur einige Tage fort sein. Und Fides ... Louise ... ich weiß nicht. Es ist so eigenartig, Louise. Aber ich bin bald zurück.«

Der Nebel lichtete sich und er sah Louise fest in die Augen.

»Weißt du, Louise, dass Fides die Göttin der Treue ist?«

Der schwarz glänzende, schneidende Frost hatte sich schon auf alles gelegt, als ein Pfleger Hans Rott in den wartenden Wagen pferchte, dessen Pferde ungeduldig im Morgendunst stampften. Lange Schatten huschten über die Pflastersteine, als die schwache Morgensonne hervorbrach.

Der Pfleger drückte Hans Rott in den Sitz des Wagens. Im selben Moment warf sich Louise in die Arme ihres Bruders. Sie schloss die Augen fest und sah im Innern die lodernde Flamme. Und wie sie erlosch. Wie es dunkel und kalt wurde. Bald sah sie auch, wie sie von Neuem zu schwelen begann. Irgendwo musste es Licht geben. Sie drückte sich fest an Friedrich.

Erst als das sich entfernende Klappern der Hufe zu ihr durchdrang, merkte sie, dass sie zitterte. Aber das Geräusch des fortstürmenden Wagens war unwiderruflich. Louise bohrte sich noch tiefer in den Mantelstoff ihres Bruders.

Der große schwarze Wagen schaukelte über die Pflastersteine. Einige lallende und heulende Patienten drängten sich keuchend zu Hans Rott hin. Einer spuckte mit rohem Gelächter über die hochgezogene Schulter in seine Richtung. Hans Rott zuckte zurück und presste seine Stirn fest an die Fensterscheibe.

Kinder liefen hinter dem Wagen her und riefen ihnen nach. Jeder kannte den Wagen.

»Die Irren! Die Irren!«

Steine prallten an die Türen. Der Kutscher drohte mit der Faust in der Luft. Einer der Mitpassagiere begann zu singen. Grell, laut, grölend. Rotts Ohren zerplatzten vor Schmerz.

Hans Rott schrie die ganze Zeit, dass er Kapellmeister sei und demnächst heiraten werde. Dass man ihn sofort herauslassen solle. Dass er sofort aus diesem Wahnsinnswagen aussteigen wolle.

Aber die großen schwarzen Pferde gehorchten nur der knallenden Peitsche des Kutschers. Unaufhaltsam zogen sie den großen Wagen in rasender Geschwindigkeit über das Pflaster. Sie waren auf dem Weg zum Paradies der Irren.

Zur Niederösterreichischen Landesirrenanstalt am Brünnlfeld.

Es waren einige Monate vergangen. Ihm war, als würde das Unwetter draußen düstere und schwere Gedanken aus der Tiefe ergreifen und hervorziehen, und als die nächste Sturmbö toste, tauchten diese ganz besonderen Gedanken wieder auf. Es ging um das Zusammentreffen im Bildungsministerium, das ihm jedes Mal, wenn es ihm einfiel und an die Oberfläche drang, anhaltendes Kopfweh verursachte. Es ging um Hans Rott. Dem Jüngling war Unrecht geschehen, und darin fühlte Goldmark sich zusätzlich bestärkt, seit seine Kollegen sich so unwiderruflich geweigert hatten, seine Gesichtspunkte zur Symphonie des jungen Komponisten zur Kenntnis zu nehmen. Denn natürlich gab es da große Verdienste, absolut einzigartige Wendungen und Klänge – war es nicht genau das, was prämiert werden sollte? War es nicht das Neue, das Einmalige, das unbekannte Wege öffnete und jugendlich und bahnbrechend klang – sollte das nicht hervorgehoben und belohnt werden, auch wenn hin und wieder das Bombastische darin die Überhand gewann?

Karl Goldmark starrte schweigend zum Fenster hinaus. Die letzten schweren Schneeflocken des Winters fielen dicht, und einige der weißen Eiskristalle klebten nach einer Bö hoffnungslos an der Scheibe, bevor sie sacht hinabglitten und ins Nichts zerschmolzen.

Er atmete tief und ein wenig resigniert ein, als nun der Schnee in Regen überging und gegen die Scheiben zu peitschen begann. Er realisierte, dass er den Jüngling bei dieser unglückseligen Sitzung verraten hatte, den Jüngling mit dem glühenden Blick und dem brennenden Anschlag am Klavier. Ein Anschlag, den er nicht zu Gehör hatte bringen dürfen. Der nicht zugelassen worden war. Wieder atmete Goldmark tief, nun aber nicht nur resigniert, jetzt schämte er sich auch. Er dachte daran – und nicht zum ersten Mal –, dass er sich an das Ministerium wenden und erklären sollte, wie stiefmütterlich der Jüngling behandelt worden war, um die Sache mild auszudrücken. Ja, eigentlich war er geradezu schändlich behandelt worden! Er war ganz offensichtlich zwischen zwei musikalische Blöcke geraten und ohne Verschulden an den Pranger gestellt und der wohlverdienten Anerkennung beraubt worden. An diesem Punkt war er keineswegs einig mit den Freunden, Brahms hatte sich als vollkommen unversöhnlich erwiesen – was Goldmark tatsächlich äußerst erstaunte. Zwar kannte er die Launenhaftigkeit des Freundes durchaus, auch dessen zuweilen unberechenbare, schroffe Härte. Aber warum diese Starrköpfigkeit gegenüber Rott? Konnte etwas anderes dahinterstecken, etwas, das ihm entgangen war? Hier kam er nicht weiter. Hier war er schon so viele Male nicht weitergekommen, seine Gedanken endeten immer in einer Sackgasse. Aber er spürte, dass es nicht möglich sein würde, die Angelegenheit mit seinem Freund Brahms zu erörtern.

Zwar waren nun gut vier Monate vergangen, seit man dem jungen Komponisten das Stipendium verweigert hatte, aber Goldmark setzte sich dennoch nieder und schrieb einen langen Brief an die Verantwortlichen im Bildungsministerium. Er hatte diesen Brief lange hinausgeschoben, obwohl er begriffen hatte, dass es das einzig Richtige war und er ihn schon vor Monaten hätte schreiben sollen. Aber nun war er endlich dabei und rechnete damit, dass seine späten Gesichtspunkte so schwer wiegen dürften, dass der Fall erneut ernsthaft erwogen würde. Nicht zuletzt die Tatsache, dass kaum andere vollwertige Kandidaten für das große Stipendium vorhanden waren, füllte ihn mit Zuversicht und einem festen Glauben daran, dass Hans Rott infrage kommen würde, obwohl nun so viel Zeit vergangen war. Er fürchtete sich auch nicht im Geringsten vor dem Urteil seiner Freunde, dass sie sich irgendwie von ihm distanzieren könnten oder Zwietracht zwischen ihnen entstehen könnte, auch nicht, dass zukünftige Beratungen der Jury gestört oder vereitelt werden könnten. Nein, all das wies er zurück, da es sich ohnehin gezeigt hatte, dass keine anderen Kandidaten für würdig befunden worden waren – was die Kollegen ebenso gut wussten wie er. Niemand außer Rott war überhaupt infrage gekommen, als es um den Beethoven-Preis ging, auch wenn sein Streichsextett am Ende doch als zu leicht bewertet wurde. Darüber gab es weiter nichts zu diskutieren, da der Preis im Namen des großen Beethoven bereits seit etlichen Jahren nicht mehr verliehen worden war.

Goldmark schob sein Schreiben in das große Kuvert und verschloss es. Gleich am nächsten Tag wollte er es den Verantwortlichen im Ministerium persönlich überreichen. Als er dann zu Bett ging, dachte er, dass es unter allen Sorgen in der Welt nun zumindest eine weniger gebe. Aber er fragte sich auch, wie es dem jungen Mann mit dem üppigen Schopf ergangen sein mochte und ob es tatsächlich der Sohn von Carl Mathias Rott war, den sie an jenem trüben Herbsttag im vergangenen Jahr abgefertigt hatten. Er hatte nichts mehr von dem jungen Komponisten gehört, und er hoffte, dass nun Gerechtigkeit geübt werden und der Jüngling eine wohlverdiente Anerkennung erhalten würde, einen Anstoß ins Leben.

Noch immer gaben die Gedanken keine Ruhe. Jetzt war er wieder im Theater an der Wien, an jenem verhängnisvollen Abend, da der gewandte Schauspieler zum Entsetzen des Publikums von der Bühne gestürzt und schwer verletzt worden war. Goldmark konnte den Gedanken nicht loswerden, dass sie Carl Mathias Rotts Sohn vor sich gehabt hatten. Vielleicht entbehrte es ja jeder Bedeutung, und er hatte auch nie nachgeforscht, aber dennoch tauchte dieser Gedanke wie ein Gespenst immer wieder auf. Er meinte, dieselbe Eleganz bemerkt zu haben. Die lange, stattliche Figur und die dunkle, gewellte Mähne. Der Sohn Carl Mathias Rotts hatte natürlich das Geld nicht nötig, um das es hier ging. Aber das war ja nicht das Entscheidende. Es ging ums Prinzip – Recht musste Recht bleiben, und Karl Goldmark war sicher, dass sein Schreiben alles zum Besten wenden würde.

Aber erst würden die Mühlen mahlen, und die ratternden Räder würden ihren gemächlichen Gang nehmen und holprig ineinander greifen.

Das Sägeblatt begann zu wackeln und sich zu biegen, sodass es schwierig wurde, das harte Holzstück durchzusägen, und er einhalten und die Laubsäge nachspannen musste. In diesem Augenblick hörte er die unheilverkündenden trampelnden Tritte. Sie kamen angerannt und stürzten sich keuchend auf ihn.

»Du Teufel! Du hast es getan! Ich habe es deutlich gesehen. Du warst es!«

Die heisere Stimme traf ihn mit der Kraft eines Hammerschlags, er ließ die Säge fallen, versuchte torkelnd zu fliehen. Aber die magere, sehnige Gestalt warf sich mit schwarzem, tierischem Grienen auf ihn. Die Augen stierten wild, und sie schwang den Hammer. Hans Rott hob schützend den Arm, der Schlag glitt pfeifend an seinem Kopf vorbei und traf ihn an der Schulter. Eine ungeheure brennende Woge durchfuhr ihn. Er stürzte zur Tür. Er musste hinaus! Er stolperte über die Schwelle und stürzte kopfüber. Ihm wurde schwarz vor Augen. Aber ehe es ganz still wurde, nahm er einige grinsende Patienten an den Hobelbänken wahr. Es war, als feuerten sie ihn an. Er fühlte, wie jemand nach ihm griff und ihn hinaus unter die trüben Lampen im Korridor schleppte.

Der wild schwingende Hammer riss große Schatten an den Wänden auf, und die Rufe gingen in besinnungsloses Gebrüll über.

»Es ist der Teufel selbst! Seht ihr es nicht. Er entkommt. Er hat es getan! Ich hab es gesehen! Haltet ihn!«

Ein kräftiger Pfleger, der plötzlich auftauchte, holte das wild schwingende Wesen ein und rang es zu Boden. Außer sich hielt der rasende Mann den Hammer so fest, dass seine Hände zitterten. Geifer rann aus seinem Mund. Der Pfleger setzte sich auf ihn, fixierte seine Arme auf dem Rücken und riss den Hammer aus seinem krampfhaften Griff. Ein gedehnter Schrei des Entsetzens ließ immer mehr Menschen zusammenlaufen. Einige riefen Hurra und klatschten ausgelassen. Andere hüpften und stampften auf den Fußboden und ließen Hobelspäne, die sie vom Boden gesammelt hatten, über den Pfleger und den inzwischen verschnürten hilflosen Patienten regnen. Aber die magere Gestalt schrie weiter und warf sich herum. Der Pfleger bekam Hilfe von einem Kollegen. Gemeinsam schleppten sie den Patienten fort, während seine Schreie immer lauter hallten.

»Er entkommt. Haltet ihn! Er hat es getan!«

Wie betäubt fühlte Hans Rott, dass ihm jemand das Hemd auszog und an seine verwundete Schulter fasste. Der Schmerz pochte heftig.

Unordnung, Schmutz und Durcheinander. Ein ekelhafter, süßlicher Geruch von halb verfaultem Gewebe. Gehirne und allerlei Reste von Menschen und Tieren ausgebreitet über Bänke und Tische. Im grellen Licht der Lampen funkelnde Skalpelle. Umherlaufende und Radau schlagende Kinder – die Kinder des großen Arztes.

Während klirrende Glasbehälter, scheppernde Waagschalen, Pipetten, Messgläser, sezierte Fledermäuse und Maulwürfe auf den Regalen zu trampelnden Kinderfüßen hüpften und tanzten, tauchte er auf: der kleine, untersetzte Mann mit dem üppigen Bart und dem großen Kopf – Theodor Meynert.

Einer seiner Studenten schnitt gerade in den Resten eines menschlichen Gehirns herum. Das tat er bereits seit mehr als einem Monat. Der untersetzte Mann hatte ihn noch immer nicht bemerkt, ihn noch nicht einmal angesprochen.

Der stete Strom von Menschenhirnen versiegte nie. Skalpelle und andere Werkzeuge wurden verbraucht und ausgetauscht. Eine Skizze der Geheimnisse des Gehirns nach der anderen verließ den Schreibtisch des Mannes. Ebenso wie gelehrte Schriften. Jahr um Jahr dasselbe Laboratorium, dasselbe Durcheinander, dasselbe Werkzeug, derselbe Schreibtisch. Aber die trampelnden Kinderfüße waren verschwunden. Eines der Kinder weggerafft. Siebzehnjährig war Meynerts Sohn in ein frühes Grab gesenkt worden.

Ein neuer, ganz junger Assistenzarzt bewegte sich zwischen den Tischen im Laboratorium. Der Chef wurde weggerufen zu einer der seltenen Visiten bei einem verwirrten Patienten. Diese Runden empfand Meynert zunehmend als unnötig. Geradezu eine widerwärtige Vergeudung wertvoller Zeit.

Der Assistent gab einem Pfleger das Zeichen, eines der Zimmer zu öffnen, die stets verschlossen gehalten wurden.

»Der Patient war heute gewalttätig und unbändig, ist aber jetzt ruhig.«

Meynert hörte kurz den Pfleger an und ging auf den Patienten zu.

»Herr Baumgarten?«

Eine magere Gestalt mit müdem, verwirrtem Aussehen setzte sich mühsam, aber beflissen im Bett auf. Der Kopf wiegte schwer vor und zurück.

Meynerts junger Assistent blätterte in der Krankengeschichte. Hier und dort schnappte er rasch einige Fragmente auf.

Walther Baumgarten, Streckenwärter, Eisenbahnarbeiter (Leobersdorfer Bahn, Berndorf)

Nach Tod der Gattin immer häufiger unwohl ... Droht, die Schienen aufzubrechen, damit der Zug entgleist, um sich an Gott zu rächen ... Nachbarn alarmieren Polizei, da er gesehen wurde, als er die Gleise mit Spitzhacke bearbeitete … Patient hat mehrfach berichtet, dass er sowohl lebende als auch tote Personen gesehen habe, die sich entweder an seinem Bett oder auf dem Dach befänden. Meint, mit ihnen Gespräche zu führen. Wahnvorstellungen, Verrücktheit, Wutausbrüche …

Herr Baumgarten neigte sich zu Meynert vor.

»Die Schmerzen hinter der Stirn wollen nicht aufhören.«

»Wie häufig haben Sie diese Beschwerden?«

»Es quält mich ständig.«

Unerwartet begann der Patient, seine Wangen zu tätscheln und laut mit der Zunge zu schnalzen.

Meynert tauschte einen kurzen Blick mit seinem Assistenten aus, der weiter im Krankenakt las.

»Gestern griff Herr Baumgarten in der Werkstatt einen Mitpatienten an. Mit einem Hammer.«

»Aber er war es doch! Ich habe es deutlich gesehen. Er.«

Meynert sah Baumgarten geradewegs in die Augen.

»Wer? Von wem sprechen Sie?«

Kaum zurückgehaltener Zorn entstellte Baumgartens Gesicht.

»Er. Der Teufel persönlich. Er hatte den Vorschlaghammer und die Spitzhacke.«

Meynert schüttelte den Kopf.

»So, so …«

»Es war der Böse. Er dort in der Werkstatt. Sie müssen mich jetzt nach Hause schicken.«

Meynert sah seinen Assistenten an und murmelte etwas vor sich hin.

»Wie immer. Jeder will nur nach Hause.«

Der Patient versuchte, aus dem Bett zu kommen. Er focht mit einem Arm, als wollte er Meynerts Hemdbrust erreichen.

Aber der Pfleger zwang ihn auf die Matratze zurück. Dann wurden Lederriemen um seine Hand- und Fußgelenke gelegt und der wild gestikulierende Patient ans Bett fixiert.

In der Tür blieb Doktor Meynert stehen und wandte sich an den Pfleger.

»Opium oder Morphium. Halten Sie ihn im Bett. Fixiert!«

Der Pfleger nickte. Der Assistent machte Notizen. Da forderte Meynert ihn brüsk auf, das Papier zu zerreißen.

Der Mann, der Hans Rott heilen sollte, der mit seinem berühmten Wissen vom menschlichen Gehirn jede Verwirrung aus dessen umnachteten Kopf vertreiben sollte, der unter verdammten und vergessenen Menschentrümmern beharrlich und unaufhörlich Licht verbreiten sollte, ging in sein Arbeitszimmer und schaute lange auf die Tafeln und Illustrationen an den Wänden. Er hatte detaillierte Zeichnungen von den Hirnen all der Unglücklichen angefertigt, die er aufgeschnitten hatte.

Sektion A, Sektion B, Sektion C und AC, Sektion B4 … Eigenartig, dass alle diese Gewebe es vermocht hatten, Wörter, Gedanken und Gefühle zu formen. Nur durch vibrierende Zellen und Fasern. Wie war das möglich? Was für ein kolossales Rätsel!

Sein eigenes Gehirn war plötzlich und gänzlich unerwartet so öde, leer und verloren wie das irgendeines Patienten.

Doch er wankte in das Laboratorium und schnitt einige Scheiben aus dem entblößten Gehirn, das einem kürzlich verstorbenen Patienten entnommen worden war. Er saß die halbe Nacht und starrte auf die rätselhaften Windungen, als erwartete er von ihnen eine Antwort. Die aber wollte sich nicht finden. Nun, selbstverständlich würde sich die Antwort ergeben, wenn er noch einige weitere Scheiben abschnitt. Es war eine

Frage der Geduld. Eine Frage reinster Mathematik. Er schnitt weitere Scheiben, ehe er an seinen Schreibtisch zurückkehrte.

Lange schaute er auf das mit Formaldehyd gefüllte Glasgefäß. Es stand vor seinem Federkasten und den unübersichtlichen Stapeln von Büchern und glänzte. Es erinnerte ihn ständig an das Rätsel von Leben und Tod.

Das einst rege Herz seines Sohnes starrte ihn hinter gelbgrünem Glas an. Es war unbewegt. Vollkommen unbewegt. Nicht die geringste Andeutung einer Kontraktion oder einer anderen Bewegung. Als seine Hände zu zittern begannen und der Schreibtisch ganz leicht vibrierte, sodass die Flüssigkeit im Glasgefäß zitterte, stand er abrupt auf. Aber er fiel sofort auf den Stuhl zurück. Er musste etwas ruhen, wenigstens eine Stunde.

Am Morgen warteten neue Hirne.

Frau Hansum war tief gerührt, ehe Hans noch beim letzten Vers angelangt war.

»Das ist schön, Hans. So schön!«

Sie hatte Tränen in den Augen.

Frau Hansum war die Gattin des Abteilungsleiters. Sie war eine freundliche Seele, munter, gesprächig und warmherzig. Sie mochte den jungen Mann mit dem üppigen Schopf und den unglücklichen Augen. Hin und wieder steckte sie ihm eine Zeitung zu und er wechselte ein paar alltägliche Worte mit ihr. Sie sagte stets, dass es eine Sünde und Schande sei, dass man ihn hier eingesperrt hatte. Einen so hübschen Jüngling! Er hatte doch wohl hier nichts zu suchen. Hans bestätigte, dass es sich um ein Missverständnis handle. Dass seine Freunde ihn bald hier herausholen würden. Er hatte Frau Hansum erzählt, dass eine Frau auf ihn warte. Dass sie heiraten würden. Er hatte ihr auch anvertraut, dass er Noten schrieb, Komponist und Dirigent war, aber dass er zuweilen auch Poesie schrieb.

Hans Rott hatte die Blätter mit den Gedichten beiseitegelegt, die er für Louise schrieb. Frau Hansum schnäuzte sich in ihr Taschentuch, ehe sie sich erhob.

Als sie das Zimmer verließ, trat der Patient ein, mit dem er sich das Zimmer teilte. Ein heruntergekommener, unglückseliger Schauspieler. Nie sprachen sie miteinander. Ihr Zimmer lag im Erdgeschoss, dem Stockwerk der Mittellosen.

Hans Rott weigerte sich wieder, mit Männern zu sprechen. Er schwieg und war verschlossen. Außer wenn Frau Hansum kam.

Er machte sich Sorgen wegen Mülhausen, dass er nicht rechtzeitig zu seinem Dienst dort erschienen war und sie vielleicht nicht auf ihn warten würden. Er musste mit Seemüller sprechen und ihn bitten, an den Direktor der Chorgesellschaft zu schreiben und ihm die Situation zu erklären. Dass er aufgehalten worden sei, aber selbstverständlich so bald wie möglich anreisen würde. Seemüller sollte für ihn um Entschuldigung bitten.

Friedrich hatte Hans' Bücher mitgebracht, und Hans las nun Hölderlins Gedichte. Nike von Samothrake stand auf einem kleinen Tisch im Zimmer, und auch das Porträt von Mutter war dort. Es war über seinem Bett aufgehängt worden.

Er verabscheute das Schnarchen seines Zimmergenossen. Dessen widerliche Ausdünstungen und unkultiviertes Benehmen. Seine derbe Art, Blähungen entweichen zu lassen. Der abscheuliche Mensch ließ ihn nie in Ruhe. Er rief ihm Schimpfwörter und Anzüglichkeiten zu. Manchmal streckte er ihm die Zunge heraus und wand sich in wunderlichem Gelächter. Seine irren Augen grinsten ihn an, voll Hohn und kalter Verachtung. Zuweilen geschah es auch, dass er nachts an Hans' Bett kam und sich auf abscheulichste Weise an ihm rieb. Hans konnte nicht verstehen, dass dieser Mensch einst einer der hervorragendsten Schauspieler Wiens gewesen war.

Hans hatte um ein Einzelzimmer gebeten. Aber das war nicht möglich. Das Krankenhaus war bereits überbelegt. Also beschloss er, es zu ertragen. Er würde ohnehin bald von hier wegkommen, und er hatte begonnen, an einem neuen Streichquartett zu schreiben. Aber es gab auch anderes zu tun. Die Werkstatt, der Garten. Er musste die verbleibende Zeit auf beste Weise nutzen.

Frau Hansum tauchte in der Türöffnung auf. Seine Freunde waren gekommen. Sie kamen fast täglich, und Frau Hansum rief jedes Mal: »Hans hat Besuch!« Es waren Joseph Seemüller, Friedrich und Egmont, Seemüllers Stiefbruder. Sie holten die Geschenke hervor. Sie hatten Blumen, Schokolade und Zigaretten mit. Hans Rott packte aus. Friedrich reichte ihm ein neues Heft mit Gedichten von Hölderlin.

»Friedrich, ich habe einen Brief für dich – an Louise.«

Die Freunde schauten erst einander, dann Friedrich an.

Hans zog eine kleine Schublade auf, nahm ein Blatt Papier und reichte es Friedrich. Es war Briefpapier, aber ohne Umschlag.

»Ich möchte, dass Louise das bekommt und dass du es ihr gibst.«

»Soll ich es nicht in ein Kuvert stecken?«

»Nein. Ich möchte die Worte nicht einsperren. Ich möchte, dass du sie so mit dir trägst, wie sie sind. Es ist wie mit Blumen. Sie müssen atmen. Wenn man sie einsperrt, bekommen sie keinen Sauerstoff. Sie sterben. Ich habe Angst, dass meine Worte sterben könnten.«

»Aber Hans ...«

»Ich weiß. Ich weiß, dass es merkwürdig klingt. Aber ich habe so viel in diese Worte hineingelegt, dass ich sie nicht ersticken möchte.«

Friedrich kannte seinen Freund nicht wieder und war besorgt. Aber er steckte das Papier vorsichtig in die Tasche. Er zündete eine der Zigaretten an, und Hans nahm sie entgegen.

»Ich werde es ihr geben, Hans. Hast du sonst noch einen Wunsch?«

Er wollte nichts. Nur versinken und wieder verschwinden.

Egmont nahm rasch die Zigarette und drückte sie im Aschenbecher auf dem Tisch aus. Dann verließen die Freunde verließen das Zimmer.

Friedrich war beunruhigt. Hans war da und gleichzeitig nicht da. Er fragte sich, wo Hans sich befand. Aber dann wies er den Gedanken von sich. Er wusste, dass der Freund seine wachen Momente hatte. Er wusste aber auch, dass sich alles in totale Verwirrung wandeln konnte. Dann war es unmöglich, Hans zu erreichen, der die unsinnigsten und seltsamsten Dinge von sich gab. War es in den letzten Monaten schlimmer geworden? Oder nicht? Friedrich war sich nicht sicher. War Hans ernsthaft krank? War es unwiderruflich? Ach was, sie mussten ihn zurückbekommen!

Sie nahmen gemeinsam einen Fiaker zurück in die Stadt. Als Joseph Seemüller ausstieg, hielt er einen Augenblick inne.

»Friedrich, Hans redet manchmal so sonderbar daher, du hast es ja selbst gehört. Es ist beunruhigend. Und das mit Mülhausen. Du merkst ja, dass er bei jedem Besuch darauf zu sprechen kommt. Dabei ist es nun mehr als fünf Monate her.« Er schüttelte den Kopf.

»Vielleicht solltest du dir den Brief ansehen. Man weiß ja nie. Ich meine … dass es nur keine völlig verrückten Dinge sind. Louise könnte in Mitleidenschaft gezogen werden. Na, du weißt …« Seemüller drückte dem Freund die Hand und verschwand in der Dämmerung.

Friedrich dachte über Seemüllers Worte nach. Vielleicht hatte er recht. Aber durfte er den Brief an Louise lesen? War das nicht Verrat? Seine Eltern wollten, dass seine Schwester Hans so rasch wie möglich vergaß. Damit ihr junges Herz keinen Schaden nehmen sollte. Sie würden es wohl am liebsten sehen, dass er den Brief vernichtete. Ganz bestimmt. Er sah es in ihren Blicken, jedes Mal, wenn er Hans besuchen ging. Nie stand zur Diskussion, dass Louise mitkommen könnte. Louise selbst schwieg. Sie fragte auch nicht nach, wenn Friedrich aus dem Krankenhaus zurückkam. Doch natürlich schimmerte hin und wieder ein flüchtiges Bild in ihren Augen. Ein Schein von Feuer.

Friedrich Löhr bat den Kutscher, unter der nächsten Straßenlaterne anzuhalten. Aufgeregt entfaltete er das Papier. Schon beleuchtete das schwache Licht die ersten Zeilen.

Ich saß allein an der Bergstromquelle
Die der Mond beglänzte mit Silberhelle
Ich schaute auf ihn und der Sterne Licht
Doch ach, den Liebsten erschaute ich nicht.

Ich sah die Birke sich einsam neigen
Hin über den Strom mit feuchten Zweigen
Auf jedem Blatte ein Thränlein klar
Ob ihr Sehnen wohl gleich meinem war?
…

Friedrich las die Verse wie im Fieber. Als er fertig war, faltete er das Papier zusammen. Er hatte sich an den Worten verbrannt, die über die Zeilen rollten. Er war erleichtert. Sehr erleichtert.

Natürlich würde er Louise heimlich den Brief zustecken, sobald er nach Hause kam. Alles andere wäre Verrat gewesen.

Zuweilen wurde es finster, und als die Finsternis am schwärzesten gewesen war, hatten sie ihn vom Laken abgeschnitten. Er hatte große geschwollene Striemen um den Hals.

Aber dann kam das Licht plötzlich zurück und er las wieder Bücher. Er hatte seine kleine Bibliothek und konnte Hölderlin lesen und Bjørnson. Dann wollte Ludwig Schlager, der Anstaltsdirektor, dass er im Theater des Krankenhauses mitspielte. Schlager war immer freundlich zu ihm und außerdem ein guter Freund von Anton Bruckner.

Unten im großen Saal gab es ein Podium, eine Bühne, hoch über dem Fußboden. Aber Hans wollte nicht dorthin, wollte nicht Theater spielen. Und zwar wegen der Dämonen, die Gräuel aus der Vergangenheit heraufholten. Nein, die Werkstatt war besser. Dort konnte er für sich selbst sein, mit seinen Werkzeugen und Holzstücken. Meistens war er in der Werkstatt an seiner Laubsäge.

Aber es konnte auch ein Notenblatt sein. Er überreichte Schlager eines. Einige Takte aus dem neuen Streichquartett. Bruckner sollte es bekommen.

Und es gab die Spaziergänge draußen in dem großen Park. Stets wollte er allein gehen, mit sich selbst sprechen. Um sich zu sammeln und über bestimmte Dinge zu grübeln. Natürlich wusste er, dass sie nicht weit weg waren. Dass sie ihn unablässig sahen und ihm dicht auf den Fersen waren. Aber das machte nichts. Es waren dennoch seine Wege, seine Rasenflächen, und er entschied selbst, wohin er gehen wollte. Es war seine Welt, und hier bestimmte er. Die Bäume und Büsche verneigten sich und fielen vor ihm auf die Knie, wenn er vorbeiging. Er blieb an einem Beet stehen, zog eine Blume aus der Erde und starrte sie an. Sie war verwelkt, trocken und gelblich. Sie knisterte zwischen den Fingern. Aber bald verwandelte sie sich. Die wunderbarsten Blätter entfalteten sich in seiner Hand. Und er spürte die Wärme. Die Wärme des Sommers war wieder da. Er merkte, wie es heiß wurde.

»Herr Rott! Herr Rott!«

Sie riefen nach ihm. Er warf die schimmernde Blume zu Boden und ging zum Eingang zurück. Er musste wieder in den Herbst.

Als er in sein Zimmer kam, lag der Mitpatient auf seinem Bett und las in einer Zeitung. Er hatte die Beine über Kreuz geschlagen und schenkte Hans keine Aufmerksamkeit, als der zu seinem Nachttisch ging. Hans sah, dass die Karaffe nicht dort stand, wo er sie hingestellt hatte. Er nahm sie zur Hand, um sich ein Glas Wasser einzugießen. Vom Nachbarbett hörte er glucksendes Feixen. Und dann sah er die gelbgrüne Flüssigkeit mit den schäumenden Bläschen auf der Oberfläche in der Karaffe.

»Die Nike!«

Hans stieß das Wort heraus. Er hielt die Karaffe hoch, starrte auf den Zimmerkameraden.

Der warf seine Zeitung beiseite und stand vom Bett auf.

»Nike! Das ist doch bloß eine blöde, hässliche Wasserkaraffe! Ich musste eben pinkeln … hab's nicht mehr zur Toilette geschafft. Ist das so unverständlich? Gib das Zeug her, dann erledige ich das.«

Er riss Hans die Karaffe aus der Hand, machte ein paar Schritte und schleuderte sie auf den Fußboden. Die schäumende Flüssigkeit spritzte heraus, und die Porzellanscherben sprangen davon. Als der rohe Gestank des Urins bis zu Hans Rott gedrungen war, hatte er sich bereits mit Gebrüll auf den anderen gestürzt. Unter heiseren Schreien biss er ihn immer wieder in die Schulter. Beide stürzten zu Boden. Hans ließ nicht los, das Hemd seines Mitpatienten färbte sich rot unter seinen reißenden Zähnen. Da stürmten Pfleger herbei und zogen die Streitenden auseinander. Als der Zimmergenosse endlich hinausgeführt wurde und Hans einen Moment allein blieb, kam die Finsternis wieder über ihn. Sie überrumpelte ihn. Warf sich feige auf ihn. Ergriff und schüttelte ihn und umschlang ihn mit eisigen Armen und frostigen Stacheln.

Er ließ sich auf den Boden fallen und wälzte sich herum. Hin und her in der Nässe und all den spitzen Scherben des zerbrochenen Porzellans. Er musste sich von dem Entsetzlichen befreien, es abschütteln. Er musste die schneidende Finsternis aus seinem Kopf bekommen.

Mit der einen Hand zog er sich an den Haaren, an seinem Schopf. Er zog so stark, dass er zu schreien begann.

Sie hoben ihn auf die Füße und drängten ihn zum Bett. Sie legten Riemen um seine Fuß- und Handgelenke. Er leistete keinen Widerstand, lag nur schlaff und ganz still. Er hörte, wie sie den Boden schrubbten und wie das andere Bett an den Türpfosten stieß, als es hinausgetragen wurde.

Einige Stunden später, vielleicht einen Tag oder eine Woche später war er wieder im Tagesraum, um sich gleich auf den Fußboden zu legen, zusammengekauert in Embryostellung. Als wäre der Boden ein Zufluchtsort der Geborgenheit und breitete sich wie eine zarte und lächelnde Ewigkeit aus.

Lautlos drehte er sich immer und immer wieder herum.

Er befand sich tief unter der strömenden und strudelnden Oberfläche des Rheins. Auf einem Bett, das von schönsten

Jungfrauen bereitet war. Nun konnte er Taucher auf dem Weg zu ihm sehen. Sie ergriffen seine Arme. Er wurde hinaufgezogen, konnte wieder atmen.

Sie versuchten, ihn auf einen Stuhl zu setzen. Aber es ging nicht. Er hielt sich krampfhaft mit weißen Fingernknöcheln an der ausgestreckten Hand einer lächelnden Jungfrau fest. Doch er musste loslassen. Die groben, brutalen Wesen waren zu stark und stellten ihn auf wacklige Beine. Mitten im Gemurmel des Tagesraums. Mitten im Gelächter von den Tischen. Das war so störend und aufdringlich! Ihm platzte fast das Trommelfell. Und die Schatten, die über die Wände huschen, machten ihm Angst.

Er wankte rastlos hin und her. Ab und zu blieb er stehen, als begegnete ihm jemand. Als wollte er mit jemandem sprechen. Aber seine Lippen blieben steif und unbeweglich.

Sie kamen mit dem Mittagessen. Aber er wollte nichts haben.

Sie kamen mit dem Abendessen. Aber er wollte nichts haben.

Sie kamen mit dem Frühstück. Aber er wollte nichts haben.

Nach einer Woche war er bleich und eingefallen. Er wurde zwangsernährt. Aber er schrie nicht, leistete keinen Widerstand. Er hielt sich vollkommen still, ganz leise. Er war nicht einmal da. Wer glaubte, er sei nach wie vor auf der Abteilung, war ein Narr. Er war auf Reisen. Befand sich weit weg, weit von zu Hause. Allerdings nur vorübergehend.

Jetzt sah er den Dirigenten, der seine Symphonie dirigierte. Es war eine Frau. Es musste ein großer Sieg für Nike werden, denn sie war es, die das Orchester leitete. Sie musste es sein. Nike erhob sich mächtig über die Bühne. Ihr Gesicht wandte sich den hingerissenen Zuhörern zu, und wie eine gewaltige Woge schlug die überwältigende Kraft der Göttin auf alle nieder. Aber was für ein Entsetzen! Sie hatte kein Gesicht. Sie war kopflos! Das Publikum rannte in panischem Schrecken zu den

Ausgängen, und die mächtigen Flügelschläge verschwanden im Himmel.

Hans warf sich wieder auf den Fußboden. Diesmal ließen sie ihn liegen. Er durfte auf dem Boden bleiben und sich herumwälzen. Er tat keinem etwas zuleide.

Plötzlich stürze er auf. Er riss sich den Rock und die Weste vom Leib. Er zerfetzte sie in Streifen und schleuderte sie auf den Boden. Als er versuchte, sich sein Hemd auszuziehen, kamen sie und packen ihn. Er drehte sich um, das Hemd flatterte über der Hüfte. Sie zwangen ihn nieder, hielten ihn fest – und er beruhigte sich. Einige der Mitpatienten sahen von ihrem Kartenspiel auf und lachten hemmungslos.

Einige Tage später öffnete ein Pfleger wie gewöhnlich die Oberlichte, um zu lüften, und die kühle, feuchte Herbstluft drang in den Aufenthaltsraum. Hans Rott verschwand in sein Zimmer, kam aber gleich wieder mit Hut, seinem feinsten Ausgehhut zurück.

»Hans! Hans!«

Wieder riefen seine Mitpatienten.

»Willst du ausgehen, Hans? Bist du zu einem Fest eingeladen, Hans? Zu einem Fest?«

Aber er ging nirgendwohin. Er warf den Hut in die Luft durch die Oberlichte, und die Mitpatienten lachten. Er aber stand schweigend und starrte leer aus dem Fenster, als wollte er zu seinem Hut. Hinausfliegen. Wegfliegen. Er wollte mit fort. Er wollte wie die Vögel durch die freie Luft gleiten, auf der Krempe des Hutes sitzen, auf der Krempe kreisen. Als blinder Passagier. Hier war er nicht zu Hause. Er wollte mit niemandem hier reden. Alle waren sie Schattenwesen, keine richtigen Menschen. Nur Grimassen, tote Masken. Dämonen und Gespenster, grinsende Geister. Er wollte zurück in die richtige Welt. Warum hielt man ihn eingesperrt unter Dämonen, Schattenfiguren und scheußlichen Geistern? Was hatte er getan? Welche tiefe Sünde hatte ihn hierher geschickt? Er war so erschöpft und kannte niemanden hier!

Ein kräftiger Windstoß hob den Hut an. Er wirbelte zum Himmel hinauf und tauchte wieder vor dem Fenster auf, schwebte in der Luft. Er konnte ihn sehen. Er folgte ihm, bis der Hut verschwand. Das Letzte, was er sah, war das glänzende Futter im Innern. Es leuchtete und schimmerte wie reinstes Silber.

Am nächsten Tag. Oder der nächsten Woche. Alles floss ineinander, und der Kopf war schwer. Er musste von dieser Schwere fort, musste sie wegfegen. Mit aller Kraft. Er taumelte den Korridor entlang zu seinem Zimmer. Er suchte in seiner Bücherkiste, wühlte in den Büchern. Endlich hatte er Goethes *Faust* in der Hand und lief zum Aufenthaltsraum. Er schlug sich mit dem Buch ins Gesicht. Als die Nase zu bluten begann, schlug er sich stattdessen auf den Körper. Immer wieder. Er brach zusammen und wurde fortgetragen. Zwangsernährung. Flüssige Nahrung. Er konnte nicht kauen, jetzt nicht. Es ging nicht. Er bekam Brechreiz. Er wollte überhaupt keine Nahrung. Warum zwang man ihn?

Er machte sich in die Hose. Sollten sie doch sehen, wie viel alles Menschliche wert war! Alles, was der Mensch tat, war wertlos. Das hatte er schon oft gedacht, und nun wollte er es ihnen zeigen, damit sie endlich verstanden.

Seine Hosen wurden feucht. Mitten im Aufenthaltsraum. Die Kartenspieler riefen nach den Pflegern, und er wurde gesäubert. Aber er würde es ihnen geben! Sie sollten nicht glauben, dass sie bereits all das Wertlose gesehen hatten, wozu die Menschen imstande sind. Er zeigte es ihnen. Immer wieder. Bis er erschöpft in seinem Bett lag.

Alles war nun gut. Ein vollkommen unerwarteter Lichtschein jagte alle Finsternis hinweg, und er konnte mit hübsch neu gebundener Krawatte unter den Mitpatienten sitzen. Jetzt eine Partie Kartenspiel. Er spielte gern Karten oder auch Domino. Dann wollte er in die Werkstatt hinunter.

Joseph Seemüller und Hermann Löhr, Friedrichs Vater, hatten ihm neue Kleidung besorgt. Eine neue Weste, einen neuen Rock. Er war sehr dankbar, aber er schämte sich. Ein neuer schimmernder Hut. Auch einen neuen Ausgehhut hatte er bekommen.

Nun blieb das Licht, und die Luft war klar. Er konnte atmen, und alle Nebelschleier waren wie weggefegt. Er wollte an Joseph Seemüller schreiben und hatte eine Idee. Eine ganz neue Idee. Eine schmerzhafte und wichtige Idee. Er wollte eine Stiftung gründen, eine Stiftung für alle Künstler, die im Krankenhaus gelandet waren. Eine Stiftung, die ihnen tägliche Unterstützung und jede erdenkliche Hilfe geben sollte, wieder in das normale Leben hinauszukommen. Er wollte sofort eine Sammelaktion starten, um seine Stiftung zu verwirklichen. Sofort. Er wollte keine Zeit verlieren.

Dann fragte er sich, ob Brahms eine derartige Stiftung zulassen würde. Er musste Seemüller warnen.

Hans Rott klebte das Kuvert zu. Er war völlig zufrieden mit dem Gedanken an seine Stiftung, und selten war ihm sein Bett so geborgen und weich erschienen wie jetzt. Er beschloss, sich rein zu halten, damit er so schnell wie möglich hier rauskam. Er würde für seine großen Werke geschätzt werden. Anton Bruckner, Friedrich Löhr, Pichler, Krzyzanowski, Victor Adler, Louise – all den anderen, die ihm einfielen – hatte er große Werke versprochen. Hatte er sein Versprechen gehalten?

Er fand schon, dass er es gehalten hatte.

Hans Rott schlief tief, in Gedanken bei seiner neuen Stiftung.

Fast gleichzeitig öffneten sich die Türen in den Korridoren der Abteilungen. Die Patienten strömten aus allen Zimmern.

Die eleganten im obersten Stockwerk, die über das meiste Geld verfügten.

Die weniger eleganten im mittleren Stockwerk, die einigermaßen bemittelt waren.

Und die am wenigsten eleganten im Erdgeschoss, die kein Geld hatten.

Ein wimmelndes Schattenspiel an den Wänden im Schein der Gaslampen. Sie bildeten kleine drängelnde Reihen. Dahinter die Pfleger, die diejenigen antrieben, die hinterherhinkten und zurückblieben. So wie Vieh abends in den Stall gepfercht wird.

Die Pfleger winkten und dirigierten. Sie drückten die Patienten zurück, die aus der Reihe tanzten oder in die falsche Richtung gingen. Zurück in Reih und Glied. Manchmal brutal. Aber die meisten gingen ohnehin ordentlich, aufrecht und würdig.

Dann kam einer, der beharrlich und mehrfach versucht hatte, sein Leben zu beenden. Die Bandage über seiner Stirn war heruntergerutscht und bedeckte ein Auge.

Ein anderer schaukelte vor und zurück, während seine Hände in einer fest verschnürten Zwangsjacke steckten. Ein Pfleger schob ihn mit kräftigem Griff an der hängenden Schulter weiter. Das Gesicht des Patienten war bleich wie Wachs und ebenso unbeweglich. Die Pupillen ließen auf den Einfluss von Drogen schließen, vielleicht Morphium, Sulfonal oder etwas Ähnliches.

Der mit der Bandage um der Stirn focht sich frei und rief, dass er in Ruhe gelassen werden wollte. Dass er in sein Zimmer wollte. Die Reihe wurde aufgehalten, als er sich zu Boden fallen ließ. Ein Gemurmel erregter Stimmen, während die Pfleger ihn brüsk wieder auf die Füße stellten.

Von allen Seiten strömten sie zur Haupttreppe. Dann hinunter in den großen Aufenthaltsraum im Erdgeschoss. Zu einem Musik- und Tanzabend.

Da saßen sie nun im großen Gemeinschaftssaal. Es war Samstagabend. Wie gewohnt gab es ein wenig Unterhaltung. Ein Versuch, ihre getriebenen Seelen zu beruhigen. Einer sollte Klavier spielen. Es war der Musikant. So nannten sie ihn, denn er hatte eine Schule besucht und Noten studiert. Aber niemand hatte ihn je spielen gehört, jedenfalls nicht öffentlich. Allerdings wurde gesagt, dass er sich gelegentlich hier herunter verirrte und so durchdringend spielte, dass die Patienten davon mitten in der Nacht entsetzt aufschreckten und wach wurden.

Ansonsten fiel er keinem weiter auf. Denn er sah nie auf und sagte selten ein Wort. Jedenfalls sah man ihn selten oder nie mit jemandem reden. Vielleicht sprach er mit Besuchern, mit Freunden oder Pflegern. Man wusste es nicht so genau. Der Jüngling hielt sich meistens in seinem Zimmer auf. Nun aber hatte man ihn überredet, etwas zu spielen. Vielleicht der Direktor selbst, vielleicht einer seiner Freunde.

Hans Rott saß allein in seinem Zimmer. Von Ludwig Schlager, dem Anstaltsdirektor, hatte er einige Noten erhalten. Falls er sie brauchen sollte. Aber das tat er nicht. Er beherrschte jede Note auf diesen Seiten. Er wollte sie nicht einmal mit in den Saal nehmen.

Es war ein Stück von Schubert, eine Klaviersonate. Die war ihm wohlbekannt.

Schlager hatte ihn gebeten, am Abend zu spielen. Und Hans hatte zugesagt. Deshalb durfte er nun ein wenig in seinem Zimmer sitzen und sich sammeln. Er schaute unaufhörlich in die Noten, die er in der Hand hatte. Aber es war nicht das Stück, sondern Schubert, der seine Gedanken beschäftigte. Es war so bitter. Der Arzt hatte Schubert nur noch einige Monate zu leben gegeben. Da schrieb er diese Sonate. Die Krankheit zersetzte das Gehirn des Meisters, und eine drängende Finsternis drohte, jede neue Note auszulöschen, die er niederschrieb. Hans Rott war diese Finsternis bekannt. Hatte nicht auch er schon so viele Male versucht, sie zu verjagen? War das nicht dieselbe Finsternis? Hans Rotts Oberkörper schüttelte sich heftig. Die Finsternis durfte jetzt nicht über ihn kommen. Da er doch gerade das Licht auf den weißen Notenblättern spielen sah.

Tiefe Traurigkeit ergriff ihn, als er die Noten in der Hand hielt. Aber er würde die Sonate spielen. Er würde sie spielen! Er wollte seine ganze Seele, sein Herz in diese traurigen Töne legen. Er musste sich konzentrieren. Er streckte die Arme aus. Die Hände zitterten nicht. Sie waren völlig ruhig. Natürlich waren sie ganz ruhig.

Er stand auf und ging den Korridor entlang zur großen Treppe. Er war nun ganz bei der Sache. Er spürte, dass er gesammelt war.

Im großen Saal wurde gemurmelt. Man plauderte. Einige flüsterten einander lächelnd etwas ins Ohr. Andere lachten laut. Viele hatten feine Kleidung an und sahen elegant aus, mit ihren Uhrenketten und Kneifern. Andere trugen Anstaltskleidung.

Da saß einer, der an der Börse alles verloren hatte. Er war zum Bettler geworden, würde aber bald alles zurückgewinnen, wenn nur die Anstaltsleitung sich nicht weigerte, ihn gehen zu lassen.

Ein anderer hatte seine Frau gewürgt. Weil sie ihn verhext hatte. Nun saß er da und brabbelte gereimte Unbegreiflichkeiten.

Einen plagten fürchterliche Kopfschmerzen. Der Teufel selbst saß in seinem Kopf und nagte an seinem Hirn. Er fühlte es ganz deutlich.

Einer erzählte allen, die es hören wollten, dass er in einer Hundehütte saß. Aber da heute keine Jagd war, wollte man ihn nicht hinauslassen.

Einer meinte, von seiner Frau betrogen worden zu sein. Man habe ihn hergeschickt, weil er sie in ein dunkles Kellerloch gesperrt hatte.

Einer hatte sich in seiner Wohnung verbarrikadiert. Vom obersten Stockwerk aus hatte er gedroht, alle zu erschießen, die sich näherten. Er wollte schießen, weil die Welt voller Narren war. Alle waren gegen ihn. Aber nun saß er still.

Einer war da, dessen Schwester das Erbe nicht mit ihm teilen wollte und mithilfe des älteren Bruders bescheinigte, dass er wahnsinnig war. Auch er saß still.

All die anderen waren auch da, die sich meist wie Menschen verhielten und plauderten. Vielleicht verbarg sich hier eine spöttische Madame Melancholia hinter spielenden Augen und Gesten. Vielleicht gab es dort einen schlummernden dementen Zorn. Unmöglich, die Schwachstelle zu benennen. Falls es eine gab.

Alle saßen nun ruhig, außer einigen Patienten, die von hohlem, hartnäckigem und bellendem Husten geschüttelt wurden. Pfleger eilten mit Taschentüchern herbei, die auf blutbefleckte Lippen gepresst wurden. Es schien zu helfen, aber einer musste hinausgeleitet werden und hing in den Armen zweier Pfleger. Die Füße schleiften geräuschvoll über eine Schwelle. Eine schwere Tür schlug zu. Aber der schauderhafte Husten hallte noch lange im Korridor nach.

Das Gemurmel verstummte und wurde hoch oben von der Decke geschluckt. Es war ein großer Saal, eine mächtige Halle. Alle Menschen sahen darin klein aus.

Jetzt stand der Direktor auf dem Podium.

»Guten Abend und herzlich willkommen.«

Ludwig Schlagers Stimme war fest und sicher. Ebenso wie seine aufrechte Haltung.

»Ehe ich etwas über das Programm des heutigen Abends sage, möchte ich mit Stolz und Freude erwähnen, dass in der zurückliegenden Woche sage und schreibe vier Personen als gesund entlassen werden konnten. Und ich glaube wohl, dass der Tagesablauf, den ich hier einzurichten versucht habe, mit täglichen Beschäftigungen und Arbeiten für alle, zumindest teilweise zu dieser erfreulichen Entwicklung beigetragen hat. Neben Zeichnen, Handwerk, Skulptur, Weben und allem, was Sie ja gut kennen, haben wir auch etwas Neues. Etwas vollkommen Neues. Dieser Tage haben wir unseren ersten Patientengarten eingerichtet. Unseren ersten Gemüsegarten. Dort kann man Gemüse, Blumen und alles anpflanzen, was man sich nur vorstellen kann. An der frischen Luft mit dem zu arbeiten, was wächst, lebt und gedeiht, hat meines Erachtens eine gute Wirkung auf das Gemüt jedes Menschen. Aber wie ich schon früher einmal sagte …«

Der Direktor dämpfte seine Stimme etwas, und sein Blick verdunkelte sich.

»… so gibt es natürlich mächtige Feinde dort draußen. Ja, sogar hier in unserem eigenen Haus. Gelehrte Männer, die auf der Jagd nach unheilbaren Mängeln in Menschenleibern herumschneiden. Die meinen, düstere und schwere Gedanken ließen sich in defekten Hirnfasern finden und würden in aller

Ewigkeit im Kopf herumspuken. Ohne Hoffnung auf Hilfe. Sie wollen Geld für Schlösser und Drogen ausgeben und die Menschen eingesperrt halten. Sie in Finsternis und Verdrossenheit halten. Aber lassen Sie unseren grünen Garten diese Finsternis zerstreuen! Lassen Sie unseren grünen Garten die Verdrossenheit vertreiben! Lassen Sie uns Tomaten und Karotten in unserem Garten anbauen!«

Ein breites Lächeln trat auf das Gesicht des Anstaltsdirektors. Und es färbte auf die Zuhörer ab. Eine allgemeine Heiterkeit ging durch die Stuhlreihen. Der Direktor sprach weiter.

»Nun zum Programm des Abends. Wir werden von einer Tanz- und Gesangsgruppe unterhalten. Und wir haben auch einen Gast, der auftreten wird. Aber das wird eine Überraschung. Viel Vergnügen!«

Mit raschen Schritten verließ er das Podium, das sofort von einer Tanztruppe eingenommen wurde.

Die Blicke richteten sich auf einige farbige Trachten, die sich eine Weile im Tanz drehten. Dann hörte der Tanz auf, und die Tänzer auf der Bühne gingen in die Knie. Eine weiße Erscheinung offenbarte sich. Man hatte Räder und Flaschenzüge mit Seilen angefertigt, und schon entschwand die weiße engelhafte Gestalt zur Decke hinauf. Gleichzeitig ging das Licht aus. Ein erschauerndes Gemurmel ging durch den Saal. Als das Licht wieder anging, sah man einen grausigen schwarzen Drachen, der abgeseilt wurde. Das Drachenkostüm wurde abgeworfen, und man verbeugte sich vor dem Publikum.

Als das Licht gelöscht worden war, hatte er sich hinter einem Pfeiler versteckt. Mit Schubert in der Hand tastete er sich zum Klavier.

Es wurde geredet und getuschelt. Füße wetzten am Boden. Stühle schepperten. Hier und dort lachte jemand kurz auf. Und nicht jeder bemerkte den Jüngling, der mit großem, flatterndem Schopf am Klavier saß. Aber die Hände des jungen Mannes begannen, über die Tasten des etwas verstimmten und abgenutzten Instruments zu fliegen. Und die Zauberkraft war da. Das Gemurmel und das Knirschen der Sitze gingen langsam, aber unerbittlich in absolute Stille über. Der flatternde Schopf schaukelte über die schmutzig weißen Tasten hin und her. Deren Elfenbein glänzte, aber mit großen Kerben, als hätte ein Tier mit scharfen Zähnen daran genagt.

Aber die Klänge, die in den großen Saal hinausströmten, schienen wie Silber, schimmerten wie ein seltsamer Regenbogen aus Tönen.

Der Mann, der ein Hund war, schaute still in seine Hände.

Der, den seine Frau betrogen hatte, schaute still in seine Hände.

Und er, der gedroht hatte, jeden zu erschießen, der sich seiner Wohnung im obersten Stockwerk näherte, schaute still in seine Hände.

Und er, der den Teufel selbst in seinem Kopf hatte, schaute still in seine Hände.

Und er, der von seiner gierigen Schwester um das Erbe gebracht worden war, schaute still in seine Hände.

Aber der Mann mit der Bandage um die Stirn schaute nicht in seine Hände. Er saß mit zurückgelehntem Kopf und starrte stumm und vollkommen unbeweglich auf etwas, das sich hoch oben an der Decke befand.

Als der Jüngling fertig gespielt hatte, war die Stille so kompakt, dass man sie fast mit Händen greifen und zwischen die Finger hätte klemmen können.

»Nun gehen wir in unsere Zimmer zurück. Wer möchte, kann sich dort am Tisch in der Ecke eine Tasse Kaffee mitnehmen.«

Die Verzauberung war zerstört.

In derselben Nacht gelang es ihm endlich, dem Mann mit der Bandage über die Stirn. Diesmal stieß er nicht mit dem Kopf gegen die Wand.

Ein Pfleger hatte vergessen, die Oberlichte seines Zimmers zu schließen. Irgendwie war es dem Unglücklichen gelungen, sein Laken an dem kräftigen Fensterhaken zu befestigen. Als man ihn am Morgen fand, pendelten seine Füße im Luftzug ein Stück über dem Fußboden hin und her.

Im Morgengrauen kam eine Ambulanzkutsche und holte den Leichnam ab. Die Kutsche hielt am Haupteingang. Weiße Männer mit einer Bahre liefen routiniert und rasch ein und aus.

Wer wach war, hörte den Wagen knirschend über den Sandweg im großen Park verschwinden. Gleich darauf erschallte das Geklapper von Pferdehufen auf den Pflastersteinen, das im Morgennebel verschwand.

Im großen Saal stand das schwarze, einsame Klavier und glänzte schwach im gedämpften Licht der Gaslampen. Der Deckel war geschlossen. Und es war ordentlich verriegelt.

Der Pfleger lief über den Mittelgang zu einem Kollegen hinüber und fuchtelte wild mit den Armen. Unaufhörliche Schreie folgten ihm dicht auf den Fersen.

»Er ist wieder völlig außer sich. Sagt, dass er den Urin anderer Patienten trinken muss. Und dass Brahms die ganze Nacht an die Wände klopft.«

»Was sollen wir machen? Sollen wir Meynert rufen, oder …?«

»Meynert! Du machst wohl Witze. Mitten in der Nacht! Er schläft bei seinen Gehirnen und Skalpellen. Übrigens hat er sowieso keine Zeit, sich zu kümmern. Das weißt du doch.«

»Ja, ja. Aber wir müssen etwas tun. Er weckt ja alle auf. Dann müssen wir eben zu Hansum. Vielleicht muss der Patient verlegt werden?«

»Nein, nein. Das kann nur Schlager entscheiden. Ich habe eine Idee: Bei Meynert arbeitet ein ganz junger Arzt. Er geht immer herum und spricht mit den Patienten. Auf ganz andere Weise. Ich habe gemerkt, dass sie oft ruhiger werden, wenn er bei ihnen war.«

»Und wo ist er jetzt?«

»Vermutlich im Labor. Er hat ein eigenes Zimmer dort. Und er hat Bereitschaft diese Woche. Also nichts wie hin!«

Der eine Pfleger eilte zum Laboratorium, um Meynerts Assistenten zu holen. Der andere stellte sich an die Tür des vollkommen unbändigen Patienten.

Der junge Arzt kam über die Schwelle. Der Pfleger trat zur Seite und entfernte sich mit einem Nicken. Der Arzt setzte sich genau vor den schreienden Jüngling, der sich im Bett hin und her warf. Die fest angezogenen Riemen schnitten in seine Fuß- und Handgelenke. Immer wieder schrie der Patient Brahms' Namen. Schrie, dass Brahms an die Wände klopfe. Kalter Schweiß perlte auf seiner Stirn. Seine Augen waren aufgerissen, der wie ein Bogen gespannte Rücken zuckte. Die gefesselten Handgelenke schlugen auf den Lattenrost.

»Pfleger!«

Der Besucher rief in den Korridor hinaus. Ein weiß gekleideter Mann eilte heran.

»Bitte nehmen Sie die Riemen ab!«

Er musste seine Stimme heben, weil sie sich mit den Schreien nach Brahms mischte.

»Bitte nehmen Sie die Riemen ab!«

»Aber …«

»Bitte!«

Der Pfleger begann zögernd und nervös, die Riemen um die Fußgelenke zu lösen. Er hielt immer wieder inne und schaute fragend auf Meynerts Assistenten.

»Verstehen Sie mich nicht? Beeilen Sie sich!«

»Aber das kann doch nicht richtig sein.«

Alle Riemen waren entfernt und der Jüngling fuchtelte mit den Armen. Seine Augen starrten ins Nichts.

Der Besucher griff ihm jetzt mit beiden Händen hinter die Ohren und massierte ihn unterhalb der Ohrläppchen. Abwechselnd bearbeitete er auch die heißen Wangen. Gleichzeitig wiederholte er immer wieder, dass Brahms nicht hier war. Der Jüngling warf noch immer den Kopf herum, sank aber nach einer Weile in sich zusammen und stierte unbeweglich zur weißen Zimmerdecke hinauf.

»Hören Sie mich? Hören Sie mir einmal zu!«

Meynerts Assistent suchte den Blick des Jünglings, der ihm

immer wieder entwich. Wieder versuchte er es. Aber der Jüngling stierte nach wie vor zur Decke hinauf.

»Brahms ist tot!«

Die Worte des Assistenten hallten durch das Zimmer.

»Brahms ist tot!«

Der Jüngling wurde ganz still und schaute den Assistenten an.

»Welcher Brahms? Ich kenne keinen Brahms.«

Der Assistent sah einen Augenblick zur Seite.

»Natürlich kennen Sie keinen Brahms.«

Der Jüngling sah zu seinem Besucher hinauf.

»Wer sind Sie? Warum sind Sie hier?«

Der Assistent legte seine Hand ganz leicht auf den Arm des Patienten.

»Ich habe noch nie von diesem Brahms gehört. Ich möchte über ganz andere Dinge mit Ihnen sprechen. Ich möchte mit Ihnen über Ihre Träume sprechen, Ihre Fantasien, Gedanken, Visionen, Bilder. Verstehen Sie, was ich meine?«

Der Jüngling nickte und beobachtete den unbekannten Besucher. Der sah kurz auf seine Knie hinunter und strich mit den Händen über die Hosenbeine.

Nach kurzem Schweigen sammelte er sich.

»Wenn Sie nachts träumen, kommen dann bestimmte Sachen immer wieder? Ich meine, träumen Sie häufig von denselben Dingen?«

Der Patient bearbeitete seine Unterlippe und antwortete mit steifem Schweigen. Der kalte Schweiß glitzerte auf seiner Stirn. Die Tropfen vereinten sich zu Rinnsalen über die Wangen. Worte wollten heraus, wurden aber von den knirschenden Zähnen zurückgehalten. Aber bald brachen sie hervor.

»Es ist Mutter.«

Er schloss fest die Augen.

»Ich höre sie an meinem Bett atmen. Ganz nah. Ich sehe sie jede Nacht.«

Meynerts Assistent beugte sich tief über das Bett.

»Warum denn das? Warum, meinen Sie, besucht sie Sie so oft?«

»Weil ich sie schlecht behandelt habe.«

»Wie meinen Sie das?«

Es wurde still.

»Wie meinen Sie das?«

Der Jüngling richtete den Blick gegen die Wand, warf den Kopf in den Nacken und begegnete dem Blick des Assistenten. Geradewegs und überrumpelnd.

»Ich war ein uneheliches Kind. Kein richtiges. Das habe ich ihr vorgeworfen. Ich habe sie deswegen gehasst. Aber ich wollte nie etwas zu ihr sagen. Ich konnte sie doch nicht hassen. Ich liebte doch meine Mutter. Aber es war trotzdem ihre Schuld.«

»Was?«

»Dass ich ohne richtige Mutter, ohne richtigen Vater geboren bin. Ich hatte keinen richtigen Namen, wie ein Findelkind. Eins, das man auf der Straße findet. Und mein Bruder …«

»Ihr Bruder?«

»Ja, er hat einen anderen Vater. Und Mutter … man tuschelte über sie. Sie war nicht … die Leute flüsterten … die schlimmsten Dinge …«

Der Assistent unterbrach ihn.

»Und wie ist es heute? Haben Sie einen richtigen Namen?«

»Doch, ich habe einen Namen. Vater hat meine Mutter später geheiratet.«

»Und?«

»Aber geboren bin ich unehelich. Ich gehörte nirgendwohin. Und es wurde hinter vorgehaltener Hand darüber geredet. Das habe ich an den Kameraden gemerkt. Sie hatten alle richtige

Mütter und Väter. Ich träume immer noch, dass ich nicht richtig bin. Das tut weh. Und daran ist Mutter schuld. Sie hat mich verlassen. Sie hat mich allein gelassen. Warum hat sie mich im Stich gelassen? Ich war noch nicht einmal vierzehn. Aber ich habe mich entschlossen, sie zu verteidigen. Ich wollte irgendwie an ihre Stelle treten. Sie sollten ihre schmutzigen Pfeile auf mich schießen, ihre boshaften Speere nach mir werfen. Aber ich wollte mich vor die Mutter stellen. Ihr durfte nichts zustoßen.«

Der Besucher unterbrach ihn.

»Erzählen Sie mehr von Ihren Träumen. Was träumen Sie?«

Der Patient schwieg einen Moment. Dann sah er auf. Und jetzt brannte sein Blick.

»Ich träume immer, dass ich auf dem Gehsteig einen großen runden Stein mit dem Fuß vor mir her stoße. Auf dem Weg nach Hause, von der Schule. Sie hatten sich wieder über mich hergemacht. Ich war unehelich. Mutter war keine anständige Frau, sagten sie. Sie standen aufgereiht und lachten und zeigten mit dem Finger auf mich. Unehelich! Keine richtige Mutter und kein richtiger Vater. Es war unerträglich. Mutter arbeitete am Theater. Sie sang sich durch die Theater der Stadt. Ich sah sie im Traum, sie war wie ein schöner Schmetterling. Vater stand auch auf der Bühne. Keiner konnte die Leute so unterhalten wie er. Aber er war nicht viel zu Hause. Und Mutter kam immer spät … und …«

Der Assistent unterbrach.

»Aber jetzt ist es kein Traum?«

Der Jüngling schwieg einen Augenblick, ehe er fortfuhr.

»Manchmal hörte ich Mutter wie im Nebel, wenn ich eingeschlafen war. Aber ich wollte sie doch bitten … Ich träumte immer, dass ich sie bitten wollte, mich von der Schule abzuholen. Mit einem Wagen. Elegant und würdig sollte es sein. Sie sollten doch sehen, dass ich eine richtige Mutter hatte. Auch Vater könnte ab und zu kommen. Sie sollten doch sehen, dass ich richtig war. Nicht in einer schmutzigen Gosse gefunden. Oder von einem armen Menschen verschenkt. Oder aus so einem unheimlichen Haus geholt, wo die Kinder jeden Tag geschlagen, mit Peitsche und Schelte zur Arbeit gezwungen wurden und wo sie hungerten, schmutzig und mager waren. Sie sollten es doch sehen!

Einmal war letzter Schultag, und sie wollten kommen. Beide. Nicht Großmutter. Nein, diesmal nicht Großmutter. Sie wollten beide in einem Wagen kommen, elegant und würdig. Sie würden vornehm gekleidet sein und mich abholen. Alle sollten sehen, dass ich richtig war.«

Der Jüngling schaute zur Decke hinauf. Ein schwaches Lächeln spielte um seine Lippen.

»Sie kamen. In einem Galawagen. Mit weißen Pferden, die wehende und glitzernde Federbüsche trugen. Und der Kutscher hatte eine Uniform mit leuchtenden Streifen aus reinstem Gold. Und einen dreieckigen Hut. Im Galawagen saßen die Königin und der König. Und Kammerjungfern wedelten mit Fächern, um die heiße Stirn der Königin zu kühlen. Es war warm, und die Sonne brannte über dem Schulhof, als der Wagen einrollte. Die weißen Pferde blieben stehen, zwei Diener sprangen ab, um den Schlag zu öffnen, und verneigten sich vor den herrschaftlichen Insassen. Einer der Diener fegte eilfertig eine Pfütze mit einem goldglänzenden Reisbesen fort. Der König stieg zuerst aus. Er stellte sich mit dem Gesicht zur Wagentür, um der Königin höflich beim Aussteigen zu helfen. Jetzt sah ich, dass es mein Vater war! Er war es, und nun half er der Königin über die steile Stufe. Meine Mutter lächelte in die Sonne. Alle waren höchst erstaunt. Sie verneigten sich der Reihe nach, als Mutter und Vater Hand in Hand über den

Schulhof gingen. Sie kamen, um mich abzuholen. Alle waren so verblüfft, dass sie vor all dem Glanz auf die Knie fielen. Mir wollte das Herz zerspringen. Ich hatte einen Namen. Ich war jemand. Ich wollte der Königin entgegenlaufen und sie umarmen. Ich warf mich mit aller Kraft vorwärts, warf mich meiner Mutter entgegen. Aber meine Füße trafen den großen runden Stein, und der flog in einem Bogen auf und traf die Königin an der Stirn. Sie fiel in die Arme des Königs, ihr Kopf hing schlaff und schaukelnd über dem Boden. Die gewaltige Wucht hatte einen großen Abdruck hinterlassen, der sich über ihre Stirn ausbreitete und immer größer wurde. Ihr Gesicht war bald eine einzige klaffende Wunde, dann verschwand es. Ich sank vor Scham in den Boden. Ich hatte keinen Namen. Und sie standen dort aufgereiht. Alle Schulkameraden. Das Gelächter wogte hin und her. Mutter hing leichenblass in Vaters Armen. Sie ließ mich im Stich. Im Stich! Man darf so nicht sterben. Sie durfte doch so nicht sterben! Sie konnte doch auf diese Weise nicht von mir gehen. Dann zog mich jemand in den schwarzen Wagen hinein, der in rasendem Tempo in die Nacht verschwand. Ich sah, wie dunkle Baumkronen vorbeiwirbelten und wie der Mond zwischen schwarzen Wolken dahinsauste. Dann wachte ich auf. Ständig derselbe Traum. Derselbe Traum von Mutter, die mich im Stich lässt, wenn ich sie brauche. Es ist albern. So ein dummer Traum. Aber er will mich nicht loslassen. Es ist merkwürdig.«

Der Assistent rieb sich das Kinn.

»Sie hat Sie nicht im Stich gelassen. Aus den Papieren habe ich erfahren, dass sie nach kurzer Krankheit verstorben ist. Eine Blutkrankheit, die in der Verwandtschaft vorkommt. Es hatte nicht das Geringste mit Ihnen zu tun. Aber jetzt hören Sie einmal zu. Lassen Sie sich ganz fallen. Stellen Sie sich ein sanftes Licht vor und schließen Sie die Augen. Sie sehen nur den

Horizont mit Schiffen und Segeln oder gar nichts Besonderes – nur Horizont. Und nun sehen Sie die Sonne. Sie kommt näher und näher. Und sie wird größer und größer. Stellen Sie sich vor, dass Ihre Mutter hier im Zimmer sitzt. Mitten in dieser gewaltigen, warmen Sonne. Denken Sie sich, dass sie hier sitzt. Dort drüben in der Ecke. Wie im Traum. Sie sind zurück im Traum. Sehen Sie sie? Was würden Sie sagen? Sie sitzt hier, und was sagen Sie?«

Der Assistent erhob sich und sah in die Ecke.

Der junge Mann blickte in dieselbe Richtung, ohne zu sehen.

»Ich würde sagen, dass ich einen Namen habe.«

»Dann sagen Sie es doch! Sagen Sie, dass Sie einen Namen haben.«

Es kam. Kaum hörbar.

»Ich trage ihren Namen …«

Das große Fresko, das sich über die enorme Kuppel des Piaristenklosters ausbreitete, begann sich zu drehen und sich langsam an der Decke über seinem Bett zu spiegeln. Es hob sich immer höher. Und er sah sie. Wie sie zum Himmel hinaufschwebte. Sie verschwand wie ein Stern am Himmelsgewölbe.

Als der junge Arzt das Zimmer verließ, schlief der Patient bereits tief.

Der Assistent kehrte ins Laboratorium zurück und fand Meynert an seinem Schreibtisch in tiefem Schlaf. Einige Papiere waren ihm aus der Hand geglitten und lagen auf seinem Schoß. Das schwere Schnarchen ließ die Spirituslösung im Glas vor seinem großen Kopf in kleinen Ringen sich gegen das Innere des Glases bewegen. Als ob darinnen etwas lebte. Der eine Ellbogen war offensichtlich an die Lampe gestoßen, sodass sie etwas schräg stand. Das scharfe Licht bohrte sich durch das

Glas des Gefäßes. Unbarmherzig und hart. Das tote Herz sah aus, als drehte es sich sacht in der schimmernden Flüssigkeit.

Der Assistent bemerkte, dass eines von Meynerts Papieren auf den Fußboden gefallen war. Er wusste, dass der berühmte Psychiater als Sachverständiger an einer kommenden Auflage von Meyers riesigem Konversationslexikon arbeitete. Daher konnte er der Versuchung nicht widerstehen, einen Blick auf das dicht beschriebene Blatt zu werfen:

Die Einteilung der Geisteskrankheiten ist bis jetzt auf anatomischer Grundlage nicht möglich. Bei Geisteskrankheiten handelt es sich um diejenigen Krankheiten, welche sich durch Störungen im Gebiet der Sinneseindrücke, des Vorstellens, Wollens oder Handelns kundgeben. Wahnideen, Wahnsinn und Verfolgungswahn sind grundsätzlich unheilbar. Jede Abnormität in dieser Hinsicht, und sei es auch die geringste, muss durch Wegsperren behandelt werden. Jede Überanstrengung des Gehirns, angestrengte geistige und gemüthafte Erregung sowie leidenschaftliche Erregungen sind zu vermeiden. Beim Patienten muss auf Gewöhnung an Unterordnung unter objektiv gegebene Verhältnisse hingewirkt werden.

»Das darf doch nicht wahr sein!«

Der Assistent warf das Blatt auf den Schreibtisch. Er ging rasch an den Bänken mit den Skalpellen und den zerschnittenen Gehirnen vorbei, die ihm mit einem Mal widerlich waren. Er glaubte nicht mehr von ganzem Herzen daran, dass alle Antworten bei beschädigten Nerven und angeblich defekten oder falsch gewachsenen Fasern im Gehirn zu suchen waren. Sie konnten nicht die ganze Wahrheit ausmachen. Er begann sich zu fragen, was er eigentlich hier im Krankenhaus tat. Er schloss die Tür zu seinem Zimmer.

Da entdeckte er, dass jemand ein neues Gehirn zum Sezieren auf seinen Tisch gestellt hatte. Daneben lag ein Zettel. Obenauf ganz förmlich: *Herr Dr. Freud, dies ist Erhard Reder, Zimmer Nr. 16. Das Hirn ist unter der Nr. 167 registriert. Patient mit Mythomanie. Psychopath. Erwarte Rapport morgen.* Der Zettel war lediglich mit einem großen »M« unterzeichnet.

Der Assistent war ebenso müde wie sein Lehrmeister und schlief ein, ohne überhaupt einen Blick auf seine scharfen Werkzeuge geworfen zu haben.

Hans setzte sich eilig auf. Er fuhr mit seinen abgemagerten Fingern durch den welligen Schopf. Dann brach ein breites Lächeln auf seinem mitgenommenen Gesicht hervor.

»Du bist es! Mein Herr Professor!«

Der Besucher mit dem großen braunen Rock ging einen Schritt auf das Bett zu, in der Hand ein zerschlissener Hut. Die Sonne, die ihren Weg durch die Fenster gefunden hatte, wurde gar nicht gebraucht – es wurde auch ohne sie warm. Anton Bruckner ließ sich auf der Bettkante nieder.

»Hans, ich glaube, wir sollten hinausgehen. In den Park. Es ist ein strahlender Tag.«

»Aber ich friere etwas. Es ist wohl eine Erkältung.«

»Das gibt sich schon. Komm nur.«

»Pfleger! Pfleger!«

Bruckner rief nach einem Pfleger und bat um zwei Gläser. Sie gingen in den großen Park hinaus, zum runden Platz in der Mitte der Anlage. Dort stand ein großer Baum, der seine mächtige Krone über Büsche und Blumen ausbreitete.

Ein Stück weiter befanden sich ein runder Teich und ein plätschernder Springbrunnen. Weiße Wolken glitten gemächlich wie dösende Spiegelungen über das gekräuselte himmelblaue Wasser. Blumenbeete neigten sich zu den mit Kies bestreuten Wegen hinab, die sich durch die Wiese schlängelten.

Sie gingen über das Gras und setzten sich an einen runden Tisch. Eine massive Eichenplatte auf einem Fuß aus Gusseisen. Auch die Stühle waren aus Eisen und hatten unterschiedlich geschmiedete Muster.

Bruckner zog einen der schweren Stühle für Rott heran und faltete die Decke auseinander, die er mitgenommen hatte. Er legte sie über Rotts Knie. Ein milder Windhauch wehte über den Boden. Sie schauten sich im Grünen um. Einige verwegene Spatzen näherten sich. Einer von ihnen tippelte geradewegs zu Rotts Füßen und blinzelte hinauf. Bruckner griff in seine tiefen Rocktaschen und holte zwei Flaschen Bier hervor.

»Schwechater, Hans! Feinstes Malz. Feinster Hopfen.«

Er stellte die Flaschen auf den Tisch und schenkte ein. Das helle Pils schäumte und glänzte golden.

Gerade als Hans das Glas zum Mund führen wollte, begann er zu husten. Hartnäckig und hohl. Als wollte es nicht aufhören.

»Wie lange hast du diesen Husten schon?«

»Ach was. Ein paar Wochen. Nichts Ernstes, glaube ich.«

Aber schon kam ein neuer Anfall. Bruckner konnte nur seinen Arm auf den bebenden Rücken legen. Hans sah mit feuchten Augen auf die Decke auf seinem Schoß.

»Nein, du hast natürlich recht. Du kannst dich ganz sicher fühlen. Alles ruht in Gottes Händen. Und er hat Großes mit dir vor. Ich weiß es. Denn ich spreche jeden Tag mit ihm und glaube, dass er mich anhört. Weißt du, jeder Ton, den ich zu Papier bringe, auch der simpelste, ist dem Himmel gewidmet. Das kennst du ja schon …«

Bruckner griff nach seinem Glas. So heftig, dass ein Teil des hellen Inhalts überschwappte.

»Auf dein Wohl!«

Sie tranken einander zu. Bruckner zog zwei weitere Flaschen Pils aus seinen geräumigen Taschen. Ausgelassen wandte er sich Hans zu, der laut rülpste, ehe er das frisch befüllte Glas ansetzte.

»Hans, wir werden wieder gemeinsam spielen. Wir fragen die Mönche in der Klosterkirche, ich meine natürlich die Piaristen, ob wir einmal die Orgel benutzen dürfen, nicht wahr?

Engel und Himmel atmen durch diese Orgel. Du erinnerst dich sicher an die schillernden Klänge. Wir setzen uns einfach hin und spielen. Genau wie zu Schulzeiten. Ach, übrigens«, Bruckner lachte auf, »erinnerst du dich an den gottlos heißen Tag, als ich ins Kloster kam und eine Flasche Pils mithatte? Wir tranken abwechselnd. Wenn einer trank, stand der andere Schmiere am Fenster und spähte über den Klosterhof. Wir spielten und stellten die Flasche an den Rand des Klaviers. Du zogst einige Bässe, und die Flasche krachte auf den Fußboden. Haben wir das Zeug nicht mit deinem Hemd aufgetrocknet? Ja, genau! Du musstest dein Hemd opfern!«

Hans lächelte.

»Ja, gleich nach der Musik ist wohl Bier deine zweitgrößte Leidenschaft, Anton. Ich bin sicher, dass Gott dir das verzeihen wird. Wahrscheinlich hat er es schon getan.«

»Aber nächstes Mal sind wir vorsichtiger. Wir warten mit dem Pils und essen etwas. Wie früher … aber diesmal lade ich dich auch zum Essen ein!«

Bruckner lachte, amüsiert vom schlechten Gewissen längst vergangener Zeiten.

»Natürlich. Selbstverständlich lade ich dich zum Feinsten ein, das wir finden, Hans!«

Es war einen Moment lang still. Bruckner rollte seinen Hut zwischen den Fingern. Die Sonne verschwand allmählich hinter dem großen Baum. Es wurde kühler im Schattenspiel über der hellen Tischplatte. Bruckner stand auf und nahm die Decke von Hans. Sie gingen zum Eingang zurück.

Im Zimmer drehte Bruckner wieder seinen Hut.

»Ich habe mit meiner ersten Oper angefangen. Aber das bleibt unter uns. Sie handelt vom Reinen. Von Menschen ohne Hintergedanken, ohne Berechnung, ohne Gehässigkeit. Keine Falschheit, keine Eitelkeit, kein Hass und keine Missgunst.

Der wahre Mensch. Wie Gott ihn sich gedacht hat. Ich möchte Gott erfreuen, verstehst du?«

»Erzähl weiter!«

»Aber das ist wohl nichts für dich, das glaube ich nicht. Nur etwas, das auf mir lastet. Die reine Oper … ich hab es schon oft versucht, Noten und etliche Verse geschrieben. Und alles wieder zerrissen. Es ist keine leichte Aufgabe, die Gott mir gestellt hat. Aber ich weiß, dass sie getan werden muss. Aber bin ich Gottes Werkzeug?«

Bruckner schaut in seine Hände, als sähe er etwas Unmögliches.

»Falls überhaupt jemand es schafft, dann bist du es, Anton.«

Bruckner wiegte gemächlich hin und her. Nach einer Weile kam es zögerlich über seine Lippen:

»Ich möchte doch nur, dass Gott sich seiner Schöpfung nicht zu schämen braucht …«

Das Scheppern von Stühlen. Das Trampeln von Füßen im Korridor. Das Geräusch von Türen, die geschlossen und geöffnet werden. Entfernte Rufe. Das Quietschen leerer Servierwagen. All der aufdringliche Lärm, der die Stille störte. Bis Anton Bruckner wieder das Wort ergriff.

»Schreibst du etwas, Hans? Du weißt, dort draußen gibt es viele, die auf dich warten. Unzählige! Man möchte dich wieder sehen. Deine Werke hören. Ich habe mit den Leuten von Sankt Florian gesprochen. Es sieht aus, als könntest du die Organistenstelle dort bekommen. Endlich! Ich habe ihnen geschrieben – ich weiß nicht, wie oft.«

Hans sah zum Fenster hin, wo das stumpfe Sonnenlicht nun durch die Gitterstäbe sickerte. Er erstarrte.

»Aber er dort! Der da draußen wartet. Seine Agenten werden mich töten. Mir alle Noten rauben …«

»Nein, nein, gewiss nicht. Der Alte fängt an, in die Jahre zu kommen und zu geifern. Er ist halb wahnsinnig. Man sagt, er geht dauernd im Park spazieren. Wenn er kleine Kinder sieht, läuft er ihnen nach und teilt Süßigkeiten aus, die er immer in seinen Taschen hat. Uns andere lächelt er freundlich unter seinem Bart an. Ha! Nichts als Härte, Sarkasmen und Boshaftigkeit. Nimm doch den Kerl nicht ernst.«

Bruckner hielt plötzlich inne.

»Gott möge mir verzeihen, dass ich geringschätzig über einen geachteten Bruder spreche.«

Er sah ängstlich nach oben und bekreuzigte sich rasch.

»Ach was, Hans, hör mal! Vor ihm brauchst du keine Angst zu haben. Wer weiß, vielleicht verbirgt sich hinter dem gewaltigen Bart der armseligste Schafskopf?«

Bruckner lachte laut auf und bekreuzigte sich abermals. Er sah, wie sich das Gesicht seines ehemaligen Schülers aufhellte. Hans sah Bruckner mit einem Zwinkern an.

»Vor einigen Nächten habe ich einen Brief an Herrn Johannes Brahms geschrieben. Der liegt hier in der Schublade. Du musst zumindest den Schluss hören.«

Hans streckte sich zur Schublade im Nachttisch, aber er erreichte sie nicht. Bruckner musste ihm helfen.

»Ich habe Folgendes geschrieben:

Ich habe mein neues Streichquartett fertig komponiert. Und nun sitze ich in der allerkleinsten Räumlichkeit des Hauses. Vor mir habe ich in der einen Hand mein eigenes Werk. Und hinter mir in der anderen eines der Ihren …«

Hans lachte laut. Zum ersten Mal an diesem Nachmittag. Vielleicht zum ersten Mal seit sehr langer Zeit. Vielleicht zum ersten Mal, seit er an diesen unglückseligen Ort geschleppt worden war?

Nachdem der Pfleger Anton Bruckner in den Korridor hinausbegleitet hatte, rief es aus dem Dunkeln zu ihm hinein:

»Jetzt müssen Sie schlafen, Herr Rott. Sie haben heute weder zu Mittag noch zu Abend gegessen. Das macht müde. Sie sollten mehr an sich denken. Vielleicht kann ich Ihnen etwas zurechtmachen. Aber natürlich erst später.«

Es war Herr Hansum, der Abteilungsleiter. Er und seine Frau waren die Einzigen, die ihn besuchten, auch wenn sie es nicht mussten. Sie brachten ihm zuweilen auch außerhalb der Mahlzeiten etwas zu essen, das Frau Hansum so freundlich gewesen war, für ihn zu kochen. Obwohl sie es keineswegs tun hätte müssen. Nicht im Geringsten. Aber sie tat es. Sie brachten ihm auch allerlei andere Dinge, um die er sie bat. Obwohl sie es nicht tun hätten müssen, auch neues Notenpapier. Und das hätten sie wirklich auch nicht tun müssen.

Hans war diesen Lichtgestalten sehr dankbar. Sie waren fast die Einzigen, die die Finsternis hier drinnen erleuchteten.

Die Tür schlug mit einem Knall zu. Das Eisengitter vibrierte dumpf.

Er fand, es klang wie ein riesiges Paukenfell.

Anton Bruckner war bereits ein Stück über den Pfad durch den Park gegangen. Nun bog er zur Rückseite des großen Gebäudes ab. Dann wollte er auf die Straße hinaus und einen Fiaker nehmen. Aber unter den Bäumen bemerkte er einen merkwürdigen Garten. Hier drängten sich allerlei Kräuter, Gemüse, Früchte und Blumen. Ein farbenprächtiges Pflanzenwirrwarr. Er fühlte sich aufgeräumt und atmete tief ein, als wollte er sich mit allen Kräften und allem Leben füllen, das hier so stark duftete. Er hielt den Atem an – lange.

An der Seite des Gartens und hinter einem Zaun befand sich eine Grünfläche. Dort war es anders. Hier wuchsen keine Früchte, kein Gemüse, keine Blumen. Nur wilde Büsche, grau, mit stachligen, struppigen Zweigen. Hier stand eine Unzahl kleiner Kreuze aus rostigem Eisen, nachlässig in den Boden gesteckt. Sie schienen alt zu sein, von Moos überwuchert, ungeordnet und schräg. Manchmal so, als würden sie übereinander klettern. Alle waren mit Nummern versehen: 211, 137, 185 …

Ein Getümmel der armen Teufel, die ihre letzten Jahre im Krankenhaus verbracht hatten. Einsam, ohne Freunde, unbekannt, vergessen.

Einigen von ihnen waren wohl die Schädel aufgesägt worden, man hatte die Hirnwindungen herausgerissen und zerschnitten. Das hatte er gehört. Natürlich tat man es im Namen der Wissenschaft. Aber er konnte den Gedanken nicht loswerden.

In gewisser Weise war es faszinierend. Was befand sich unter den harten Schädelknochen? Wie sahen Gedanken aus? Wie erschienen Töne da drinnen? Vielleicht konnte man wenigstens Tonarten sehen. War das möglich? Konnte man E-Dur sehen? Oder A-Dur? Und wie war es mit C-Dur? Das war doch eine ganz gewöhnliche Tonart. Jeden Sonntag wurden Kirchenlieder in C-Dur gesungen. Das müsste doch zu sehen sein. Hatte jemand das zu Gesicht bekommen? Eine Spur entdeckt? Es musste wohl irgendwann ein vergessener Musiker hier eingeliefert worden sein. Aber was für ein Unsinn! Niemand konnte Tonarten sehen. Obwohl – ein Komponist, der vor einigen Jahren Wien besucht hatte, behauptete bestimmt, dass die verschiedenen Tonarten eigene Farben hätten. Und wenn das richtig wäre, dann … Zuweilen wünschte er, er hätte sich mit Anatomie statt mit Musik beschäftigt.

Wie wäre es – könnte man dann Gottes Schöpfung verstehen? Könnte man die mächtigen Schläge von Engelsflügeln ahnen? Hinterließen sie Abdrücke? Natürlich! Das hatte er doch mit eigenen Augen gesehen! Er erinnerte sich daran, als man

Beethovens Grab geöffnet und die Gebeine des unvergleichlichen Meisters zum Zentralfriedhof überführt hatte, da hatte er gefleht, dabei sein zu dürfen. Die Totengräber hatten den vergilbten Schädel ausgegraben. Er hatte ihn halten dürfen. Er hatte dort mit Beethovens Schädel in der Hand gestanden. Es war kein Menschenschädel, kein Menschenknochen. Es waren deutlich heilige Reste, die Engel auf der Erde hinterlassen hatten. Und als er sich vorgebeugt hatte, um den Schädel ins Grab zurückzulegen, hatte sich ein Glas aus seinem Kneifer gelöst und war durch eine Augenhöhle in den Schädel gefallen. Es war ein schönes Gefühl gewesen. Er erinnerte sich daran, wie unerhört schön das Gefühl gewesen war. Als würde er an der Hand eines Engels über die wunderschönen Pfade und Gefilde des Himmels geleitet. Er hatte den Atem der Engel im Nacken gespürt, als sie sangen. Ganz deutlich.

Unwillig gab er den Gedanken an das Unfassbare auf. Er musste ihn beiseitelegen. Er beschleunigte seine Schritte, stolperte an all den Nummern vorbei und auf die offene Straße hinaus. In Raum und Luft.

Er hielt einen Fiaker an und stieg ein. Er sank in den bequemen Sitz. Das vertraute, rhythmische Geklapper der Hufe drang bald an seine Ohren. Aber in seinem Kopf begann ein unbestimmtes und unbehagliches Gefühl zu nagen. Und das verfolgte ihn auch die vier Stockwerke hinauf bis zu seiner Wohnungstür.

Sie trugen Möbel aus dem Torweg in der Rotenturmstraße, sodass er fast umgestoßen worden wäre. Vor dem Haus stand ein halb beladener Wagen. Ein Cello steckte zwischen den Lehnen einiger Stühle. Er erkannte es sofort wieder.

Er hielt einen der Männer an, der eine große Kiste in den Armen hatte.

»Was geht denn hier vor sich? Wohin bringen Sie diese Sachen?«

Der Mann stellte die Kiste auf den Wagen. Man hörte das Klirren von Porzellan.

»Ins Magazin, der Herr. Ins Magazin.«

»Magazin?«

»Sie müssen Frau Haffner fragen, der Herr.«

Joseph Seemüller machte eine resignierte Geste.

»Wer hat diesen Umzug in Auftrag gegeben?«

»Fragen Sie die Dame, Herr. Fragen Sie die Dame …«

Seemüller lief in den zweiten Stock und pochte an die Tür. Die Witwe eines der reicheren Juweliere der Stadt öffnete und steckte ihren Kopf heraus.

»Die Miete hätte vorgestern bezahlt sein müssen. Und ist es nicht eine Schande, die schönen Zimmer leer stehen zu lassen? Ich könnte sie wieder vermieten und mehr dafür bekommen. Sie wissen, wie dringend ich das Geld benötige.«

Seemüller wusste das. Er reichte ihr einige Scheine.

»Hans Rott kommt zurück. Hier ist die Miete für zwei Monate. Und noch etwas mehr. Und Sie sehen bitte zu, dass alles wieder hergerichtet wird, gute Frau.«

Die Vermieterin schielte nach den Möbelpackern, die einen Sekretär trugen. Misstrauisch sah sie Seemüller an.

»Er ist doch seit Ewigkeiten nicht hier gewesen. Ich sollte wohl das Recht haben, neu zu vermieten. Wo steckt er überhaupt?«

Seemüller trommelte wiederholt laut mit dem Finger auf die Brieftasche.

»Er kommt zurück.«

Sie schaute ihn noch misstrauischer an. Aber er hielt ihr einen weiteren Schein hin, den sie rasch einsteckte. Als sie die Tür schließen wollte, hob sie die Hand.

»Fast hätte ich es vergessen, würden Sie bitte einen Augenblick warten?«

Sie verschwand und kam mit einem großen Umschlag zurück.

»Das hier ist für Herrn Rott. Es kam gestern. Der Briefträger bekam es nicht in den Schlitz, deshalb habe ich es entgegengenommen.«

Seemüller nahm den Umschlag schnell an sich und lief die Treppen hinunter. Er wollte hier nicht länger als notwendig bleiben. Als er an einem Fenster vorbeikam, traf ein Lichtkegel auf den offiziellen Umschlag: *Bildungsministerium.* Ein Brief vom Ministerium. Er musste sofort Friedrich aufsuchen.

Ehe er die erregten Stimmen hörte, hatte Frau Hansum wie immer »Hans hat Besuch« gerufen. Es waren die Freunde mit Egmont an der Spitze.

»Hans! Hans! Du hast den Preis gewonnen! Man hat Brahms überstimmt. Brahms ist am Ende. Du hast das Staatsstipendium. Es ist deins, Hans. Jetzt wird von den großen Verdiensten deiner Symphonie gesprochen – du bist rehabilitiert.«

Es gab Tage, an denen er sich sehr erschöpft fühlte, an denen etwas seine Stirn zusammenzog, das er nicht wegwischen konnte. Heute war es wieder da gewesen, und er wollte nicht aufstehen. Er wollte nur schlafen. Er war wie abgestorben. Als wüsste er nicht, wo er sich befand. Als schwebte er in einem leerem Raum.

Aber die Stimmen klangen ihm noch in den Ohren, sie hatten alle drei nebeneinander gestanden: Seemüller, Friedrich und Egmont hatten ihn angestarrt, bis Friedrich mit einem Papier in der Hand hervortrat.

»Du musst mal hören, was sie schreiben. Hör zu!«

Seine Stimme war laut und deutlich.

Nach Einwand und Einspruch bezüglich der Verleihung des jährlichen Stipendiums hat das Ministerium aufgrund erneuter Prüfung und erweiterter Erörterung entschieden, Hans Rott ein staatliches Stipendium über 500 fl. auszuhändigen. Dies wegen der Verdienste, die in seiner E-Dur-Symphonie in vier Sätzen unbestreitbar vorliegen und die als außerordentlich groß befunden wurden. Deren lyrische und dramatische Spannweite ist durchaus geeignet, eine durchgreifende Erneuerung der zeitgenössischen Musik anzuregen.

Hans hatte sich im Bett aufgesetzt, konnte aber nichts sagen. Er vermochte auch nichts zu sagen, als sie ihm den Brief mit dem Siegel und den feierlichen Unterschriften hinhielten. Er wollte nichts hören. Er schien, als ob er die Tür zu einer engen, fensterlosen Kammer zuziehen wollte.

»Hans, du hast das Stipendium bekommen!«

Wieder war es Friedrich, der sprach.

Hans drehte den Schlüssel zum Schloss um. Aber er konnte die Erregung der Freunde sehen. Wie durch eine Luke in der verriegelten Tür und hinter dickem Glas sah er, wie ihre Lippen unaufhörlich dieselben Worte formten. Aber die Worte erweckten eine anhaltende Qual, und er wollte sie nicht hereinlassen. Er lächelte nur schwach und nickte den Gesichtern dort draußen zu.

Ehe sie ihn verließen, legte Egmont den Brief auf den Nachttisch. Das Siegel und die drei Unterschriften glänzten im Nachmittagsdunkel.

Als sich die Tür hinter ihnen geschlossen hatte, nahm er den Brief, hielt ihn vor das Gesicht, schloss aber die Augen und wandte sich ab. Er ging in die Hocke und rutschte schwer und stöhnend in die Ecke. Als Frau Hansum zurückkam, zitterte er am ganzen Leib.

»Aber guter Gott! Was machst du mit dem schönen Brief in der Ecke, Hans?«

»Er wird sich rächen.«

Er presste, halb zischend, die Worte hervor.

»Dummes Zeug, Hans. Niemand wird sich rächen. Ich hole meinen Mann, dann helfen wir dir ins Bett. Du brauchst jetzt Ruhe.«

Als er dann die Augen schloss, dachte er vor allem an Frau Hansums warmes Lächeln, als sie in der Tür gestanden und den Blick auf ihn gerichtet hatte.

Joseph Seemüller ging mit schweren Schritten den Korridor entlang zu Hans Rotts Zimmer. Ein Pfleger ging voraus und schloss auf. Seemüllers Schritte waren so schwer, weil er an einer bedrückenden Nachricht trug, die er seinem Freund überbringen musste.

Hans Rott stand rasch aus seinem Bett auf.

»Ich grüße dich, Joseph.«

»Ja, Hans, es freut mich, dich zu sehen.«

Seemüller zögerte etwas.

»Hans, man hat mich gebeten … ich bin … ich bin nicht nur gekommen, um dich zu sehen.«

Er legte seine Hände auf Hans' Schultern.

»Es sind Nachrichten aus Krems eingetroffen, Krems an der Donau. Ich habe es kürzlich erfahren … ein Telegramm. Ich dachte, ich muss natürlich zu dir gehen. Ich habe gehört, dass es dir eine Zeit lang nicht so gut gegangen ist. Dass du nicht hinausgehen konntest und sehr müde warst. Und mit niemandem sprechen wolltest. Meist geruht hast und …«

»Nun? Sag's nur. Heraus damit, Joseph!«

»Hans, dein Bruder …«

»Ja?«

»Dein Bruder Karl …«

»Nun?«

»Dein Bruder ist tot. Man hat mich gebeten, hierherzukommen und es dir zu sagen.«

»Tot? Karl tot?«

»Ja, er war doch Kapellmeister am Stadttheater in Krems.

Die letzten Wochen soll er fürchterlich gehustet haben. Er war sehr geschätzt am Theater. Äußerst beliebt. Aber es ging auf die Lungen. Diese schlimme Krankheit. Sie haben mich gebeten, es dir zu sagen. Und …«

»Und?«

»Die Beerdigung …«

»Beerdigung?«

»Ja, wie gesagt, dein Bruder war am Theater sehr geschätzt. Daher hat der Direktor entschieden, dass alle Kosten … alle Kosten für die Beerdigung … Grab, Stein oder Kreuz … ja, du weißt. Das will das Theater bezahlen. Weil er so beliebt war. Verstehst du? Dein Bruder war außerordentlich geschätzt.«

Joseph Seemüller schwieg und sah zu Boden, ehe er den Freund wieder anschaute.

»Ich habe eine Blume in deinem Namen geschickt. Möchtest du noch etwas schicken? Einen Kranz? Was meinst du, Hans? Soll ich etwas besorgen? Möchtest du, dass ich noch etwas besorge?«

Hans saß eine Weile still. Die letzten Strahlen der bleichen Dezembersonne fanden durch die Gitter. Einer der absterbenden matten Lichtkegel traf seine Wange, sodass sie noch blasser aussah, als sie ohnehin schon war.

»Joseph, hast du eine Zigarette?«

Seemüller nahm ein silberglänzendes Etui aus der Tasche. Unter schmalen Stoffbändern waren Zigaretten festgeklemmt. Er zog eine hervor und reichte sie ihm.

»Bitte.«

Joseph beugte sich vor und gab ihm Feuer. Hans nahm einen tiefen Zug und blies eine große Wolke hinaus. Ehe sie die Decke erreichte und sich auflöste, nahm er einen neuen tiefen Zug.

»Möchtest du mehr Blumen schicken, Hans? Oder kann ich etwas anderes tun? Falls es einige Sachen von Karl oder …«

»Nein, du kannst nichts tun. Zünde mir bitte noch eine Zigarette an.«

Hans drückte die erste Zigarette im Kupferaschenbecher aus, der auf dem Tisch stand. Joseph zündete eine neue an und reichte sie ihm hinüber. Hans streckte die Hand aus, um sie entgegenzunehmen, er zitterte aber so stark, dass er danebengriff. Die Glut sengte die Rückseite der ausgestreckten Hand. Aber er reagierte nicht. Er nahm schnell die Zigarette auf und steckte sie zwischen seine dünnen Lippen.

»Hans, es ist bald Weihnachten. Ja … also … Weihnachten, und da hat meine Frau dir ein Paar warme Socken gestrickt. Hier, bitte sehr. Sie sind für dich. Ein frühes Weihnachtsgeschenk.«

Hans verzog keine Miene.

»Soll ich es auspacken?«

Hans nickte.

Das Rascheln des Papiers füllte das Zimmer, als Joseph Seemüller das Päckchen auspackte, das er mitgebracht hatte.

Hans begann mit der Zigarette herumzufuchteln. Als wüsste er nicht, wohin damit. Als suchte sie ihren Platz. Joseph ergriff Rotts Arm, nahm ihm lächelnd die Zigarette ab und drückte sie sanft in den Aschenbecher.

Hans nahm die Socken mit der linken Hand und legte sie auf den Nachttisch.

Joseph schauderte ein wenig, als er jetzt seinen Freund ansah.

»Aber Hans, was ist mit deiner rechten Hand? Ist etwas mit ihr passiert?«

Die Rechte hatte die ganze Zeit schlaff über die Armlehne des Stuhls gehangen.

Die späten Strahlen der bleichen Nachmittagssonne trafen Joseph Seemüller.

»Sie ist unrein.«

»Unrein?«

»Ja, unrein.«

»Wie meinst du das? Hast du dir wehgetan? Sie ist ja ganz blau! Hast du dich verletzt?«

»Nein, Joseph. Sie ist unrein. Ich spüre sie nicht. Sie gehört nicht zu mir. Ich habe sie hier hängen lassen. Lange.«

Seemüller blendeten nun die letzten flackernden Sonnenstrahlen. Und obwohl die kleinen, verschwindenden Lichtkegel gleich absterben würden, stachen sie ihn unbarmherzig in die Augen. Er blickte zur Seite, sein Blick wanderte zum Stuhl. Im Dunst wurde Hans zu einer verschwommenen Figur vor ihm, und er saß eine Weile schweigend in den Kringeln des Tabakqualms, die wie ein Hexentanz durch das Zimmer schwebten.

»Gefallen dir die Socken? Wenn du dann im Frühjahr in den Park hinaus willst, werden sie dir gute Dienste leisten.«

»Kannst du mir noch eine Zigarette geben? Bitte gib mir noch eine, Joseph!«

Seemüller zündete eine dritte Zigarette an und reichte sie hinüber.

»Ich habe noch etwas mit.«

Seemüller grub in seinen Taschen. Dann hielt er Hans ein kleines Kreuz aus Silber hin. Ein hübscher Edelstein funkelte in der Luft.

»Nimm es. Du kennst es bestimmt. Der Direktor von Karls Theater hat es mitgeschickt. Er wollte ausdrücklich, dass du es bekommst. Karl hatte es aus dem Dorotheum ausgelöst, einige Wochen bevor er starb. Es muss ihn einen Monatslohn gekostet haben. Erkennst du es?«

Hans nahm es in seine linke Hand. Er rieb das Silber zwischen den Fingern und sah zur Decke hinauf.

»Das erleichtert meine Bürde.«

»Wie meinst du das?«

»Ich habe gesehen, wie Mutter in den Himmel verschwand. Einen Arm streckte sie zur Erde aus, als wollte sie etwas greifen. Karl und ich konnten sie nicht festhalten. Aber das Kreuz blieb unten. Und nun ist es zurück. Gott hat mich wegen des Kreuzes bestraft.«

»Wie bitte? Wovon sprichst du?«

Hans schaute Joseph geradewegs in die Augen.

»Es ist so bitter. Ich bin so lange eingesperrt. Es ist so bitter, Joseph!«

»Ja, ich habe mit Ludwig Schlager gesprochen. Er sagt, dass du Bruckner neue Noten geschickt hast. Du weißt doch, dass Bruckner und wir alle auf dich warten.«

Seemüller deutete auf das Fenster.

»Dort draußen … wir warten auf dich. Ich, Friedrich, Louise …«

»Louise? Wartet Louise?«

Hans nahm einen tiefen Zug aus der Zigarette. Und noch einen. Dann drückte er die Glut so stark auf den welkenden rechten Arm, dass sich die Zigarette teilte und zerbröselte. Seine Lippen verzogen sich, aber er presste sie ohne den geringsten Laut zusammen.

»Hans!«

Seemüller riss die Finger weg, die Hans auf seinen rechten Arm drückte. Er trat die glühenden Aschereste aus, die auf den Fußboden gefallen waren. Der stechende Geruch verbrannten Haars verbreitete sich im Zimmer.

»Louise ist rein …«

Seemüller schaute sich den versengten Arm an.

»Joseph, eine Zigarette!«

»Ludwig Schlager sagt, dass die Laubsägearbeit dir gut getan hat. Dass du die fantastischsten Figuren der Werkstatt ausgesägt hast. Wie Bilder. Fast wie Kunstwerke. Schlager erzählte, dass du die Laubsägefiguren auf einen großen Bogen dicken Papiers geklebt hast und sie eine … ja, so etwas wie einen Fries bildeten.«

Hans schwieg. Die Linke fuhr unaufhörlich mit der neuen brennenden Zigarette an die Lippen.

»Hans, möchtest du, dass ich Blumen besorge? Ich kann dir mit allem helfen.«

»Nein, mein Bruder fährt zum Himmel. Es ist eine Reinigung. Wie meine rechte Hand.«

»Was meinst du?«

»Mutter war nicht ungeteilt. Sie teilte ihre Kinder mit einem der finsteren Engel. Mit einem richtig schwarzen Engel. Und dafür muss man einen Preis bezahlen. Mutter hatte Schuld auf sich geladen. Eine Schuld gegenüber dem Himmel. Wir müssen sie bezahlen. Meine Hand ist unrein, weil sie zurückbezahlen muss. Verstehst du, Joseph?«

»Hans, du hast mir nicht geantwortet. Soll ich deinem Bruder Blumen von dir besorgen? Du hast nicht geantwortet … möchtest du, dass ich etwas besorge? Dein Bruder war sehr geschätzt …«

Aber Hans saß zusammengesunken und starrte in die Leere.

»Soll ich nicht … übrigens, Hans. Weißt du, was vor ein paar Tagen geschehen ist? Mahler … Gustav spielte uns allen deine Symphonie am Klavier vor. Deine Symphonie. Und alle waren dort. Alle deine Freunde. Gustav war tief bewegt. Er war sehr bewegt. Alle waren sehr bewegt. Alle.«

»Ja, Mahler ist ein Genie. Mahler ist ein Genie. Das muss man sagen. Ein Genie.«

»Aber Hans …«

Hans starrte seinen Freund an. Sein Blick war abwesend. Er schaute durch die Gitter des kleinen Fensters.

»Ich habe heute das Veilchen gefragt.«

»Wie bitte? Das Veilchen?«

»Ja. Du musst lauschen. Ich habe die Blume gefragt, ob eines Morgens der Frühling kommen wird, wo alle Trauer mich verlässt. Aber sie sah mich nur schweigend an.«

Seemüller blickte auf seine Hände und schwieg.

»Und als ich dann fragte, ob so ein Morgen für mich vielleicht nächstes Jahr kommen wird, schüttelte sie den Kopf.«

Hans machte eine kurze Pause.

»Aber Hans!«

Seemüller fiel es schwer, seinen Freund anzuschauen.

»Und schließlich fragte ich … ich fragte, ob meine Trauer mich überhaupt irgendwann einmal verlassen würde. Da schwieg das Blümchen und verneigte sich. Es verneigte sich nur.«

Seemüller hielt seine Hände in die Luft, als wollte er den Freund zurückhalten. Als wollte er ihn irgendwie aufwecken.

»Hans!«

Wieder legte er seine Hände auf die Schultern des Freundes. Es schien, als weckte er den toten rechten Arm. Hans hob die welke Handfläche Joseph entgegen. Und da leuchtete das Kreuz. Die bläulichen Finger umschlossen das schimmernde Metall. Die Fingernägel schienen weiß.

»Zieh die Socken an, die meine Frau dir gestrickt hat. Es soll kalt werden. Es kann ja kalt werden, bis es Frühjahr wird und du hinausgehen kannst.«

»Ja, die Socken. Ich werde die Socken anziehen.«

Seemüller verließ das Zimmer. Nun brauchte er selbst eine Zigarette. Er öffnete das Etui und war nicht erstaunt, dass nur noch zwei Zigaretten übrig waren.

Es war nun sehr spät im Dezember. Joseph Seemüller entschloss sich, einige letzte Blumen für Karl Rotts Grab zu besorgen, ehe die Weihnachtsfeierlichkeiten losgingen.

Friedrich hätte das Fenster nicht verlassen und sich an den Tisch gesetzt, wenn die verhaltenen und gedämpften Worte noch zu verstehen gewesen wären. Er beugte sich über sie.

»Bist du sicher, dass du das willst?«

Sie warf den Kopf in den Nacken und sah ihm scharf in die Augen. Fast löste sich dabei der dunkle Haarknoten auf.

»Ja.«

Friedrich blickte auf den Tisch und drehte ununterbrochen an seinem Schnurrbart. Eine Windbö draußen in der Dunkelheit rüttelte am Fenster. Es klang wie das Schlagen einer Tür. Sie sah Friedrich an.

»Du kannst ruhig sein, es ist niemand wach. Und du bist ganz sicher, dass du ihn sehen möchtest? Er ist vielleicht nicht mehr der, an den du dich erinnerst. Es ist eine Ewigkeit her. Vielleicht erkennt er dich nicht einmal mehr!«

»Ich weiß, dass er so seine Tage hat. Und dass sie immer mehr werden. Aber ich möchte ihn sehen.«

»Du nimmst das Risiko auf dich?«

»Ich nehme das Risiko auf mich. Und dann ist da das Bild. Das Selbstporträt. Er muss es bekommen. Ich möchte es ihm selbst geben. Friedrich ...«

Sie vergrub ihr Gesicht in den Händen. Die Windböen hämmerten fortwährend auf die Stille ein.

»Friedrich, du musst mir helfen.«

Friedrich verließ das leere Haus mit seiner Schwester, sie eilten zum Krankenhaus. Es hatte zu dämmern begonnen. Als sie ankamen und die Treppen hinaufgingen, begegneten sie der Frau des Abteilungsleiters. Sie baten, Hans Rott besuchen zu dürfen.

»Wen darf ich melden? Ja, den Herrn habe ich natürlich schon häufig gesehen, aber …«

»Die Dame ist meine Schwester.«

Frau Hansum schaute die junge Frau an.

»Oh, nun verstehe ich. Er hat so viel von Ihnen gesprochen. Und Gedichte – ja, er liest mir manchmal Gedichte vor. Es ist ein entsetzliches Unglück, das diesem jungen Menschen zugestoßen ist. Ganz fürchterlich.«

Sie zögerte einen Augenblick mit gesenktem Kopf.

»In letzter Zeit ist er etwas verwirrt. Der Arme ist ganz abgemagert. Aber ich sage ihm sofort, dass Sie gekommen sind.«

Frau Hansum verschwand mit raschen Schritten und kam kurz darauf zurück.

»Er ist die ganze Nacht von Albträumen heimgesucht worden und klagt über Kopfschmerzen.«

Frau Hansum dämpfte die Stimme.

»Und ich kann Ihnen sagen: Manchmal hustet er so sehr, dass er lange Zeit kein Auge zumacht. Das beunruhigt mich. Aber er freut sich natürlich sehr, das Fräulein zu sehen. Bitte folgen Sie mir.«

Sie verließen den Aufenthaltsraum, wo einige lärmende und graue Gestalten an einem der Tische saßen. Der Tabakqualm war immer dichter geworden, während die Geschwister gewartet hatten.

Hans fuhr aus dem Bett auf und kam ihr etwas wankend mitten im Zimmer entgegen.

»Bist du es? Wie ich mich freue, dich zu sehen! Es ist so lange her.«

Er fiel ihr um den Hals. Sie standen eine Weile still und unbewegt, ehe Hans sie sanft von sich schob. Er sah ihr in die Augen und versank tief in ihr Gesicht.

»Du siehst gesund und rosig aus. Ich habe mir Sorgen gemacht. Letztens sahst du bleich aus. Hat dir die Medizin geholfen?«

»Medizin?«

»Ja, ich nehme auch Medizin. Gegen die Kopfschmerzen und damit ich besser schlafen kann.«

Friedrich ging einen Schritt näher an seine Schwester, fasste sie bei der Hand und zog sie ein wenig zu sich.

»Ich habe gehört, dass du Lieder schreibst, Hans.«

Friedrich schaute Hans kurz an, blickte dann aber schnell auf seine Schwester. Sie setzten sich. Hans nahm auf dem Bett Platz. Die Augen irrten die kahlen Wände entlang. Friedrich fuhr fort.

»Kannst du dich noch erinnern: ›Ich sing wie der Vogel, der Vogel in des Schweigens Quelle …‹? Erinnerst du dich an die Ballade vom Sänger? Du hast so viele schöne Lieder geschrieben. Und du schreibst wieder?«

»Ja, ich schreibe an dem Gesang.«

»Gesang?«

»Es kann nur einen Gesang geben. Alles ist ein kleiner Teil von ihm. Das weißt du doch. Und ich möchte Bruckner mit der Oper helfen.«

»Bruckner? Oper? Schreibt Bruckner an einer Oper?«

Hans biss sich auf die Unterlippe, als hätte er etwas Verbotenes ausgesprochen, sein Blick irrte über den Fußboden.

»Hier komme ich mit Kaffee. Und Sie dürfen gern von meiner Sachertorte kosten, die ich gestern gebacken habe.«

Frau Hansum war mit einem Tablett hereingekommen und deckte den kleinen Tisch am Bett. Aber Hans rührte seinen

Kaffee nicht an. Er saß still und schaute auf einen Zipfel der Decke, den er unermüdlich mit einer Hand knetete. Als er sich endlich nach seiner Kaffeetasse strecken wollte, wurde er von einem Hustenanfall geschüttelt. Friedrich stand auf und legte den Arm über den bebenden Rücken des Freundes.

»Das klingt gar nicht gut, Hans. Hast du den Arzt gebeten, sich das anzuschauen?«

»Ach was, ich habe mich nur am Kaffee verschluckt.«

Friedrich schüttelte den Kopf, ließ Hans los und blickte seine Schwester an. Sie wandte sich an Hans.

»Liest du etwas in deinen Büchern?«

»Ja, aber ich werde so schnell müde. Ich habe auch nicht viel Zeit. Ich arbeite viel an dem Gesang. Und an einem Streichquartett.«

Er atmete tief ein und seufzte laut.

»Und dann all die Reisen.«

»Reisen?«

»Ja, all die Chöre, die ich überall leiten muss. Am schlimmsten ist es mit dem Französischen. Aber ich bekomme Hilfe.«

Friedrich suchte den Blick seiner Schwester. Aber die schaute kurz in ihre Tasse, drehte sie leicht zwischen den Fingern und fuhr fort.

»Dein Gesang, Hans, wovon handelt der? Kannst du ihn uns zeigen oder vielleicht einige Zeilen vorlesen?«

Hans wühlte in seinen Papieren in der Schublade, fand aber nichts. Dann fingerte er an einem kleinen Kästchen. Es sah eher wie ein Etui aus und trug ein kaiserliches Porträt und ein Goldkreuz auf dem Deckel. Es war leer.

»Darin verwahre ich Noten. Man kann es nämlich abschließen.«

Seine Hände zitterten etwas, als er auf seinen Kopf deutete.

»Natürlich habe ich alles hier oben.«

Er nestelte schweigend an dem Etui und dem kleinen Verschluss.

»Hans!«

Louise beugte sich ganz nah zu ihm und nahm seine Hand.

»Erinnerst du dich an das Stück, das du Bertha beigebracht hattest? Zu dem wir tanzten? Ich möchte es so gern von dir gespielt hören.«

Hans sagte nichts, eine leichte Verwirrung flackerte in seinem Blick. Aber dann hellte das Gesicht sich auf, er erhob sich und ging zur Tür. Frau Hansum beeilte sich, um den Schlüssel zum Klavier zu holen, das im Tagesraum stand.

Sie setzten sich. Einige eifrig schwätzende Patienten am Tisch daneben wurden ruhig. Alle starrten auf das Klavier.

Hans hob seine Hände. Aber sie blieben in der Luft hängen. Die Arme begannen zu zittern, und er stützte sich auf den Deckel und starrte auf den leeren Notenständer.

»Ich sehe keine Noten. Jemand hat sie gestohlen und Disteln auf die Tasten gelegt.«

Zitternd hielt Hans die Hände vor die Stirn.

»Gott weiß, dass ich nicht schuld daran bin …«

Der stickige Qualm der Zigaretten vom Patiententisch wurde nun unerträglich. Friedrich half Hans auf die Beine, sie gingen zurück ins Zimmer. Hans schien sehr müde. Aber als er wieder auf dem Bett saß, wandte er sich an Friedrich. Er wollte eine Zigarette haben, und Friedrich zündete ihm eine an. Hans nahm tiefe, fauchende Züge.

Sie sprachen weiter, aber die Pausen wurden länger. Als die Zigarette geraucht war, nahm Hans eine Serviette vom Tablett und begann, darauf zu kauen. Nach langem Schweigen bat er mit dünner Stimme um eine neue Zigarette. Friedrich reichte sie ihm und meinte, dass es Zeit sei, ihn zu verlassen. Louise gab aber erst Hans noch ihr Selbstporträt. Er legte die Zigarette rasch in den Aschenbecher und riss das Papier auf. Und als ihn das Gesicht von der Leinwand anstrahlte, begannen seine Augen vor Wärme zu brennen.

»Das ist schön. Das ist fantastisch!«

Er nahm die Zigarette, und zwischen den immer dichteren Rauchschwaden wogte und schimmerte das hübsche Gesicht hervor. Er wandte sich an die junge Frau, die jetzt neben ihrem Bruder stand, um sich zu verabschieden.

»Ich freue mich so. Ich bin so froh, dass ich zwei so wunderbare Gemälde von dir habe. Ich weiß nicht, wie … Ich freue mich so.«

Friedrich musste seine Schwester stützen, als sie mit hart zusammengepressten Lippen zur Tür taumelte, wo die erstaunte Frau Hansum stand.

Hans stand lange lächelnd mit dem Porträt in der Hand und schaute auf das Bild über seinem Bett, das von Canon gemalt war, dem großen Porträtmaler Wiens. Das neue Gemälde war ebenso schön. Er fragte sich, wer es gemalt haben mochte.

Er hörte, wie sie die Treppen hinaufrannten. Der ohrenbetäubende Lärm brach über sämtliche Schwellen, und das Trampeln unzähliger Stiefel auf dem gebohnerten Fußboden hallte im Korridor, drang in seinen Kopf. Er hielt sich die Hände vor die Ohren und wankte winselnd hin und her.

»Brahms' Grenadiere kommen! Brahms' Grenadiere!«

Donnernde Blitze erschütterten die Fenster, Hagelschauer und Funkenregen begannen wie pochende Fäuste an die Scheiben zu hämmern, und schon waren sie da.

Jetzt waren sie da! Sie brachen über sein Zimmer herein und warfen ihre Bomben. Ein Feuerwerk von Fackeln und Blitzen krachte los. Er nahm unter dem Bett Deckung.

Zitternd und die Hände immer noch fest gegen die Schläfen gedrückt, hörte er das Scheppern von Gewehren und Granaten, als die Grenadiere im Echo zwischen Wänden und Treppen verschwanden. Dann ließ der Regen nach. Ein Grollen, das sich verflüchtigte, ein aufflackernder Blitz – und alles war still.

Er stürzte auf, beugte sich über den kleinen Nachttisch und kramte die Schachtel hervor. Er musste sehen, ob die Noten noch da waren! Noten, die so schmerzvoll hervorgebracht worden waren.

Er öffnete das Kästchen und wühlte mit der Hand. Er spürte, wie die Töne durch seine gespreizten Finger rieselten.

Sie waren noch da, Gott sei Dank! Nun musste er sich sofort daran machen, sie zu ordnen. All der Krach und Lärm, all die Erschütterungen des Bodens und die Stöße der Stiefel und

Gewehrkolben hatten die Töne fürchterlich durcheinandergebracht.

Er musste sie ordnen.

Er sammelte die Noten und stellte sie in geraden Reihen auf. Schließlich bildeten sie eine unüberwindliche Armee. Jetzt war er bereit, Brahms' Grenadieren wieder entgegenzutreten.

Weit draußen hörte er schlaftrunken einen ersten Morgenvogel, der abhob und hinter den abziehenden Gewitterwolken auf das Licht zuflog.

Er bemerkte, dass sein Kopfkissen nass von Schweiß war.

Die brennende Sommersonne formte große, armdicke und glitzernde Lichtsäulen aus wirbelndem, wimmelndem Staub im Zimmer. Vor einiger Zeit hatte er ein eigenes Zimmer bekommen. Die Freunde hatten ihn besucht und davon gesprochen, ihm ein Klavier zu besorgen und bei ihm aufzustellen. Er sah bereits die Tasten leuchten wie schimmernde Perlen. Endlich würde er spielen. Endlich würde er seine Töne wieder einsammeln können. Etwas Richtiges daraus machen, etwas Geregeltes. Etwas mit Kraft und Schönheit. Das erfüllte ihn, heiterte ihn auf.

Aber es kam kein Klavier, und die Wochen verstrichen. Ein ungewöhnlich ruhiger, heller und stiller Sommer. Die Tage vergingen beim kaum hörbaren Rascheln des Laubes der Bäume draußen im Park. Kein Regen. Nur der Tau, der morgens auf den Bänken glänzte.

Manchmal hörte er eine Art Lärm aus der Ferne. Manchmal meinte er zu hören, was sich ihm so häufig aufgedrängt hatte. Was ständig wiederkam und ihn nie verlassen wollte. Waren es wieder Brahms' Grenadiere? Das konnte doch nicht sein. Das war doch alles weit weg! Seine Notenblätter füllten sich wie die Schubladen – mit neuen Tönen.

Er brauchte einen Vorrat für den dunklen Winter.

Er konnte nicht schlafen und wälzte sich in der Dunkelheit des Abends herum. Die Luft war dick und feucht. Das Laken klebte. Er musste auf die Toilette gehen, stand auf und rief nach dem Pfleger. Als er den Korridor durchqueren wollte, hörte er Stimmen. Er wandte sich um, und da war der junge Arzt. Das war doch unerhört! Grauenvoll! Er war in Gesellschaft des Mannes mit dem gewaltigen Bart. Es war Brahms! Jetzt sah er es. Er sah es ganz deutlich! Es war unmöglich, aber es war Brahms! Er riss sich vom Pfleger los, machte auf der Stelle kehrt, lief, rannte. Er stolperte über die Schwelle, warf sich auf das Bett. Er musste still sein. Ganz still, sodass Brahms ihn nicht hören konnte. Er hielt den Atem an und zitterte am ganzen Leib.

Alles war wieder da. All das Entsetzliche kehrte zurück. Er wurde von den schwarzen Bildern gequält. Sie prallten zwischen tausend Spiegeln ab, ehe sie ihn trafen. Er schloss die Augen und biss die Zähne so fest zusammen, dass es im Kopf knirschte und widerhallte. Jetzt sah er sich selbst. Er sah sich am Klavier, inmitten einer ungeheuren Ebene. Und draußen in der Morgendämmerung türmte es sich auf – das gewaltige Heer von Brahms' Grenadieren. Aber in vorderster Linie, mit dem Klavier gegen den Feind gerichtet, empfand er die Stärke seiner eigenen unzähligen Soldaten. Sie standen bereit, beim kleinsten Wink zum Angriff überzugehen. Es waren seine Töne. Alle Töne, die er gesammelt hatte. All seine unendlichen Noten. Die Notenhälse waren in blendende Speere mit scharfen Widerhaken verwandelt. Und die runden Köpfe waren Mündungen gigantischer Artilleriegeschütze.

Das Klavier bekam Räder und begann, über die Erde zu rollen, und alle Töne in taktfestem Gewimmel hinterdrein. Mit den Bässen feuerte er mächtige Signalstöße ab, die wie riesige Kugeln aus den Posaunen hervorschossen. Er sah, wie sie dort drüben in den feindlichen Linien für Tumult sorgten. Die wankten, wichen zur Seite, und große Löcher wurden in Brahms' marschierende Kolonnen gerissen.

Die tapferen Noten gingen nun auf breiter Front zum Angriff über. Wie ein wogendes Meer lösten sie sich vom Boden und stürzten sich als Regen in Form unzähliger Pfeile auf den Feind.

Dann aber geschah das Entsetzliche. All die grässlichen Fangnetze aus Stahl kamen hervor. Die fürchterlichen Netze, die die heimtückischen Grenadiere nebst den schwarzen Bomben an ihren Gürteln getragen hatten.

Die schweren Donnertöne gingen ihm aus, und seine Klavierposaunen verstummten. Verzweifelt sah er, wie Brahms' Grenadiere mit ihren gewaltigen Netzen alle seine tapferen Töne in blitzendem Schwung auffingen. Und er sah, wie sie sie einschlossen, indem sie die grässlichen Stacheldrahtnetze zusammenzogen.

In einer riesigen Grube am Horizont loderte das Höllenfeuer. Dort wurden die Töne hineingeworfen. Das konnte doch nicht wahr sein! Es konnte einfach nicht wahr sein! Er schlug wild auf die Tasten, mit dem ganzen Oberkörper und mit bebenden Schultern. Aber die Posaunen blieben still. Seine Soldaten waren alle fort. Er musste in die Finsternis fliehen.

Draußen in der Nacht heulte der Wind und rüttelte an den Gittern vor den Fenstern. Der Pfleger vor der Tür war in tiefes Schnarchen versunken. Der Korridor war still und leer. Einige heruntergeschraubte Gaslichter warfen einen matten Schein auf Fußboden und Wände.

Brahms war weg. Wie fortgefegt waren alle seine schauderhaften Grenadiere.

Er musste zur Toilette gehen. Die Gelegenheit nutzen und einen neuen Versuch unternehmen. Er musste seine Noten verstecken. Jetzt, da niemand ihn sah!

Er schlich sich aus dem Bett, weckte den Pfleger. Der folgte ihm abermals zur Toilette. Unter dem Hemd versteckte Hans Rott so viele Notenblätter, wie er hatte zusammenraffen können. Diese letzten sollte ihm Brahms nicht nehmen können. Er würde ihn überlisten. Die Noten mussten um jeden Preis gerettet werden.

In der Toilette begann er, sie zu zerreißen. Mit jedem Papierknäuel verwünschte er Brahms. Und während er drückte, begann er, sich mit den weißen Papierknäueln in der Hand über das Hinterteil zu wischen. Immer wieder. Bis das Stück zu Ende gespielt und völlig beschmutzt war.

Dann spürte er, wie sie ihn hinausschleppten. Wie er vergeblich Widerstand leistete. Wie sie ihn in einer großen Wanne reinigten. Sie spritzten eiskaltes Wasser in dicken Strahlen über ihn, hoben ihn heraus und zerrten an seinem frostgeschüttelten Leib. Jetzt waren die Pfleger zu zweit. Er hörte sich selbst schreien.

»Alles, was Menschen tun, ist wertlos!«

Er schrie unaufhörlich.

»Wertlos!«

Die Worte hallten gegen die Wände, als die Pfleger ihn wegführten, zurück in sein Zimmer. Sie zerrten an seinen Armen, während die Füße krumme Striche auf dem Boden zeichneten.

Aber nicht er war es, den sie abschleppten. Es war einer seiner unglücklichen Soldaten. Er selbst würde widerstehen können, würde alle Schlachten gewinnen.

Ein Pfleger säuberte den verschmierten Fußboden der Toilette von den Resten des unkenntlichen Streichquartetts.

Doktor Meynert und der junge diensthabende Assistent waren längst wieder im Laboratorium. Der Zustand von Herrn Walther Baumgarten, eines der einsamen und unglückseligen Patienten im ersten Stockwerk, hatte sich zu Beginn der Nacht verschlechtert, und Meynert war ganz unerwartet im Zimmer gewesen, als der Patient entschlafen war. Er betrachtete diesen Fall von dementem Irrsinn als außerordentlich interessant und machte sich bereits in derselben Nacht daran, das neue Hirn zu sezieren.

Einige Zeit später saß er im Tagesraum der Abteilung, zusammengekauert auf dem breiten Sims vor einem der vergitterten Fenster. Die anderen Patienten saßen an den schlichten Tischen. Er war gebadet und trug saubere Kleidung. Jemand hatte kunstfertig eine lächerlich breite Krawatte um seinen mageren Hals geknotet. Er starrte apathisch vor sich hin. Zuweilen stand er auf und ging langsam in eine der Ecken des Zimmers. Dort konnte er lange stehen, während er mit leerem Blick auf die kahle weiße Wand glotzte. Die Mitpatienten riefen ihn zurück.

»Hans, setz dich. Du könntest dich verlaufen!«

Er setzte sich. Aber nach einer Weile ging er zur nächsten Ecke und blieb dort stehen. Und dann in eine andere. Sie riefen wieder nach ihm. Und wie immer breitete sich ein amüsiertes Grinsen über ihre Gesichter. Sie riefen so laut, dass ein Arzt, der zufällig in der Nähe war, hereingestürzt kam.

»Was ist hier los?«

»Wir möchten, dass Hans etwas für uns spielt. Aber er verläuft sich nur in den Ecken. Könnten Sie ihm bitte den Weg zum Klavier zeigen?«

Sie lachten.

»Spiel für uns, Hans! Etwas Lustiges. Damit wir tanzen können!«

Jetzt riefen alle und stampften mit den Füßen auf den Boden. Wir wollen tanzen! Wir wollen tanzen!

Aber Hans reagierte nicht. Er hörte sie nicht. Er blieb in der Ecke stehen.

»Reden Sie mit ihm, Herr Doktor! Er will nicht für uns spielen!«

Als Hans das Wort »Doktor« hörte, zuckte er zusammen. Er drehte sich um und starrte verwirrt in die Luft. Plötzlich riss er sich die Krawatte ab und warf sie auf den Fußboden. Das Grinsen ging in lautes Gelächter über. Er kehrte zum Fenstersims zurück.

Der Arzt sprach ihn in freundlichem Ton an.

»Hans, du möchtest doch deine Freunde nicht enttäuschen. Spiel einfach etwas Fröhliches und Nettes für uns!«

Aber Hans saß still, ohne einen Ton von sich zu geben. Seine leeren Augen in ihren tiefen Höhlen waren ausdruckslos.

»Hörst du, Hans. Spiel jetzt etwas auf dem Klavier! Zier dich nicht so!«

Das war wieder der Arzt.

Der ausgemergelte Patient erhob sich langsam. Vorsichtig wankte er zum Klavier. Die anderen betrachteten amüsiert die dünne Gestalt mit den hohlen Wangen. Vereinzelte Haarsträhnen standen an den Ohren und im Nacken hervor, der Rest des gänzlich kahlen Schädels glänzte im Schein der Lampen. Jemand hob seine Krawatte auf, legte sie sich um den Hals und tat mit einer Grimasse, als würde er sie binden. Die anderen lehnten die Köpfe mit schrägem Grinsen zurück, verhielten sich aber ruhig.

Hans Rott begann zu spielen. Fröhliche, wiegende Donauwalzer. Billige Melodien, die nach abgestandenem Schnaps stanken. Wie in einem Nebel saß er und kurbelte an einem mechanischen Klavier. Er kurbelte und kurbelte. Er wollte es noch eine Weile tun, bis Hände und Finger nicht mehr konnten. Mal lachten die anderen, mal feuerten sie ihn an.

»Prima, Hans. Prima! Mehr, wir möchten mehr hören. Wir wollen tanzen, Hans!«

Jetzt standen mehrere Patienten auf dem Tanzboden. Sie schlenkerten mit den Beinen nach rechts und links. Entzückte Ausrufe hallten zwischen den Wänden.

»Prima, Hans! Prima!«

Der Arzt nickte und deutete auffordernd mit dem Finger auf ihn. Und nun kurbelte er schneller, wie der arme Bettler mit seinem Leierkasten. Aber alle Menschen gingen vorbei. Niemand legte eine Münze in seinen abgetragenen Hut.

Er kurbelte noch rascher an seinem miserablen Leierkasten. Und da waren die blinden Bettler. Die von der anderen Seite des Platzes. Er erkannte sie wieder. Und er sah, dass an ihren Westen immer noch Knöpfe fehlten. Sie schaukelten mit ihrem Karren davon. Er musste ihnen folgen. Er musste mit ihnen sprechen. Er hatte eine Mitteilung von Gott. Aber der tickende Blindenstock war nur noch schwach zu hören. Sie waren zu schnell für ihn. Er lief stolpernd und keuchend, bekam keine Luft mehr. Er sank in das strömende Schmutzwasser im Rinnstein nieder.

Sein Kinn fiel auf die Brust, die Hände stützten sich schwer auf die Tasten. Er hielt inne und blickte starr auf den Boden. Er war ganz blass geworden und vermochte nicht, den Kopf zu heben.

Aber ein schwaches Lächeln erschien flüchtig auf seinen trockenen Lippen. Als würde ein vages Bild die trübe Finsternis erhellen.

»Aber was hast du denn, Hans? Kopf hoch! Wir wollen mehr hören, Hans!«

Enttäuschte Seufzer glitten an den Wänden des Tagesraums hinab.

Aber der Kopf hing weiter über dem zusammengesunkenen Körper. Jetzt musste ihm der Arzt helfen. Ein Pfleger eilte herbei. Sie trugen ihn zum Bett in seinem Zimmer.

Einer der Mitpatienten schaute enttäuscht zu, als der fröhliche Musikant davongetragen wurde. Er wandte sich an die anderen, die noch unschlüssig und verloren auf dem Tanzboden standen.

»Morgen ist der Dummkopf wieder hier. Lasst ihn nur etwas schlafen. Jetzt spielen wir eine Partie Domino.«

Am Ende waren so viele Stunden und Tage vergangen, dass auch der Ahnungsloseste einsah, dass der fröhliche Musikant nicht mehr erscheinen würde.

Es tat weh in der Brust. Es schmerzte. Er hustete, aber er merkte es nicht. Er sah sie. Sah, wie sie auf bloßen Füßen über die Sommerwiese tanzte. Ihr glitzerndes blaues Kleid leuchtete in der Sonne und schwebte über die gelben Wiesenblumen. Ihre Stimme war ein Teil des Chors aus Lerchen und schlaftrunkenen Frühlingsvögeln. Und aus seinen schönsten Tönen. Aus Tönen, die er so lange vergessen hatte. Nun füllten sie ihre fliehenden Fußabdrücke, richteten vorsichtig die Grashalme auf, die unter ihren Füßen zu Boden getreten worden waren. Und das wogende Gras sang niederkniend ihr Lob.

Aber quälende Echos von Gesichtern und Stimmen wirbelten heran. Es waren die Freunde, die wie flatternde Schatten herumtollten. Sie näherten sich, kamen betäubend nah. Er hatte das Stipendium gewonnen! Nun war er anerkannt.

Er versuchte, die spöttischen Bilder wegzuwischen. Und dann wurde er ganz klein und saß im Gras. Aber warum war Mutter nicht bei ihm? Warum wartete sie nicht am Rand der Wiese? Mit Korb und Decke und Saft und Brot?

Und warum konnte Vater nicht mit ihr durch die Wiesennebel tanzen? Jetzt in der Morgendämmerung?

Dann kamen sie. Aber es war, als würden ihre Füße den Boden nicht berühren. Als würden sie irgendwie an unsichtbaren Fäden gehalten. Jetzt aber saßen sie im warmen Gras, mit einem leuchtend weißen Tuch und einem randvollen Korb. Doch als sie nach dem warmen, frisch gebackenen Brot greifen wollten, stürzten die Freunde wieder herbei. »Hans, du hast den Beethoven-Preis gewonnen!« Oder war es das Staatsstipendium? Er konnte es nicht richtig hören. Aber er hatte etwas gewonnen.

Er war ein Gewinner!

Er sah weiter starr vor sich hin. Tuch, Obst und Wein verschwanden, und eine leblose Gestalt löste sich aus dem wogenden Grabenrand, erwachte zum Leben und erhob sich in einem Meer von Blumen, schüttelte die Blumen zur Begeisterung des Publikums ab, und ein seltsam starkes Licht füllte den Zuschauerraum. Es kam von dem goldenen Kreuz, das hoch über der Bühne schwebte. Das Orchester begann zu spielen. Auf den Bühnen der Stadt erzählte die Gestalt von ihrem Sohn, dem Komponisten. Lächelnd. Das Lächeln wurde immer größer, verbreitete sich über alle Parks und Straßen.

Jemand lief mit einem gigantischen Strauß Noten auf ihn zu, die in allen Farben schillerten. Es war Karl, und sie saßen an einem der überreichlich gedeckten Tische der Stadt. Die Bedienung tauchte auf. »Sie wünschen bitte? Was darf es sein? Meine Herren, was darf …«

Aber wieder störte etwas und klang falsch.

Warum durfte er nicht bleiben, wo er war? Schrille Geräusche drangen an sein Ohr, wie zersprungenes Blech. »Hans, du hast das Stipendium bekommen!«

Heftig wälzte er sich im Bett und bohrte den Kopf unter das Kissen. Dort fand er eine Symphonie, die ihn nun vollständig einnahm. Eine Symphonie, die sang und vibrierte. Mal donnernde Hörner, mal gleitende Streicher und wiegende Walzertöne. Er glitt in einem angenehm schaukelnden Boot auf einem Fluss schwellender Töne. Er meinte, die Klänge zu erkennen. Es waren seine eigenen. Natürlich waren es seine eigenen! Und nun offenbarte sich das Licht. Es erleuchtete eine gewundene Treppe, die aufwärts führte. Immer nach oben. Er kannte die Treppe. Kürzlich hatte er sie gesehen, mehrmals.

War sogar ein Stück auf ihr hinaufgestiegen. Jetzt musste er wieder hinauf. Er ging. Stufe für Stufe. Zögernd. Er war bereits weit oben, weiter denn je.

Er sah die Pforte. Geschlossen und schwarz wie ein dunkles Loch. Er war erstaunt darüber, dass sie geschlossen war. Warum war alles verschlossen? Da erschien ein Engel, umgeben von einer Säule aus blauem Feuer. Die leuchtende Gestalt flog geradewegs auf ihn zu, auf die Pforte zu. Wie ein brennender, lodernder Mauerbrecher. Die Pforte musste sich einen Spaltbreit öffnen. Sie war dazu gezwungen. Er sah seine letzte Möglichkeit.

Er ergriff die größte Note, die ihm geblieben war, fasste sie mit beiden Händen. Und dann steckte er sie in den leuchtenden Spalt zwischen der Pforte und dem Türstock. Er schob und drückte mit aller Kraft. Die gewaltige Note krümmte sich und drohte nachzugeben. Endlich brach die starre Pforte auf. Sie öffnete sich, und das sonderbare Licht schien hell, traf auf sein Gesicht und entzündete es. Er verwandelte sich in eine glühende Fackel.

Er stieg in das Licht und entdeckte, dass darin Töne klangen. Dass er mit einem taumelnden Schritt in die anmutigste Musik gestiegen war. Er sah, wie Lichtwesen im Orchester ihn anlächelten, als sie weiße Lichtstrahlen aus ihren Instrumenten tönen ließen. Dies war die Musik, die er den Menschen geben wollte. Verzweifelt begann er, Töne zusammenzuraffen. Und mit einem Armvoll wollte er zurück durch die Pforte. Wieder hinaus. Er musste mit dem Unerhörten zurückkehren! Er hörte sich selbst um Hilfe rufen.

Dann ertönte ganz schwach und weit entfernt das Gemurmel von Stimmen und Rufen über all die gewonnenen Preise und das entlegene Echo von Beethoven.

Joseph Seemüller und Friedrich Löhr drückten Hans Rott sanft die Hand, nachdem sie sich erhoben hatten. Den ganzen Nachmittag hatten sie dort gesessen, aber Hans war nicht zu erreichen gewesen.

Leise verließen die Freunde das Zimmer.

Aus dem Krankenbericht Nummer 80 der Niederösterreichischen Landesirrenanstalt in Wien vom 23. Juni 1884:

Heute Morgens rief Patient den Tractwärter Herrn Hansum zum Bett und sagte ihm folgendes:
»Herr Hansum, ich bitte Sie, den behandelnden Ärzten, deren Visite ich wohl kaum erlebe, meinen besten Dank für die liebevolle und freundliche Behandlung zu sagen und auch Ihnen und Ihrer Frau sage ich für gewissenhafte Verpflegung meinen innigsten Dank; ich habe mir für meine Zukunft etwas Besseres geträumt, meine Arbeiten sind von großen Meistern anerkannt worden, ich habe geglaubt, auf eine bescheidene Lebensexistenz rechnen zu dürfen; jetzt sehe ich ein, daß es ein leerer Wahn war und ich im Irrenhaus sterben muß.«
Von da ab war Patient wieder vollends verwirrt; sein Zustand verschlimmert sich zusehends.

Für den nächsten Tag finden sich folgende Notizen:

Leichter Frostschauer zeitweilig; sonst somnolent, kann nur mehr flüssige Nahrung zu sich nehmen.

Am selben Tag kam Joseph Seemüller zu Besuch. Er hatte nun täglich nach Hans gesehen. Als er abends nach Hause zurückkehrte, schrieb er einen seiner zahlreichen Briefe an Friedrich Löhr.

Hans geht es sehr schlecht und er ist nah daran, uns zu entschwinden. Ich besuchte ihn heute Nachmittag. Ob es heute, morgen, übermorgen oder in acht Tagen zu Ende gehen wird, das kann nun niemand wissen.
Dein Seemüller
Wien, 24.6.84

Am 25. Juni wird kurz festgestellt:

Tot 7.30 morgens. Name: Hans Carl Maria Rott. Alter: knapp 26 Jahre. Beruf: Kapellmeister. Letzte Adresse: Rotenturmstraße 16/1/4; Interniert seit Oktober 1880.
Diagnose: Verrücktheit, halluzinatorischer Verfolgungswahn.

Als der ältere Mann mit dem kahlen Schädel sich über den offenen Sarg in der Kapelle beugte und in das Gesicht des ganz jungen Mannes schaute, konnte er die Rinnsale nicht zurückhalten, die hervorbrachen und den Weg zu seinen Lippen hinunter suchten. Der junge Mann begegnete seinem trüben Blick mit seltsamem Frieden, der auf seiner weißlichen Stirn und den bleichen Wangen ruhte.

Zum Friedhof kam er vor allen anderen. Nun stand er dort allein. Unbeweglich. Leicht nach vorn gebeugt. Vor seinen Füßen stürzte das schwarze Loch in das Dunkel hinab.

Etwas weiter weg kam die kleine Prozession. Sie schlängelte sich auf den geharkten Wegen heran, vorbei an aufrechten, mächtigen Steinen. Einige der Steine trugen glänzende Inschriften und waren von kleinen schmiedeeisernen Zäunen umgeben, bewacht von Tauben und Engeln. Hier und dort standen Lichter, aus denen ausgehungerte Krähen Talg hackten.

Als die Gesellschaft eine neue und fast noch unversehrte Wiese erreichte, hielt sie an. Hier gab es keine mächtigen Steine, keine wachenden Engel. Nur weitere kreischende Krähen, die eilig abhoben und zum Himmel verschwanden.

Nun standen die Menschen im Dunst unter einem kühlen, öden Junihimmel. Wie üblich: mit gebeugten Häuptern, schweigend, dunkel gekleidet.

Es verging eine Weile. Niemand schien Anstalten zu machen, sich zu einer Rede zu sammeln. Nicht einmal zu einigen

Worten. Gleich würde es vorüber sein, es war still. Vollkommen still.

Es war wie das Schicksal selbst. Das unversöhnliche Schicksal, das das Leben des jungen Mannes in der Blüte seiner Jugend beendet hatte. Als schnürte und erstickte dieses gnadenlose Schicksal die Versammelten in lähmendem Griff.

Kein Laut stampfender Füße. Kein Gewirr ungeduldig murmelnder, flüsternder Stimmen. Nicht wie zu Zeiten, da große Meister begraben wurden und die Bürgermeister der Stadt auf dem Zentralfriedhof von erhöhtem Podest vor den Massen feierliche Reden hielten. Nein, so nicht. Kein Bürgermeister, keine endlose Prozession, keine Wagen voller prächtiger Blumen. Keineswegs.

Aber der ältere Mann mit dem kahlen Schädel breitete seine Arme aus. So hastig, dass alle zurückwichen. Erhobenen Hauptes ging er einige Schritte vor, die Arme immer noch ausgebreitet wie zu einer sammelnden Geste.

Seine Stimme tastete sich vor wie ein zaghafter Windstoß über das Gras. Mit jedem Wort wuchs sie und schwoll an. Sie traf die Anwesenden mit der Kraft einer anhebenden Sturmbö. Er wollte einige Worte sagen. Und in der Tasche hatte er ein Blatt Papier, falls er ins Stocken geraten und den Faden verlieren sollte.

Kaum hätte er geahnt, dass die Worte hervorquellen und kein Ende nehmen würden. Dass er das Papier nicht brauchen würde. Dass er die längste Rede seines Lebens halten würde. Die Worte drängten und tobten ihm im Herzen, brachen mit Wucht aus seiner Kehle hervor.

Die erstarrte Schar wurde aus ihrer Betäubung gerüttelt, und man blickte einander erstaunt und ein wenig verlegen an. Dieser sonst so milde und bescheidene Mann, der so anspruchslos und zurückhaltend war. Nun war es so weit. Nun kam einer der seltenen Momente, da er nicht wiederzuerkennen war.

»Freunde und Angehörige, die Sie heute hier versammelt sind!«

Er musste Atem holen. Alle blickten auf den Boden. Er begann abermals.

»Wir sind heute hier versammelt, um von unserem jungen Komponisten Abschied zu nehmen. Ein Abschied, der vor ganz kurzer Zeit noch völlig unvorstellbar war. Dennoch stehen wir hier vor dem Unvorstellbaren. Und, wie mir scheint, vor dem völlig Unnötigen und Sinnlosen. Als ob die Vorsehung selbst unvernünftig oder geradezu herzlos grausam wäre.

Aber nein, unser allmächtiger Vater verschwendet und vergeudet kein Leben. Wir Menschen sind es, die so etwas tun. Wir leben in einer Stadt, die in der ganzen Welt für ihre Verehrung der Musik und der schönen Künste bekannt ist. Aber wir leben auch in einer Stadt, in der ein gnadenloser Krieg geführt wird. Mitten unter uns. Mit unserer edlen Kunst, unserer großartigen Musik haben wir uns in zwei unversöhnliche Lager gespalten. Auf der einen Seite haben junge Menschen hinter zerbrechlichen Zäunen und Mauern rasch ihre einfachen Zelte aufgeschlagen. Auf der anderen Seite steht die große Burg. Dort steht sie schon immer. Uneinnehmbar. Drinnen versammeln sich die Mächtigen um den Tisch. Diejenigen, die den Weg angeben, dessen Gabelungen von unbestechlichen und unbeugsamen Wächtern bewacht werden. Sie sorgen forsch dafür, dass sich jeder Wanderer an die Hauptrichtung hält. Allen voran sitzt unter den Verschworenen im großen Saal der Burg der unbestrittene Heerführer und Häuptling. Wir kennen ihn alle.«

Bruckner schwieg einen Augenblick.

»Er ist der Erhabene. Der große Meister und Richter. Wie ein altertümlicher Kaiser entscheidet er mit seinen Worten über Leben und Tod. Und, meine Freunde, der junge Komponist, zu dessen Abschied wir uns heute hier versammelt haben, wurde in der Blüte seines Lebens vernichtet, ehe seine leuchtende Bahn überhaupt beginnen konnte. Seine jugendlich kühnen und brennenden Klänge deuteten voraus in eine neue Zeit. Sie entsprachen nicht dem Geschmack der Verschworenen. Wie ein altertümlicher Kaiser zeigte der Meister mit dem Daumen nach unten. Aber wir wissen auch alle, dass unser Meister ein rechtschaffener und ehrenwerter Mann ist.

Als der junge Mann mit einem Herzen, das vor Hoffnung und Zuversicht pochte, den Mächtigen seine Stücke vorspielte, den Allmächtigen und Erhabenen – bekam er da abschätzige Urteile und vernichtende Worte zu hören? Bekam er zu hören, dass seine Töne auf den Müll gehörten? Zum Kehricht? Bekam er zu hören, dass er sich einer anderen Tätigkeit widmen sollte? Etwas anderem als der Musik?

Aber nein, nein. Unser Meister ist ein gerechter und ehrenwerter Mann.«

Mit einem Blick, der so fest und voller Glut war, dass alle zurückweichen mussten, schaute Anton Bruckner geradewegs auf die Versammelten. Es war jetzt vollkommen still.

»Könnte es so gewesen sein, dass der Meister und die Verschworenen unseren jungen Freund wie der Teufel zertrümmerten? Stürzten sie ihn in einen Abgrund der Verzweiflung, Hoffnungslosigkeit, Verwirrung? Gott bewahre! Das ist undenkbar. Wir wissen alle, dass der Meister ein gerechter und ehrenwerter Mann ist.«

Bruckner schwieg und sah einen Augenblick lang auf seine Hände hinab. Dann ballte er sie und fuhr fort:

»Unser geschätzter Freund und Kollege, eines der leuchtenden Vorbilder unserer Zeit, Johannes Brahms, ist ein wahrer Freund der Musik. Er vermochte unseren Jüngling nach strengstem und gerechtestem Maß zu wägen. Und er befand ihn für zu leicht. Er hielt ihn für unwürdig. Und Johannes Brahms ist ein rechtschaffener und gerechter Mann.«

Nun nannte er offen den Namen, der wie ein blindes Echo zwischen den Versammelten hallte. Und er fuhr fort:

»Wir wissen, dass sein Urteil über unser aller schlichten Gedanken erhaben ist. Wir wissen, dass er sein Leben dem Dienst an der Kunst gewidmet hat, emsig und hingebungsvoll wie ein einfacher Diener der Vorsehung. Unser junger Freund Hans Rott lebte in der falschen Vorstellung, etwas geschaffen zu haben, das zu verändern imstande wäre. Das der Musik unserer Zeit einen neuen Weg vorzeichnen würde. Aber man nahm ihm diesen Irrglauben in brutaler Weise – mit einer Selbstverständlichkeit, über die nur diejenigen verfügen, die im Bunde mit Gott selbst stehen. Und das tun alle rechtschaffenen und ehrenwerten Männer.«

Bruckner machte eine kurze Pause. Abermals sah er die Versammelten scharf an.

»Aber ich, Anton Bruckner, sage Ihnen: Hans Carl Maria Rott wurde großes Unrecht zuteil. Tiefste Ungerechtigkeit. Er wurde durch Kleinlichkeit, Ungefälligkeit und, wie ich ohne zu zögern behaupten möchte, simplen Neid in die Finsternis hinausgetrieben. Simpler Neid! Nichts weiter als simpelster Neid! Möge Gott denjenigen verzeihen, die dieses Schwert führten. Und möge Gott mir verzeihen, der ich dies sage.«

Bruckner senkte die Stimme. Erst jetzt, als plötzlich Stille eingetreten war, hörte man schwach knirschende Schritte, die sich langsam entfernten. Aber niemand drehte sich um, um den Schatten einer Figur zu sehen, die unmerklich hinter einigen Grabsteinen verschwand. Johannes Brahms wurde bald verschluckt von dem Dunst, der sich aufdrängte und ihm schwer über seine Schultern fiel und seine Gestalt auflöste.

Anton Bruckner drehte seinen Hut langsam zwischen den

Fingern, und ein graues Junilicht fiel nun sanft auf seinen kahlen Schädel. Alle suchten seinen Blick. Es war vollkommen still. Nirgends eine Bewegung. Sogar das Gras schien zu stocken und im schwachen Wind zu warten.

»Hans Rott …«

Bruckners Stimme kam etwas ins Stocken.

»Hans Carl Maria Rott war mein bester Schüler. Der von mir am meisten geschätzte. Wie ein gottgesandter Sohn, ein Geschenk an mich und an uns alle. Aber sein Herz war zart und empfindlich, und es wurden ihm tiefe Wunden zugefügt. Sie wollten nicht heilen und verbreiteten sich wie Wundbrand im Gemüt des jungen Mannes. Seine letzten Tage musste er in Finsternis, Einsamkeit und hilfloser Verwirrung verbringen.«

Seine Stimme war belegt, er konnte sich nicht dagegen wehren. Anton Bruckner wankte an das schwarze Loch, das seinen Freund gleich verschlucken würde.

Und dann wurde Hans Rott in die Erde gesenkt. Es hatte keine Mittel für einen Stein gegeben, einen Stein mit seinem Namen.

Man warf die Blumen in das Dunkel. Bruckner stand wie festgefroren am Rand des schwarzen Loches. Erst als er bemerkte, dass Blumen auf den Sarg fielen, ließ er seine eigenen los.

Louise lehnte sich an ihren Bruder. Der hielt seinen Arm während der ganzen Zeremonie fest um sie geschlungen. Als die Sonne durch die grauen Wolken brach, glänzten ein paar kaum sichtbare Strahlen in ihren Augen. Wie das Glitzern von Tau an einem fernen Frühlingsmorgen.

»Komm, lass uns gehen.«

Ihr Bruder führte sie am Arm fort.

Der ältere Mann mit dem kahlen Schädel blieb am offenen Grab stehen. Er hielt den Hut mit beiden Händen an sich gedrückt. Manchmal ließ er ihn mit einer Hand los und fingerte an etwas in seiner Tasche, ehe er wieder die glänzende Krempe ergriff.

Er stand noch dort, als sich der Abend über seine einsame, gebeugte Gestalt zu senken begann.

Nun wagten sich die Krähen wieder heran. Sie sammelten sich um ihn, und ihr Gekreische und Gekrächze verjagte die Stille aus allen Winkeln und Schlupflöchern.

Als der Fremdling die Gänge des Zentralfriedhofs überquerte, fielen einige einsame Schneeflocken in der schneidenden Morgenbrise. Schaudernd zog er den Mantel am Hals zusammen. Gleichzeitig sah er sich um, als suchte er etwas. Weiter vorn erblickte er einen Friedhofsgärtner, der hinter einem schwarzen Grabstein harkte. Der Fremde ging zu der schäbig gekleideten Gestalt, ein sehniger Alter mit weißem Haar unter einer verblichenen blauen Schirmmütze. Der Gärtner hielt im Harken inne und wandte sich mit fast zahnlosem Lächeln dem Besucher zu.

Der Fremde begann.

»Entschuldigen Sie, ich suche nach einem Grab, das sich hier befinden soll. Ganz in der Nähe. Man sagte mir, dass es …«

Weiter kam er nicht, ehe der Gärtner ihn unterbrach, während er sich auf seinen Rechen stützte. In der feuchten Luft stand eine Wolke von Atemdunst wie ein Besen über seinem Kinn.

»Oh ja, hier gibt's schon das eine oder andere Grab. Allein hier, wo ich meine Runde habe, sind es zweihundertdreizehn Stück. Nummer zweihundertdreizehn, Frau Ehrenberg, kam gestern an. Sie sehen den Blumenberg dort. Die Dame war Mutter, Großmutter und Urgroßmutter. Die meisten Gräber hier sind alt. Und die Ehrenbergs, ja, die gibt's schon lange hier. Aber manchmal drängeln sie sich und wohnen in mehreren Stockwerken, die armen Hingeschiedenen. Und nur der da oben kennt die genaue Zahl. Ja, aber …«

Der Gärtner machte eine kurze Pause, um etwas auszuspucken, an dem er kaute. Der Fremdling nutzte die Gelegenheit.

»Ich suche ein Grab, in dem jemand namens Rott, Hans Rott, liegen soll. Der Auskunft zufolge, die ich erhalten habe, soll …«

Der Gärtner fuhr schroff und überzeugt dazwischen.

»Es gibt keinen Stein und kein Grab mit diesem Namen. Nein, nein. Niemanden mit diesem Namen. Nicht auf diesem Teil des Friedhofs. Das kann ich mit Gewissheit sagen. Ich arbeite hier seit vierzig Jahren. Und jetzt mache ich weiter, obwohl ich in Rente gegangen bin. Mich werden sie nicht los. Keiner hat das alles im Kopf so wie ich. Und Sie sind nicht der Erste, der fragt. Nein, wenn man nach einem Stein sucht, kommt man zu mir. Ich kenne alle meine Freunde. Hier sind nun genau zweihundertdreizehn Gräber, dank Frau Ehrenberg, und es gibt acht Reihen mit jeweils neunundzwanzig Plätzen. Außer in der zweiten und in der fünften, da sind weniger. Man kann auch den Stein in der siebten Reihe abziehen. Dort soll ein Namenloser ruhen … da hinten, übrigens. Sehen Sie?«

Der Gärtner überlegte es sich anders und deutete dann mit ausgestrecktem Arm in die andere Richtung.

»Der schwarze, stattliche Stein. Der große dort hinten. Der war ein hoher Offizier im Zweiten Weltkrieg, General oder so …«

»Ja, ja. Vielen Dank. Interessant.«

Der Fremde fühlte sich gezwungen, ihn zu unterbrechen.

»Aber der, nach dem ich suche, war Musiker. Komponist.«

Der Gärtner leuchtete auf und spuckte auf den Boden.

»Natürlich. Klar, jetzt weiß ich. Heißen die nicht Schubert oder Beethoven? Einer von denen? Die liegen nicht weit von hier. Ich kann Sie hinführen. Aber es ist nicht meine Abteilung. Die kenne ich nicht so gut.«

Er zeigte mit gekrümmtem Zeigefinger in eine unbestimmte Richtung.

»Nein, nein, keiner von denen. Rott. Hans Rott war der Name. Und er soll hier irgendwo liegen. Ganz in der Nähe.«

Der Gärtner rieb seinen Stoppelbart am Kinn und schaute den Mann vor sich forschend an.

»Hans Rott? Sind Sie ganz sicher? Den gibt's hier nicht.«

Der Gärtner richtete den Zeigefinger an die eigene Stirn.

»Es hat ja keiner so viel im Kopf wie ich, wie gesagt. Kein Rott auf meinen Steinen. Sind Sie ganz sicher?«

Der Fremde nickte.

»Vielleicht kann ich bei der Verwaltung im Register stöbern. Aber nur vielleicht. Ist heute fast schon geschlossen. Kaum einer hier. Und sie mögen mich dort auch nicht gerade, muss ich sagen.«

»Nicht?«

Der Fremde sah erstaunt aus.

»Nein. Sie sagen, ich mache nur Unordnung mit diesen kleinen Schildern, die Sie da an den Gängen und Gräber sehen. Die mit den verschiedenen Farben und den Nummern drauf.«

Er deutete in alle Richtungen.

»Das sind meine eigenen. Ich habe sie überall in meiner Abteilung aufgestellt. Sie meinen, dass das nicht geht, dass es schlampig ist. Und dass man das nicht darf. Aber ich kümmere mich nicht besonders darum. Man kann ja nicht beliebig herumharken, das sieht doch jeder ein. Alles muss in der richtigen Reihenfolge gemacht werden. Und mit dem richtigen Rechen. Einige ergeben dickere Streifen im Sand auf den Gräbern. Andere dünnere. Sie sollten meine Rechen sehen. Ich hab zehn Stück. Alle sind verschieden. Ich habe sie selbst gemacht. Und meine kleinen Wegweiser hier helfen den Rechen auf den richtigen Weg. Und wenn ich mal krank werden sollte und ein anderer muss für mich kommen, dann muss der doch die richtige Anleitung bekommen. Sonst geht's nicht. Ordnung muss sein.

Und ich muss weiter hier arbeiten, auch nach der Rente. Weil keiner hier oben so eine Ordnung hat wie ich.«

Wieder tippte sich der Gärtner an die Stirn und stieß den Rechen in den Boden. Dann wandte er sich erneut an den Besucher.

»Sie sehen wohlhabend aus, muss ich sagen. Auf Sie ist sicher Verlass. Aber sagen Sie, wie viel kann das hier wert sein? Ich kann sicher zur Verwaltung gehen, auch wenn die mich nicht so mögen. Kann ich schon machen.«

»Vierzig Schilling, falls die Angaben zum richtigen Grab führen.«

»Mal sehen, was sich machen lässt. Warten Sie hier auf mich, wenn die Glocke dreimal schlägt.«

Er zeigte auf die große Kuppel der Kirche, die sich ein paar Hundert Meter weiter gegen den Himmel abzeichnete. Wieder spuckte er aus. Das Gespräch war beendet. Der Gärtner schob die blaue Schirmmütze ein wenig in den Nacken und verschwand mit seinem Rechen.

Als die Kirchglocken auf dem Zentralfriedhof dreimal schlugen, kam der Fremdling zurück. Er hörte den Rechen im Sand hinter einer schwarzen Kette kratzen, die ein größeres Grab umzäunte.

»Nun?«

Der Gärtner ließ den Rechen los und zog einen zerknüllten Zettel aus der Jackentasche.

»Es gibt eine Familie … Schwarz. Schwarz-Sahora ist der Name, und die liegen ein Stück weit von hier. Es steht … Gruppe … jetzt sehe ich: Gruppe 23, Gang 2, Platz 29. Genau. Das ist es. Und Sie können mir glauben, dass ich suchen musste, wirklich suchen, ehe ich das hier gefunden habe.«

Der Fremde sah irritiert aus.

»Schwarz? Sahora? Rott war der Name. Rott! Hans Rott!«

»Ja, natürlich. Ich weiß, ich weiß. Aber …«

Die Lippen des Gärtners waren plötzlich wie versiegelt, und die Augen leuchteten listig. Er zog die blaue Schirmmütze etwas in die Stirn und schaute den Fremden an.

Ein weiterer Zwanzig-Schilling-Schein wechselte den Besitzer.

»Es ist lange her, und es gab keinen Stein. Damals hatte man wohl kein Geld. Es gab gar nichts, kann man sagen. Also hat man eine andere Familie darübergelegt. Sie wissen, dass jeder Platz Geld kostet. Auch da oben in der Seligkeit. Das Leben nach dem Tod ist ja nicht umsonst, falls man das so sagen kann, und …«

»Und?«

Der Besucher sah ihn scharf an.

»Na, da ich trotz meiner Rente arbeite, hätte ich es wissen müssen. Aber er liegt also unter denen. Darunter! Man hat die anderen darübergelegt. Die Familie Schwarz, also. Und Rott, ja genau, Rott war es. Jetzt bin ich ganz sicher. Er wurde begraben … warten Sie mal … lassen Sie mich mal …«

Mit erdigen Fingern faltete er wieder den zerknitterten Zettel auseinander.

»1884 war das. 1884 wurde er hier begraben. Ende Juni oder Anfang Juli. Geboren 1858. Mal sehen … sechsundzwanzig Jahre. Ja, gibt sechsundzwanzig. Noch ein Junge. Manchmal versteh ich den da oben nicht. So ein armer Teufel. Ja, also nicht der da oben. Ich meine den Jungen. Den armen Jungen. Kein Geld für einen Stein. Ich hab ja gesagt, dass kein Stein da war. Musiker? War er auch Musiker? Wie die beiden anderen? Dann liegen sie ja ganz nah beieinander, die drei. Wenn sie vier wären, könnten sie Quartett spielen und in der Seligkeit eine Fanfare für den Offizier da hinten blasen. Der würde sich freuen. Der General mit dem großen schwarzen Stein. Habe ich es schon gesagt? Er war im Krieg dabei und …«

Der Fremde war bereits ein Stück entfernt. Als er abbog und einen Blick zurück warf, konnte er noch den Friedhofsgärtner ahnen. Die Lippen bewegten sich noch immer, und der Rechen drehte sich beflissen und fuhr in großen Bögen durch die Luft.

Einige Zeit später, kurz nach der Jahrtausendwende, als das einundzwanzigste Jahrhundert noch jung war, wurde eine Plakette auf den Sockel eines hohen hellen Steines auf dem Platz angebracht, wo die Familie Schwarz-Sahora ihre letzte Ruhestätte hatte. Mitten und zuoberst auf dem Stein steht der Name Schwarz. Aber auf dem breiteren Sockel darunter, der auch aus hellem Stein besteht, befindet sich das schwarze Schild in deutlichen weißen Buchstaben:

Hier ruht auch
Hans Rott
Komponist
1858–1884

Und darunter ist zu lesen:

»Mögest du die Ruhe hier geniessen,
Der man im leben Dich zu früh entrissen.«
H. Rott, 1880

Zu beiden Seiten des hohen hellen Steines stehen dunkle, schlanke Leuchten. Die schwarzen, reich verzierten Oberteile schimmern wie Helme. Das Glas leuchtet wie große, wachende Augen.

Die beiden Leuchten stehen aufrecht und ehrbar auf ihren Posten. Wie unbeugsame Wächter der Ewigkeit.

NACHWORT

Hans Rotts Symphonie war in der Welt vergessen und vor ihr versteckt, als der Musikforscher Paul Banks als junger Student um das Jahr 1975 die Partitur in der Nationalbibliothek in Wien fand und wiederentdeckte. In einem Brief schrieb er mir am 2. Mai 2017: »Ich erinnere mich, wie ich im Lesesaal der Musikabteilung saß und das Trompetenthema der Einleitung bewunderte.« Nach geduldigen Versuchen, ein Orchester zu finden, das das Werk aufführen wollte, nahm Banks Kontakt zu dem Dirigenten Gerhard Samuel und dem Cincinnati Philharmonia Orchestra auf. Banks schreibt weiter: »Ich habe gegenüber Samuel stets eine große Dankbarkeit dafür empfunden, dass er sich der Symphonie auf so meisterliche Art angenommen hat.«

Am 4. März 1989 war die Symphonie von Hans Rott erstmalig in der Welt zu hören. Es waren mehr als hundert Jahre vergangen, seit sein Studienkamerad Gustav Mahler das Werk vor gemeinsamen Freunden auf dem Klavier gespielt hatte.

Einst hatte der Jüngling den »Tractmeister« der Abteilung des Krankenhauses zu sich gebeten und gemeint, dass große Meister sein Werk anerkannt hätten. Nun konnte man sagen, dass jetzt die Zeit gekommen war, sein Werk auch aufzuführen.

In Paris, London, Dresden, Berlin und immer mehr Städten in der Welt wurde seine Symphonie aufgeführt. Zahlreiche Rundfunkorchester, Schallplattenfirmen und Kritiker folgten. Er wurde Pionier, Vorgänger, Schöpfer der »Neuen Symphonie« genannt.

Hans Rott war nun tatsächlich gefragt.

In den Worten seines ehemaligen Studienkameraden:

Was die Musik an ihm verloren hat, ist gar nicht zu ermessen: zu solchem Fluge erhebt sich sein Genius schon in der Ersten Symphonie, die er als zwanzigjähriger Jüngling schrieb und die ihn – es ist nicht zu viel gesagt – zum Begründer der neuen Symphonie macht, wie ich sie verstehe.
Gustav Mahler über Hans Rott

ANHANG

Das Veilchen

Als ich das Veilchen heut gefragt,
ob jetzt im Lenz kein Morgen tagt,
wo Gram und Leid mir ganz vergeh'n,
da hat's mich traurig angeseh'n.

Und als ich dann die Frage tat,
ob dieser Morgen nicht mir naht,
wenn einst der nächste Lenz erscheint,
da hat sein Köpfchen es verneint.

Und als ich endlich, halb verzagt,
das Veilchen noch zu letzt gefragt,
ob mir der Schmerz denn niemals schweigt,
da hat es sich hinabgeneigt.

Hans Rott 1877

Dieses Buch ist dem Mäzen, »Literaturingenieur« und Freund Bo Lindström gewidmet, der mit pochendem Herzen, auffordernd und beharrlich bereits frühzeitig die Erinnerung an Hans Rott, den Schöpfer der »Neuen Symphonie«, weckte und veranschaulichte. Ohne sein brennendes Engagement wäre dieses Buch nie zustande gekommen.

Ich danke auch meiner Frau, die mit messerscharfem Sinn für Logik zuweilen Mängel bei der Erzählung entdeckt und darauf aufmerksam gemacht und die mit großer Geduld endlose Stunden auf die Korrektur verwendet hat.